핀칠리의
검은 마부

SHERLOCKED The Official Escape Room Puzzle Book
Copyright ⓒ Studio Press 2020
First published in the UK in 2020 by Studio Press, an imprint of Bonnier Books UK,

The Plaza, 535 King's Road, London, SW10 0SZ
www.studiopressbooks.co.uk
www.bonnierbooks.co.uk
All rights reserved.
Korean translation rights ⓒ FEELBOOKS 2022
Korean translation rights are arranged with Studio Press, an imprint of
Bonnier Books UK through AMO Agency Korea.

이 책의 한국어판 저작권은 AMO 에이전시를 통해 저작권자와
독점 계약한 느낌이있는책에 있습니다.
저작권법에 의해 한국 내에서 보호를 받는 저작물이므로 무단 전재와 무단 복제를 금합니다.

핀칠리의 검은 마부

코난 도일 재단
공식 퍼즐북

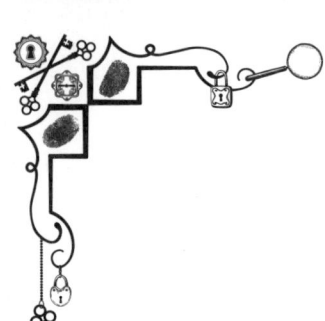

당부 말씀

독자 여러분께

먼저 이렇게 복잡하고 어려워 보이는 책에 빠져들다니 축하할 일이군요. 이 책을 읽으려면 셜록 홈스조차 감탄할만한 지성이 필요할 테니 말입니다. 여러분은 이 책에서 수수께끼에 싸인 수많은 이야기를 만나게 될 겁니다. 책을 읽기 전에 몇 가지 조언을 드릴 테니 귀를 기울여주시기 바랍니다.

 이야기가 진행되면서 여러 가지 질문을 받게 될 텐데 수수께끼를 푸는 일은 전적으로 여러분의 몫입니다. 쉬운 수수께끼도 있고 어려운 수수께끼도 있을 겁니다. 어려울 땐 257~270쪽을 펴보세요. 여러 가지 단서를 찾을 수 있을 겁니다. 질문이 있는 페이지마다 잠시 멈추고 답을 맞힌 후 다시 이야기를 이어가시길 바랍니다.

 책의 253~256쪽에 있는 문서들도 잘 읽어보시기 바랍니다. 내용에 익숙해진 후 필요할 때마다 찾아보세요. 참고할 서적이나 현대적인 도구들도 준비되어 있다면 정답이 쉽게 나오지 않을 때 아낌없이 사용하시기 바랍니다.

 이야기에 나오는 등장인물, 장소, 시간에 대해 개인적인 생각이나 관찰 사항을 적고 싶을 때를 대비해 공책이나 줄쳐진 종이를 준비하시는 것도 좋겠네요. 책에 직접 쓰는 걸 선호하는 분도 있겠

죠. 답을 찾는 데 필요하다면 무엇이든 원하는 대로 사용하세요.

저희가 드릴 수 있는 가장 중요한 조언은 이야기를 항상 주의 깊게 살피시라는 겁니다. 이 책은 평범한 책이 아니니까요. 수수께끼와 진실에 대한 단서는 어디에라도 있을 수 있어요. 아주 작은 사실 하나에 누구의 말이 정확한지 판가름 날 수도 있을 테고요. 사소한 연필 자국조차 다각도에서 검토해볼 수 있겠죠. 잘 보이는 곳에 놓인 평범한 책의 표지가 의외의 답을 숨기고 있을지도 모릅니다.

이제 책장을 넘겨 이야기를 시작하십시오. 《핀칠리의 검은 마부》와 함께하는 여정에 행운이 깃들길!

THE
CONAN DOYLE ESTATE

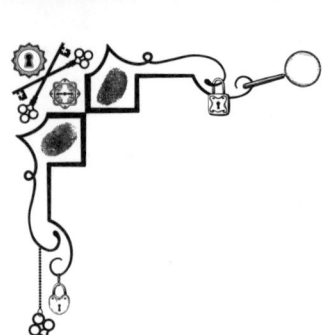

추리의 과학

셜록 홈스는 안락의자에 우아하게 등을 기댄 채 생각에 잠겨있었다. 홈스가 아까까지 읽고 있던 신문이 무릎에 놓여있었다. 나는 홈스를 방해하지 않았다. 홈스를 안 지 얼마 안 됐지만 제퍼슨 호프 사건은 그의 날카로운 관찰력과 추리력을 보여주기에 충분했다. 게다가 그 사건을 통해 나 또한 홈스 옆에서 일할 능력이 있다는 확신을 가지게 되었다. 내 책에 나온 이야기를 보면 알 수 있듯이 나는 홈스의 생각에 귀를 기울이고 홈스가 조사한 부분을 꼼꼼히 물어 그의 활약상을 충실히 기록해두었다. 내가 쓴 책은 안목 있는 일부 독자들 사이에서 꽤 반응이 좋았고 우리의 활약상은 공포 소설 잡지나 음악으로도 수없이 재생산됐다. 이쯤 되니 다음 세기에도 이런 이야기들이 여전히 관심을 받을지 내심 궁금해진다.

    홈스가 나를 바꿔놨다고 해도 과언은 아니다. 심지어 좋은 쪽으로 말이다. 연락이 끊긴 지 오래된 사람들까지 연락이 와서 내 소설의 성공을 축하해 줬고, 때로는 낯선 이들이 새로운 사건을 들고 홈스를 찾았다. 그럴 때

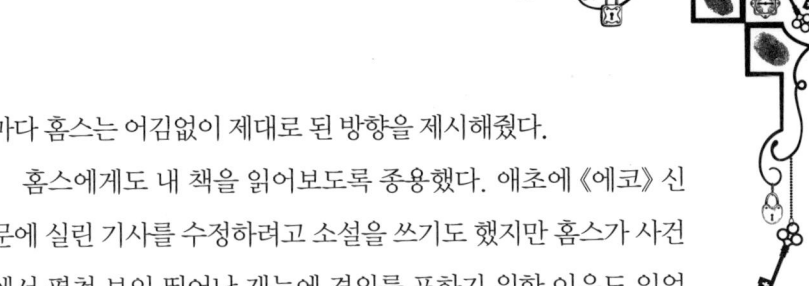

마다 홈스는 어김없이 제대로 된 방향을 제시해줬다.

홈스에게도 내 책을 읽어보도록 종용했다. 애초에 《에코》 신문에 실린 기사를 수정하려고 소설을 쓰기도 했지만 홈스가 사건에서 펼쳐 보인 뛰어난 재능에 경의를 표하기 위한 이유도 있었기 때문이다. 그래서 내 소설이 실린 잡지를 받을 때마다 홈스에게 한 부 건네줬고 베이커가 하숙집 안에도 몇 부 놓아두었다. 또한, 기회가 될 때마다 내 소설 이야기를 했다. 하지만 약이 오르게도 홈스는 나만큼의 관심을 보이지 않았고, 읽은 티도 내지 않았으며, 읽을 생각조차 없어 보였다.

때는 5월 18일이었다. 일주일 내내 쉴 새 없이 폭우가 쏟아진 뒤 맞이한 화창한 일요일 아침이었다. 지난 일주일은 하늘에 구멍이라도 뚫린 듯 비가 억수같이 쏟아졌고 런던 시민들은 한 걸음을 뗄 때마다 진흙탕과 물웅덩이를 피하기 위해 사투를 벌여야 했다. 허드슨 부인은 리디아의 도움을 받아 집 안을 깨끗이 하기 위해 안간힘을 다했고, 누군가 문을 열고 들어올 때마다 눈에 쌍심지를 켜고 노려보았다.

이 이야기 속의 연도는 어떻게 될까?

그날 아침, 허드슨 부인이 오랜만에 하숙집 거실을 환기하려고 창문을 열자 잘 닦아 반질반질한 가구 표면에 햇볕이 부서졌다. 나는 뭔가 좋은 일이라도 일어날 듯한 분위기에 제법 가슴이 뛰었다. 나는 아침에 늦게 일어나는 편이었다. 오전 10시가 조금 지난 시각 느지막하게 식탁 앞에 앉아 토스트와 커피로 요기를 하려는데 홈스가 사색에서 깨어나 내 옆으로 걸어왔다.

"좋은 아침일세, 왓슨."

"안녕한가, 홈스."

즐거워 보이는 홈스에게 내가 화답했다.

"오늘 아침에 일정이 있나?"

"봐야 할 편지도 있고 어젯밤에 쓰기 시작한 소설도 마저 쓰려 하네."

홈스가 생각하는 일이 뭐가 됐건 내가 하려는 일보다 훨씬 재밌으리란 점은 솔직히 인정할 수밖에 없었다. 이를 아는지 모르는지 홈스가 말을 이었다.

"잘됐군. 자네가 관심을 가질만한 수수께끼가 있네. 어쩌면 《주홍 연구》의 후속편이 될지도 모르겠군. 자네는 미래의 젊은이들을 위해 내 사건에 관심을 두고 연도별로 정리하는 걸 좋아하지 않나. 이번 일에는 자네의 조언이 도움이 될 듯싶네만. 누가 아나? 오늘도 어떤 사건에 휘말릴지. 굴곡이 많은 현실은 책 속의 세상보다 훨씬 아리송하지. 감히 말하건대, 두어 달간 사건 기록만 연구해도 도서관을 드나드는 것보다 직업적 소양을 쌓는 데 훨씬 도움이 된다네."

홈스는 자신이 읽고 고민하던 신문을 건네더니 내게 부탁했다.

"소리 내어 읽어보게. 눈으로 읽는 대신 귀로 들으면 새로운 사실을 알 수 있을지도 모르지."

나는 커피를 조금 따라 한 모금 마신 후 일요일자《데일리 텔레그래프》지의 1면 기사를 읽었다.

1890년 5월 18일　　데일리 텔레그래프

런던 자연사 박물관에 도둑이 들어

런던 자연사 박물관에 도둑이 들었다. 사건은 토요일 초저녁 폐관 시간인 6시가 막 지난 시각에 일어났다. 당직 경비 중 한 명인 마일즈 머튼 씨가 박물관 유리창 하나가 깨진 것을 발견하였다. 머튼 씨가 소리를 지르자 다른 경비들이 모여들었고 그와 동시에 켄싱턴 가를 순찰 중이던 경관도 현장에 도착했다.

경관은 박물관의 광물 전시관을 철저히 조사한 결과, 문제의 전시관에서 정신을 잃은 찰스 라이트 씨를 발견하였다. 라이트 씨는 머튼 씨와 같은 시간에 경비를 서고 있었다. 라이트 씨는 둔기로 머리를 맞았지만 그 외에 다친 곳은 없었다. 라이트 씨는 지난 40년 동안 그랬듯 여느 때처럼 순찰을 돌고 있었는데 휘파람 소리가 들려 뒤를 돌아보았다가 이내 날아온 둔기에 머리를 맞고 쓰러진 뒤 정신을 잃었다고 진술했다. 용의자의 얼굴은 보지 못한 것으로 알려졌다.

경찰 당국은 당혹감을 감추지 못하고 있다. 헤아릴 수 없는 역사적, 과학적 가치를 지닌 그 많은 전시품 중 도난당한 물품이 단 하나도 없었기 때문이다. 경관들은 곧바로 보관된 전시품 목록을 확인하였으나 모두 제자리에 있었다. 새로 개장한 광물 전시관은 세계에서 가장 많은 해외 희귀 보석들과 광물들을 전시한다고 자부하며 이 중 다수의 전시품이 타국 정부와 개인 수집가에게서 대여한 물품이다.

박물관 직원들은 공공의 안전은 물론 박물관의 목재 바닥도 보호하기 위해 신속히 깨진 유리 조각들을 치웠다. 경관들은 깨진 유리창을 면밀히 조사하였다. 유리창은 성인이 충분히 지나갈 정도로 컸으나 유리창을 통해 침입하거나 탈출한 흔적은 어디에도 없었다. 현재 단독범의 소행인지 아닌지조차 입증할 수 없는 상황이다.

경관들과 박물관 경비들은 관광객, 학생, 지역 주민들로 인해 켄싱턴 가의 통행량이 증가하였다고 보고하였다. 다른 공공 기관과 마찬가지로 최근 자연사 박물관을 방문하는 입장객 수가 급증하였는데 이는 폭우로 인한 홍수와 도로에 생긴 물웅덩이 때문인 것으로 보인다.

박물관은 재개장하였으나 추가 범죄를 막기 위해 해당 전시관에 경비 인원을 늘리는 등 몇 가지 대비책을 마련하였다.

도난된 전시품이 없다는 사실은 매우 다행스러운 일이다. 그러나 런던 자연사 박물관 같은 교육 기관에 이러한 반달 행위를 행했다는 점과 공무원이 무분별한 야만적인 행동의 대상이 되었다는 사실은 본 신문사의 입장에서 봤을 때 매우 부적절한 일로 의심의 여지가 없는 정치적인 행보로 보인다. 런던 자연사 박물관에 대한 공격은 박물관이 상징하는 대영제국에 대한 공격에 다름없다. 전력을 다해 가해자들을 찾아 체포하여 추가적인 야만 행위를 미연에 방지해야 할 것이다.

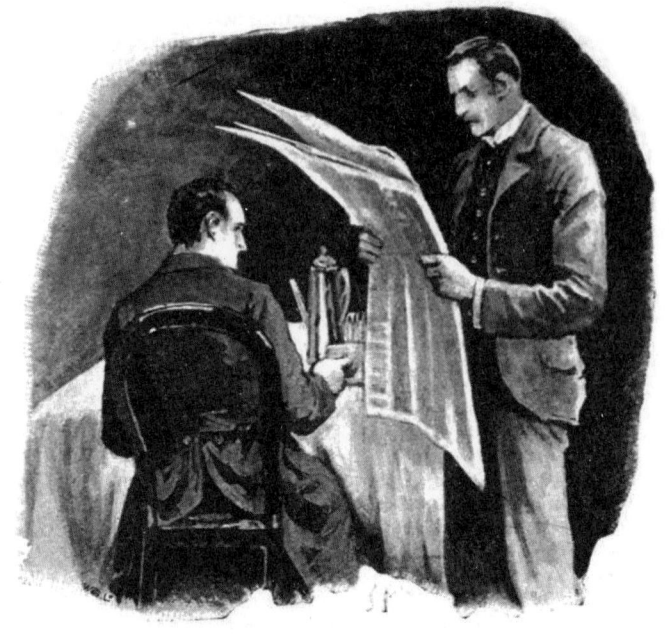

"어떻게 생각하나?"

기사를 다 읽자 홈스가 내게 물었다.

"뭐가 뭔지 하나도 모르겠네."

나는 두 눈을 굴려 다시 기사를 훑어보며 말을 이었다.

"범인은 박물관이 폐관하길 기다렸다가 범죄를 저질렀네. 절도 사건이긴 할까? 범인은 박물관에 침입해서 경비원을 공격한 뒤 값진 물건들은 하나도 훔치지 않고 현장을 떠나지 않았나. 어떤 세력이 연루되었다는 증거도 전혀 없으니 이 절도 미수범은 다른 경비원의 반응에 겁을 먹고 도망갔을지도 모르겠군. 경비원 이름이 뭐였지? 머튼이었나? 유리창이 깨지고 라이트의 머리가 좀 아픈 것 빼곤 어떠한 피해도 없는 것 같은데. 왜 그리 관심을 가지나?"

내 말을 들은 홈스는 추리를 시작했다.

"왓슨, 기사 내용을 좀 더 자세히 보게. 범죄자의 심리란 그저 눈에 보이는 것과 사뭇 다른 경우가 많다네."

홈스가 말을 이었다.

"몇 가지 추리를 해봤네만 모든 증거를 모으기도 전에 그중 하나가 맞다고 한다면 치명적인 실수가 될 테지. 현재 아는 걸 되짚어보세. 유리창 하나가 부서진 건 확실하네만 안에서 깬 건지 밖에서 깬 건지 알 도리가 없네."

왓슨은 알아차리지 못하지만 홈스가 의심하는 바는 무엇일까?

"솔직히 무슨 말인지 모르겠네."

"아마 그게 최선이라 생각해서 유리 조각들을 치웠겠지만, 덕분에 안과 밖 중 어디서 유리를 깼는지 알 수 없게 됐지. 왓슨, 범인이 폐관 시간 이후 박물관 안에 숨어있었다고 가정해보세. 그럼 범인은 경비를 공격한 다음 창문을 통해 빠져나갔을 걸세. 현장에 진흙 자국이 없었다는 점이 이를 뒷받침하네."

"숨어있었다면 순찰을 돌던 경비원들이 범인을 발견하지 않았겠나?"

"내 추리를 통해 범인의 자취를 좀 더 쫓아가 보세. 도둑질하지 않은 이 절도범은 대체 무슨 심보였을까? 자연사 박물관은 안팎으로 경비가 삼엄하지. 머튼 씨가 의식을 잃은 라이트 씨를 발견하고는 경보를 울렸네. 그러자 경비원 여러 명과 경관이 현장에 도착했고, 박물관에서는 어떠한 것도 도난당하지 않았다고 추정했네. 하지만 만약 애초에 범인의 목적이 박물관에서 무언가를

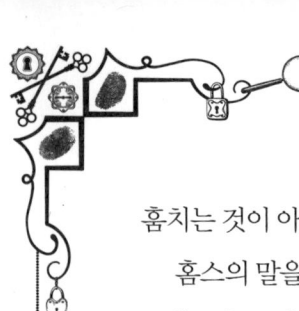

훔치는 것이 아니었다면?"

홈스의 말을 듣던 내가 물었다.

"그렇군. 하지만 어째서? 그리고 누가 그랬겠나?"

"여기서 더 추측하는 건 좀 더 정보를 알기 전까진 현명한 일이 아닐세. 먼저 켄싱턴 가로 가보는 게 순서겠지. 길거리가 진흙투성이긴 하지만 날씨는 좋아졌으니 뻣뻣해진 다리도 좀 풀어줘야겠네. 켄싱턴 가까지 같이 걷지 않겠나?"

홈스의 제안을 듣던 나는 잠깐 인상을 찡그렸다. 일주일 내내 습했던 날씨 덕에 오래된 상처가 묵직하게 아파왔기 때문이다. 나는 한숨을 쉬고 코트를 챙겨 들었다.

그때 초인종이 울리더니 허드슨 부인이 문밖으로 나가는 소리가 들렸다. 오래 지나지 않아 위층으로 서둘러 올라오는 발소리가 들렸다. 진흙투성이 발자국을 남기며 계단을 올라온 부랑아가 홈스에게 전보를 전해주었다. 허드슨 부인과 리디아가 각자 빗자루한 자루씩을 들고 아이 뒤를 쫓아 올라오고 있었다. 베이커가 하숙집으로 오는 수많은 전보가 그렇듯 이번에도 레스트레이드 경감에게서 온 전보였다. 레스트레이드 경감은 유명한 형사로 자주 내 친구의 조언을 구했다. 하지만 이번 전보 내용을 본 홈스의 반응은 꽤나 특이했다. 홈스의 이마에 좀처럼 보기 힘든 주름이 생겨난 게 아닌가.

"이상하군. 왜 거기서 만나자는 거지?"

홈스는 작게 중얼거리더니 급하게 메시지를 써서 아이 편으로 보냈다. 나는 홈스가 뭐라고 적어 보냈는지 궁금했지만 그렇다고 바로 캐물어볼 만큼 무례한 인사는 아니었다. 다만 레스트레이드

경감이 보낸 전보가 다른 전보와는 확연히 다르다는 사실과 우리 계획을 뒤로 미뤄야 한다는 사실은 확신할 수 있었다. 홈스는 다음과 같은 전보를 내게 보여줬다. 하지만 미숙한 나의 눈으로는 무슨 의미인지 도통 알 수 없었다.

우정국 전보　　　　　전보　　　　　상업용 전신

Telegraph-Cable　　　transmits and delivers this message subject to the terms and conditions printed on the back of this blank.
COUNTER NUMBER.　　TIME FILED.　　CHECK.

Send the following message, without repeating, subject to the terms and conditions printed on the back hereof, which are hereby agreed to.

편지를 보는 홈스에게 멈춤* 이번에도 자네 도움이 필요하네 멈춤 눈을 크게 뜨고 다음 글ㄹ을 주의 깊게 읽어주길 바라네 멈춤 참담하네만 아이들이 연루된 사건이네 멈춤 이 왕관을 쓴 머리가 무겁네 멈춤 랜드마크가 되는 술집에서 만나세 멈춤 런던의 자네 집에서 가장 빨리 출발하는 교통편으로 와주게 멈춤 이상 레스트레이드가 멈춤

* 빅토리아 시대의 영국에서는 전보를 보낼 때 구두점을 사용하면 추가비용을 물어야 했으나, 단어는 추가비용이 들지 않아 멈춤STOP이란 단어를 구두점 대신 사용했다. - 역주

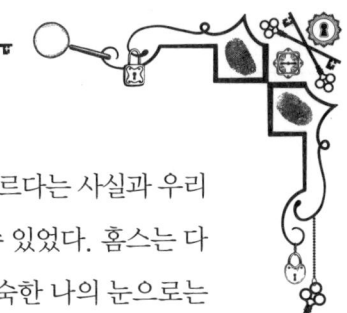

홈스와 왓슨이 레스트레이드를 만나는 장소는 어디일까?

홈스는 시계를 힐끗 보더니 안락의자로 돌아가 앉고는 그 긴 다리를 웅크렸다. 그리고 나라는 존재는 완전히 잊은 듯했다. 나는 아침 식사를 재개했지만 전보 내용이 너무 궁금한 나머지 입에 뭐가 들어가는지 맛은 어떤지 알지 못했다.

15분 정도 지나자 홈스가 사색에서 깨어났다. 그 후 홈스가 하는 말에 나는 의아한 얼굴로 그를 쳐다볼 수밖에 없었다.

"자네 지금 베이컨에 버터를 바르고 있네만, 친애하는 왓슨."

곧 홈스의 말이 무슨 뜻인지 깨달은 나는 얼굴이 화끈거렸다. 조금이라도 부끄러움을 모면하기 위해 홈스에게 질문을 던졌다.

"레스트레이드 경감은 어디서 만나는 건가?"

"런던 북부에 있는 핀칠리로 급히 오라고 하더군."

홈스가 말을 이었다.

"자네도 같이 가준다면 고맙겠네. 레스트레이드 경감이 전보를 보내는 건 흔한 일이지 않나. 매번 그렇듯 또 사건을 풀지 못해 고심하고 있겠지. 경감도 내가 안부 인사 따위에는 관심 없다는 걸 잘 알 걸세. 그러니 뭔가 단단히 잘못됐을 테지. 가는 길에 내가 아는 걸 모두 말해주겠네."

"핀칠리? 전보에는 그런 말이 없었는데 어떻게 알았나?"

"아, 왓슨. 레스트레이드 경감은 조심성이 많은 사람일세. 만날 장소를 숨길 필요가 있었겠지. 어째서냐고? 그럴만한 이유가 있었다고 확신하네. 전보를 다시 보게. 특히 각 문장의 첫 글자 자모를 자세히 보게나. 장소가 보일 걸세. 이러면 전보가 아무리 엉뚱한 사람의 손에 들어가도 아무런 의미도 없지."

"이제야 알겠군. 하지만 왜 이렇게 감추는 건가? 그리고 박물관 절도 사건은 어쩌고?"

"어떻게 할지는 그렉슨 경감에게 일러뒀으니 우리 대신 움직일 걸세. 더 많은 정보를 알기 전까지 우리가 할 수 있는 일이 그리 많지 않네. 레스트레이드 경감과 그렉슨 경감 모두 스코틀랜드 야드 관할 경찰에게 기대할 수 있는 정도는 되네. 극히 평범하지만 효율적이고 대응도 빠르지. 어쨌든 푸르른 녹음綠陰의 핀칠리

가 우리를 기다린다네. 잉글랜드 남동부에 있는 미들섹스로 여행을 떠나면 봄철 우울증도 풀릴걸세. 짐을 꾸리게. 우리 앞에 무슨 일이 벌어질지 알 수 없지 않나."

나도 그 어느 때보다 좀이 쑤셨지만, 홈스가 나보다 훨씬 더 빨리 문으로 향했다. 외투 걸이 옆을 지나가다가 내가 외투 걸이 꼭대기에 걸려 있는 모자를 향해 고개를 까딱였다.

"그 모자는 안 쓸 걸세."

홈스가 말했다.

"사람들의 기대를 저버리지 말게."

나는 홈스에게 모자를 쓰라고 고집을 부렸다.

"자네가 기억할지는 모르겠네만 퍼거슨 사건 내내 나는 사냥 모자를 쓰지 않았네. 솔직히 모자를 쓰면 우스꽝스러워 보일 거 같아서 자네가 사 온 게 아닌가."

나는 끝까지 내 방식을 고집하기로 했고, 홈스 또한 내가 고집을 쉬이 꺾지 않으리란 사실을 눈치챈 듯했다. 홈스가 작게 한숨을 쉬며 말했다.

"좋아, 왓슨. 자네가 간단한 시험을 통과하면 저 모자를 쓰겠네. 수수께끼를 하나 낼 테니 맞춰보게. 기회는 단 한 번뿐일세. 못 맞히면 다시는 저 모자에 대해 언급하지 말게."

"알겠네."

나는 홈스에게 딱 어울리는 모자를 씌울 각오를 다지며 대답했다. 우리는 서로 동의했다는 의미로 악수를 했다.

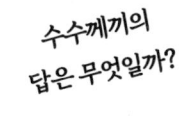

"젊은 시절, 나는 키가 크고 허리도 꼿꼿하지만 시간이 지나고 나이를 먹으면 짧고 뭉툭해지네. 그리고 젊음을 잃은 슬픔에 흘린 나의 눈물은 쉬이 사라지지 않지. 내 목숨을 바쳐 내 주변에 광명을 가져다준다는 사실이 어둠 속으로 사라지는 공포를 달래주네. 나는 무엇인가?"

나는 두 눈을 동그랗게 뜨고 홈스를 바라보았다. 대체 답이 무엇일까? 마음이 급해지고 이마에서는 식은땀이 나기 시작했다. 홈스는 능글맞게 히죽 웃더니 외투 걸이에 있는 모자를 다시 걸어 놓으려 했다. 그 순간 내가 소리쳤다.

"양초! 불을 붙이지 않은 새 양초는 키가 크고 곧지만 시간이 지날수록 짧아지네. 초가 타면서 밀랍으로 된 눈물을 흘리고, 어둠을 밝혀주는 빛을 내며 완전히 타버리기 전까지 사람들이 앞을 볼 수 있게 해주지."

"훌륭하네, 왓슨."

홈스가 한숨을 쉬었다.

"약속은 약속이니."

홈스는 다시 모자를 썼다. 우리는 계단을 내려가 베이커가 221B 번지를 빠져나갔다.

"왓슨, 레스트레이드 경감을 만나러 핀칠리로 가는 방법에는 두 가지가 있네. 기차를 타거나 마차를 타거나. 어떻게 가야 하겠나? 둘 중 뭐가 좋은지는 꽤 자명하네만."

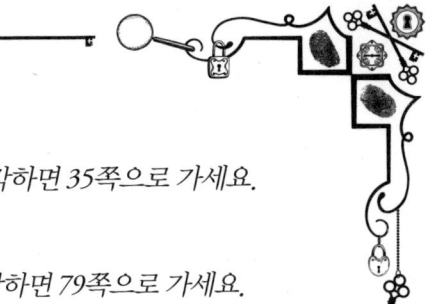

두 사람이 기차를 타야 한다고 생각하면 35쪽으로 가세요.

두 사람이 마차를 타야 한다고 생각하면 79쪽으로 가세요.

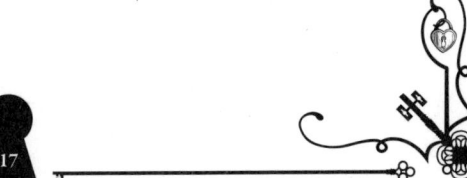

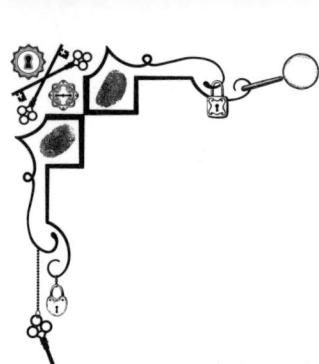

어둠

우리가 탄 마차는 참극이 일어난 현장에 다다랐다. 레스트레이드 경감이 준 지도에 목적지로 가는 길이 정확히 나와 있어 다행이었다. 주변에 목적지를 구분해줄 지형지물이 아무것도 없었기 때문이다. 홈스와 나는 마차에서 내려 주변을 둘러보았다. 마차에서 내리자마자 신발과 바짓단에 진흙이 튀었다. 홈스는 종종 손을 들어 내가 특정 장소를 밟지 못하게 막았다. 솔직히 내 눈에는 딱히 특별할 게 없었는데도 말이다. 홈스는 이리저리 살피며 자신에게만 보이는 발자국의 윤곽을 따라가고 있었다.

"포먼 양과 범인이 어떻게 움직였는지 확실히 알았네. 마차는 여기서 멈춰 섰네. 바로 자네가 서있는 자리에 말일세."

홈스는 추리를 시작했다.

"마차에서 내린 포먼 양은 곧장 마차 앞으로 걸어갔지만 직선으로 똑바로 가지는 못했네. 어쩌면 강한 바람과 폭우 때문이었을지도 모르겠군. 포먼 양은 마부 옆에 얼마간 서있었네. 내가 서있는 곳 근처에 발자국 일부가 보일 걸세."

추리를 마친 홈스는 한 마디 덧붙였다.

"하지만 이해가지 않는 점이 있네. 이번 수수께끼는 내가 예상했던 것과 사뭇 다르군."

"무슨 뜻인가?"

"한 가지 추정을 하고 있네만 해가 지기 전에 얘기해주지. 가세, 왓슨. 웨스트우드 저택으로 가는 가장 빠른 길을 찾아보세."

웨스트우드 저택 정문으로 가려면 어떤 길로 가야 할까?

"토터리지로路를 통해 가는 길이 가장 빠르군."

내가 지도와 지금까지 적어놓은 메모를 보며 말했다. 우리가 다시 출발할 때쯤 하늘이 맑아지기 시작했다. 새소리까지 들리니 기운이 솟아났다. 별일 없이 2마일을 걷고 나자 곧 브레이스웰 가문 문장으로 장식된 철제 대문이 나타났다.

문을 지나니 철판으로 된 작은 지도가 나타났는데 저택 내부의 지형지물이 잘 나와있었다. 나는 지도[20]쪽 표면을 손으로 문질렀다. 길을 확인하기 위해서이기도 했지만 이번 사건의 수수께끼를 기억하기 위해서였다.

15분 정도 걸었더니 거대한 12세기 풍 저택이 눈앞에 나타났다. 웨스트우드 저택은 아름다운 고택으로 소박한 동시에 실용적이었다. 커다란 유리창들이 늦은 오후 햇살을 받아 반짝였고 창문 몇 개는 열려 있어 신선한 바깥 공기가 드나들었다. 정문으로 이어진 돌계단은 티끌 하나 없이 깨끗했다. 진흙이 잔뜩 묻은 발로 더럽히자니 미안한 마음이 들었지만 나와 달리 홈스는 그런 마음이 전혀 없어 보였다. 하인 한 명이 문을 열어주고 곧바로 우리를 현관 홀로 안내했다.

브레이스웰 경은 우리의 방문을 예상하고 있었다. 하인은 우리를 잠시 기다리게 하고 우리가 도착했음을 알리러 갔다. 우리는 거대한 저택 내부와 주변에 전시된 신기한 예술품과 장식품들을 둘러보았다. 수집품들은 수 세대에 걸쳐 여행 중 가져온 물건들로 보였다. 부메랑들과 바구니들 옆에 방패, 호주의 전통 목관

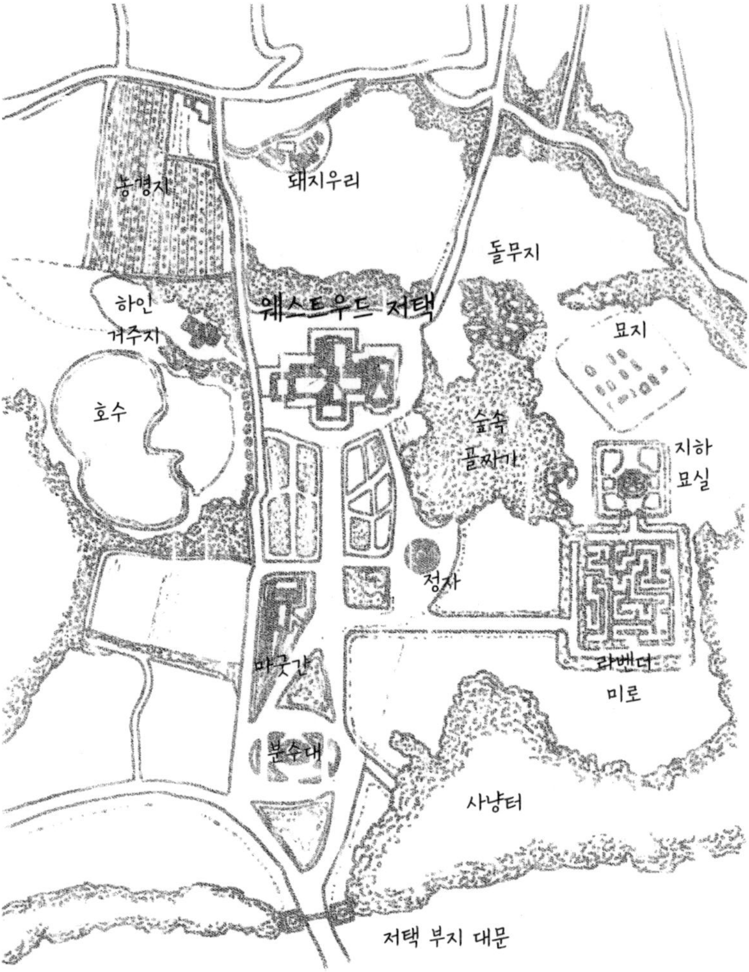

악기인 리제리두, 나스카 문명의 항아리가 전시되어 있었다.
 "굉장한 수집품들이로군!"
내가 탄성을 질렀다.
 "범인이 이런 예술품들을 노리는 게 아닌가 싶네. 몇몇 항아리

와 무기들은 값을 매길 수도 없을걸세!"

내 말을 들은 홈스는 자기 입술에 손가락을 댔다.

"아직 누가 무엇을 알고 있는지 모르네. 멀린스가 죽고 아이들이 실종된 사실을 저택에 있는 사람들이 전부 알고 있을까? 저택 안의 누군가가 사건의 범인일지도 모르지. 그런데 여기는 뭔가 이상하군."

홈스의 말에 내가 물었다.

"뭔가, 홈스?"

"내 방식을 잘 알지 않나, 왓슨. 여기에 한번 적용해보게."

눈앞의 예술품들을 찬찬히 살펴봤지만 홈스가 무엇 때문에 그러는지 전혀 알 수 없었다. 나름대로 노력했지만 홈스가 무엇을 발견했는지 알아내지 못했다. 홈스는 항아리를 들어 보였다.

"여기 있는 모든 물건은 호주에서 왔네. 그럼 왜 페루의 나스카 문명 항아리를 같이 전시했을까?"

"브레이스웰 가문은 국제 무역상이 아닌가. 그럼 자연히 세계 곳곳에서 온 물건들을 수집해놓지 않았겠나?"

내 말에 홈스가 대답했다.

"그럴지도 모르지. 하지만 항아리가 딱 하나만 있는 게 이상하지 않나?"

홈스의 말이 끝나자마자 하인이 돌아왔다.

"웨스트우드 저택을 방문하신 적이 있으십니까?"

하인의 말에 내가 대답했다.

> 저택에 도착했을 때부터 홈스가 이상하다고 느낀 점은 무엇일까?

"아니요. 아직 그런 영광을 누리진 못했습니다."

"그럼 저택을 둘러보실 수 있게 안내해드리겠습니다."

하인은 미로같이 얽힌 방들을 따라 만찬장으로 우리를 인도하더니 갑자기 멈춰 섰다.

"저택의 골조는 12세기부터 존재했습니다. 세월이 흐르면서 자연스레 저택 일부를 확장하고 개축할 수밖에 없었지요. 브레이스웰 가문은 이 지역의 가장 오래된 가문 중 하나입니다. 브레이스웰 가주님들의 초상화는 수 세대에 걸쳐 내려오고 있는데 대대적인 보존 작업을 거친 끝에 최근에서야 저택으로 돌아왔습니다. 초상화들은 가문의 문장 양옆에 있는 화랑에 걸려있습니다. 가문의 문장은 초대 브레이스웰 경께서 정복자 윌리엄 폐하의 아드님이신 윌리엄 2세 폐하께 하사받으셨습니다. 이곳에는 후대의 가주님들의 초상화가 걸려있습니다."

하인이 가리킨 만찬장 뒤편으로 위용 넘치는 거대한 스테인드글라스 창문이 펼쳐졌다. 창문은 눈부시게 아름다웠다. 가운데 배 한 척이 있고 주변에 물결이 그려져있었다.

"이 창문은 브레이스웰 가문의 국제 무역을 기념하는 작품입니다. 많은 배가 안전하게 항해할 수 있도록 도와주는 북극성도 그려져 있어 그에 맞춰 북향에 설치했죠. 만찬장 입구 위의 초상화는 브레이스웰 당주님의 증조부십니다. 조부님의 초상화는 오른쪽에 있는데 조부님이 수집하신 칼들과 방패들 옆에 비치했습니다. 당주님 부친의 초상화는 스테인드글라스 아래 상석에 모셨고, 그 왼편의 초상화는 브레이스웰 당주님이십니다. 당주님이 여행 중 수집하신 예술품들도 함께 전시해두었는데 수작업으로

그린 지도들도 있지요. 당주님께서는 항상 이 지도들이 영감을 준다고 하셨습니다."

홈스는 마치 미술품 감정사라도 된 듯 초상화들을 면밀히 관찰하였다. 브레이스웰 가주들의 초상화를 둘러보니 가주들 모두 기묘할 정도로 서로 닮아있었다. 악독한 조부의 모습은 인색해 보였고, 그의 두 눈은 우리가 침입자라도 된 마냥 노려보는 듯했다. 브레이스웰 당주는 키가 훤칠하고 호리호리하며 인물이 훤했다. 초상화의 모습은 이십 대 후반으로 보였다. 초상화는 아마 당주가 처음으로 가주 자리를 계승했을 때 그렸던 듯했다. 초상화 속 당주는 벽난로 앞에 서있었는데 정장을 입고 칼까지 든 모습이었다. 칼은 오른손에 들고 칼날은 왼쪽을 향했다. 당주 뒤에 걸린 기치旗幟에 브레이스웰 가문의 문장이 그려져있었다.

하인은 우리를 바람이 잘 통하는 서재로 안내했다. 서재는 무척이나 깔끔하고 아늑했다. 하인은 곧 브레이스웰 당주가 올 거라고 말했다. 가구의 목재 표면은 반짝반짝 윤이 났다. 벽난로 위의 장식장에는 몇 가지 엄선된 장식품과 사진들이 놓여있었다. 벽은 책장과 책으로 가득했다. 홈스가 특이하게 놓여있는 책을 발견했다. 나는 이상한 점을 전혀 발견할 수 없었다. 내가 추궁하자 홈스는 퉁명스럽게 말했다. 책들이 저자나 책 제목별 알파벳 순서로 꽂혀있지 않다는 것이다. 이 친구의 꼼꼼한 성격을 잘 알기에 어지럽혀진 책장을 보고 견디지 못하는 그의 심정을 이해했다.

서재의 분위기가 나는 어색했지만 홈스는 그저 생각에 잠겨있을 뿐이었다. 곧 브레이스웰 경이 서재에 들어와 자리에 앉으라고 우리에게 손짓했다. 당주는 아내를 잃은 슬픔 때문인지 초상화보

다 몇 년은 더 나이 들어 보였지만 여전히 준수한 외모를 뽐냈다. 체격 또한 타고난 대장부였다. 당주는 먼저 내게 말을 건넸다.

"왓슨 박사. 제퍼슨 사건과 관련해 훌륭한 작품을 출간하셨으니 축하해드려야겠소. 책을 손에서 놓기 힘들더군. 아이들에게도 보여줬는데 무척 좋아하더이다. 후속작을 기대해도 되겠소?"

솔직히 당주의 칭찬을 들으니 기분이 좋았다. 당주는 내가 뭐라 대답하기도 전에 홈스에게 고개를 돌렸다.

"그리고 홈스 씨. 당신의 비범한 능력에 대해선 익히 들었소. 왓슨 박사의 훌륭한 책을 읽기도 전부터 말이오. 개인적인 정보통으로 홈스 씨가 어떻게 불쌍한 레지널드 머즈그레이브의 가족사를 도와줬는지 들었다오. 두 사람을 만나게 되어 영광이오. 홈스 씨와 왓슨 박사가 와주신 걸 보니 가장 유능한 사람들에게 우리 아이들을 맡기게 되어 안심이 되는구려."

브레이스웰 당주의 칭찬에 홈스가 고개 숙여 인사했다.

"집 안에 있는 것은 모든 원하는 대로 쓰시오, 나 또한 필요하면 언제라도 도와주리다. 사건을 수사하는 동안이나마 두 사람을 모시게 되어 영광이오."

"이리 환대해주시니 감사합니다. 당주님의 친절에 보답하기 위해 성심성의를 다하겠습니다. 그럼 먼저 고인이 된 해리 멀린스에 대해 말씀해주시겠습니까? 멀린스는 지난 5년간 당주님 밑에서 일하고 있었죠, 맞습니까?"

"그렇소. 5년 가까이 일했지. 아내와 사별 후 멀린스는 이 집에 없어서는 안 될 중요한 사람이었고 개인적으로도 절친했소. 멀린스에게 가문의 대소사를 모두 맡겼고 일 처리도 매끄러워 만족했

지. 얼마 전 멀린스가 이 저택을 떠나 노부모를 봉양하려 했기에 이번 죽음이 더 안타깝게 느껴지는구려."

"멀린스를 해치고자 하는 사람이 있었습니까?"

홈스의 물음에 당주는 고개를 가로저었다.

"전혀 없었소. 내가 아는 한 멀린스는 말싸움 한번 해본 적이 없었으니. 멀린스에게 부모 댁 근처에 작은 가게를 하나 내어줄 생각이었소."

"멀린스와 아이들의 관계는 어땠습니까?"

"내가 그렇듯 두 아이도 멀린스를 절대적으로 신임했소. 멀린스는 몇 번이고 유능한 모습을 보였소. 나 대신 멀린스를 보내 일 처리를 한 적도 많소. 하지만 우리 집에서 키우는 강아지 스폿은 달랐소. 스폿은 멀린스를 무척이나 싫어했고 멀린스가 주변에 있을 때는 얌전히 굴지 않아 고생했지."

"혹여 이유가 무엇인지 아십니까?"

"전혀 모르겠소."

"아이들이 어디 있을지 짐작 가는 바가 있으신지요?"

"안타깝게도 그 또한 전혀 모르겠소. 두 쌍둥이는 매우 가깝게 지냈고 자연스레 서로를 지켜주려

고 애썼소. 만약 두 아이 중 한 명이 위험에 빠진다면 다른 한 명이 전력을 다해 지키려 했으리라 장담하오."

"납치범이 요구사항을 보낸 적이 있습니까?"

"아직 아무 말도 없었소. 만약 뭔가 나타난다면 내 집사 제프리가 바로 알려줄 것이오."

"레스트레이드 경감이 말하길 브레이스웰 가문의 마차가 경찰서에 있다고 하던데요. 멀린스의 시신도 그곳에 있고요."

"경찰서는 저택에서 걸어서 30분 거리에 있소. 마차가 발견된 곳에서 그리 멀리 떨어진 거리가 아니지. 저택 부지의 북문으로 나가면 더 가까우니 시간을 좀 아낄 수 있을게요. 필요한 것이 있다면 제프리에게 말하시오."

브레이스웰 당주는 악수를 한 뒤 작은 종을 울렸다. 인장이 새겨진 반지가 금속제 종과 부딪히며 같이 울렸다.

"내 두 가지만 부탁하고 싶소만."

"말씀하시지요."

홈스가 재깍 대답했다.

"수사에 진척이 있을 때마다 내게 계속 알려주시겠소? 아내와 사별한 이래 가족이라곤 아이들이 전부요."

"아이들을 되찾아 오겠다고 약조드리겠습니다."

홈스가 다짐하듯 말하고는 다시 물었다.

"그럼 두 번째 부탁은 무엇입니까?"

"조사가 끝나면 마차를 저택으로 돌려보내 주겠소? 조사하느라 마차를 보관하고 있는 듯해서 말이오."

홈스가 말했다.

"예, 물론이죠."

집사인 제프리를 기다리는 동안 홈스는 다시 책장을 면밀히 살펴보더니 수첩에 무언가를 적었다.

"홈스, 무얼 발견한 겐가?"

홈스에게 다가가며 내가 넌지시 물었다.

"이 책장에 책 일곱 권이 있는데 한 권은 거꾸로 꽂혀있네. 뭐가 보이는가, 왓슨?"

"흠, 글쎄. 책이 여러 권 보이네만, 그뿐이네."

"이보게, 왓슨. 레스트레이드 경감이 보냈던 전보 기억하나? 그걸 생각하며 다시 한 번 보게."

다시 한 번 책장을 쳐다봤지만 쳐다보는 내내 나 자신이 멍청하게 느껴졌다. 책은 다음 순서대로 꽂혀있었다. 이솝우화의 《그림자》, 오스카 와일드의 《리딩 감옥의 노래》, 에드거 앨런 포의 《울람룸》, 조너선 스위프트의 《걸리버 여행기》, 미겔 데 세르반테스 사아베드라의 《알제리에서 삶》, 셰익스피어의 《겨울 이야기》, 찰스 디킨스의 《에드윈 드루드의 비밀》. 이렇게 일곱 권이 꽂혀있었.

그러다 곧 숨겨진 답이 보였다.

"책들의 첫 글자를 조합해보면 '그리울 걸 알기에'라는 문장이 나오는군. 겨울 이야기 때문에 헷갈렸지만, 첫 글자가 아니라 마지막 글자를 사용해야 했어. 아이들이 아빠를 그리워한다는 뜻일까?"

그 순간 제프리가 서재로 들어왔다.

제프리는 우리를 저택 밖으로 안내했다. 행동거지를 보아하니 고용주의 지시에는 따르지만 별로 내키지 않는 모양새였다.

경찰서로 걸어가는 내내 제프리는 티끌 하나 없이 광을 낸 자기 신발을 계속 쳐다보며 최대한 진흙탕을 피해 다녔다. 경찰서는 브레이스웰 경의 저택에서 1.5마일 밖에 떨어져 있지 않았다. 하지만 토터리지 마을로 들어서고 난 후부터는 제프리를 따라 골목에서 골목으로 돌아다닌 터라 나는 이내 방향 감각을 상실해버리고 말았다.

"여깁니다."

제프리의 말에 명판을 보니 어느새 경찰서였다. 도어노커는 오래 방치되었는지 뻑뻑해서 소리도 잘 나지 않았다.

"이 동네에서는 범죄가 거의 일어나지 않다 보니 이렇습니다."

제프리는 그렇게 설명하며 문을 두드렸다. 하지만 마찬가지로 대답이 없자 결국 주먹으로 문을 쾅쾅 두들겼다. 그러자 배불뚝이 경관이 문을 열고 나타나 우리를 차례대로 훑어보았다.

"왜 그러슈?"

"간밤에 이곳으로 가져온 마차를 보러 왔소."

홈스가 말했다.

"무슨 마차? 그런 건 모르오."

"이 경찰서에서 보관하고 있다는 말을 듣고 왔소."

"누가 그러는데? 댁들은 누구슈?"

경찰의 말에 제프리가 끼어들어 우리를 소개해줬다. 홈스의 이름을 듣자마자 경관의 태도가 돌변했다. 경관의 얼굴에 서린 짜증은 이내 놀라움으로 바뀌었다. 경관은 황송하다는 듯 소리쳤다.

"셜록 홈스 씨! 무슨 일로 이런 누추한 서까지 오셨습니까?"

"내 말 했듯이 여기로 가져온 마차를 보려고 하오. 그리고 해리 멀린스의 시신도 확인하고 싶소만."

"물론입죠. 검시관이 아직 도착하지 않았습니다."

"완벽하군."

홈스가 만족한 듯 말했다.

"여기 내 동료가 군의관 출신이니 사망 시각이나 사인 등 필요한 정보를 알아낼 수 있을 거요."

홈스의 칭찬에 나는 얼굴을 붉혔으나 제프리와 경찰서의 유일한 경관은 의심의 눈초리로 날 쳐다봤다. 경관은 뒷문을 통해 안뜰로 우리를 안내했고, 그곳에는 마차 한 대가 외로이 서있었다. 말 두 필은 옆의 간이 마구간에 들어가 있었다.

"이렇게 부끄러운 상태로 보여드리게 돼서 면목이 없습니다. 진흙이 잔뜩 튀었는데 아직 닦질 못했습니다."

경관은 주머니에서 수건을 꺼내 마차를 닦기 시작했다.

"그것참 다행이로군!"

홈스의 말에 경관은 마차를 닦던 손길을 멈췄다. 홈스는 마차 주변을 빙 둘러보면서 그 긴 다리를 접었다 폈다 하며 마차의 표면 여기저기에 남은 자국을 수첩에 기록했다. 마차의 거의 모든 면이 그러하듯 브레이스웰 가문의 문장도 말라붙은 진흙으로 뒤덮여 있었다. 홈스는 마부석 옆에 멈추더니 마부석 표면을 자세히 살폈다. 그리고 마차 안에서 타버린 볼리바르산 시가 꽁초와 작은 천 자루를 꺼내고는 가문 문장이 새겨진 판에 대해서도 무언가 기록했다. 포면 양은 문장이 새겨진 그 판 뒤에 일기장을 숨겨뒀었

다. 마차를 살펴본 홈스는 만족한 듯 미소를 지었다. 나도 홈스를 따라 해봤지만 평범한 내 눈에는 별다른 특이점이 보이지 않았다.

홈스는 마차 안도 조사했지만, 시간은 훨씬 짧게 걸렸다. 홈스는 마차 밖으로 나와 말했다.

"모든 자국이 지워졌네. 상황이 정말 좋지 않군. 하지만 특기할만한 물건을 하나 발견했네, 왓슨. 우리가 사건 현장에 도착했을 때 처음 서있던 곳 말일세. 거기 진흙에 찍힌 이상한 자국을 기억하나? 마차 계단 근처의 진흙에 열쇠 모양의 자국이 남아있었네. 기억하는지 모르겠지만 자네가 거길 밟을 뻔해서 내가 막았었지. 바로 그걸 조사하고 있었네. 진흙 위에 남은 자국은 마차에 있는 가문 문장의 상단 모서리와 일치했네. 이로써 열쇠를 사용해 마차 밖에서 문을 잠갔다는 점이 확실해졌네. 이제 누가 그 열쇠를 갖고 있는지 알아내야 하네. 포먼 양이 아이들을 마차 안에 두고 문을 잠갔다면 아이들은 어떻게 밖으로 나올 수 있었을까?"

경찰서 안으로 돌아가자 경관이 한 사무실로 안내해줬는데 탁자 위에 시체 한 구가 놓여있었다. 그때 본 해리 멀린스의 표정은 평생 잊을 수 없을 것이다. 멀린스는 묘령의 남성으로 나이대는 35~55세 사이로 보였다. 멀린스의 새까만 머리는 마치 사자 갈기와도 같았다. 그의 눈에는 여전히 분노와 공포가 서려있었는데 아직도 내 뇌리에 새겨져있다. 멀린스의 얼굴은 일그러진 채 뻣뻣하게 굳어버려서 그의 원래 이목구비를 거의 알아볼 수 없을 지경이었다. 군에 있을 때 시신을 많이 봤지만 당장에라도 사무실에서 뛰쳐나가고 싶은 심정이었다. 멀린스의 사인死因은 총상이 확실했으며 흉부에 총을 맞았다. 그런데 홈스는 오히려 멀린스의 꽉

쥔 손과 벌려진 입술을 자세히 살펴보는 게 아닌가.

조사를 마친 홈스는 근처에 있는 작은 탁자로 발길을 옮겨 고인의 소지품들을 살펴보았다. 멀린스의 소지품은 다음과 같았다.

- 브레이스웰 문장이 있는 금으로 된 담뱃갑. 성냥 5개비와 담배 4개비가 들어있음
- 1파운드 금화 4개와 20파운드어치 지폐들
- 금반지
- 알 수 없는 부호가 적힌 메시지. 'M'이라는 서명이 있음
- 손수건으로 감싼 각설탕 몇 개

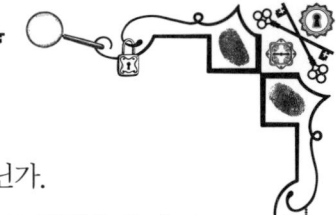

어떤 물건이 이상하다고 하는 걸까? 여기 있어야 하는데 없는 물건은 무엇일까? 홈스가 현장에서 회수했다고 생각했던 물건은 무엇일까?

"정말 흥미롭군. 지금까지 알아본 바와 비교해 보면 이 중 하나는 말이 안 돼. 우리가 들은 것과 달리 물건 하나가 사라졌고, 또 있어야 할 물건 하나는 보이질 않는군."

"무슨 뜻인가, 홈스?"

홈스의 말에 내가 물었다.

"각설탕 말일세, 왓슨."

홈스가 말을 이었다.

"멀린스의 주머니에는 손수건으로 감싼 각설탕이 들어있었네. 말에게 줄 간식이었겠지. 그런데 비가 그렇게 쏟아졌는데 어째서 각설탕은 아직 멀쩡한 걸까? 풀어야 할 실마리가 또 하나 생겼군! 그리고 레스트레이드 경감이 언급한 약혼자 사진이 있는 멀린스의 목걸이는 어디 갔을까? 마지막으로 멀린스는 총에 맞았는데 현장에서는 탄피가 발견되지 않았네. 여기에도 없고."

　홈스는 M이 남긴 메시지의 기호들을 수첩에 적고는 경관에게 말했다.
　"확인할 건 전부 다 봤네. 마차를 더 이상 서에서 보관하지 않아도 된다면 제프리 씨가 마차를 끌고 웨스트우드 저택으로 돌아가게 해주게."
　우리는 경관과 인내심이 바닥난 제프리에게 작별인사를 했다. 두 사람은 경찰서 안뜰로 돌아갔다.
　경찰서에서 나오면서 홈스는 멀린스의 시신에서 발견한 메시지를 보여주더니 무슨 뜻인지 알겠냐고 내게 물었다.

> <E<F >┌ƎO >E ┐」< ⊓」V
> O>┐┌┌┌OƆ.
>
> ┌ V┌┌┌ VOO <E< VEEO.
> 　　　　　　　　　　　- M

　처음에는 몇몇 기호들이 수학 기호처럼 보였지만 몇 초 들여다보고 있자니 전에 어디선가 봤던 기억이 났다. 아프가니스탄에서 일부 장교들이 이런 식으로 전갈을 암호화했었다. 프리메이슨 암호를 사용해서.
　나는 곧 수첩에 암호를 그리기 시작했다. 1~2분 정도 지나자 M이 멀린스에게 남긴 메시지를 알아낼 수 있었다. 협박 메시지였다.

M의 메시지는 어떤 내용일까?

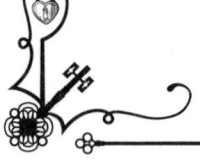

상황을 고려해보면 살해 협박이었을 것이다.

"메시지의 내용은 이렇네. '돈을 갚을 기한이 지났다. 곧 찾아가겠다.'"
"멀린스가 돈을 잘못 빌린 듯하군."
메시지의 내용을 들은 홈스가 말했다.
"멀린스를 살해한 사람이 M인지, 아니면 멀린스가 척을 진 다른 사람인지는 알아봐야겠군."

아직 우체부 조지 헤윗을 못 만났다면 *203쪽으로 가세요.*

조지 헤윗을 이미 만나봤다면 *41쪽으로 가세요.*

"고귀함은 쟁취하는 것이다?"

"아닐세."

내 물음에 홈스가 답했다.

"그럴 리 없지. 쟁취할 수 있는 것이었다면 이 지역에는 귀족이 넘쳐났을 걸세."

이제 *123쪽*으로 가세요.

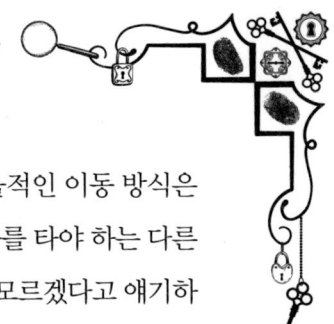

　일주일 내내 이어진 폭우로 인해 훨씬 효율적인 이동 방식은 기차일 수밖에 없었다. 홈스는 마차 대신 기차를 타야 하는 다른 이유를 생각해낼 수 있냐고 물었다. 솔직하게 모르겠다고 얘기하자 홈스는 레스트레이드 경감의 전보를 내밀며 특별하게 눈에 띄는 게 없냐고 물었다. 나는 전보를 찬찬히 훑어보았고 그제야 세 번째 줄에 있는 오타를 발견했다.

　'눈을 크게 뜨고 다음 글ㄹ을 주의 깊게 읽어주길 바라네.'

　"다른 이유가 물론 있지."
　내가 확신에 찬 목소리로 말했다.
　"눈을 크게 뜨고 다음 글 'ㄹ'을 주의 깊게 읽어주길 바라네. 다음 리을로 시작하는 문장 말이지. '런던의 자네 집에서 가장 빨리 출발하는 교통편으로 와주게'라는 말은 다음 기차를 타고 오라는 뜻이로군. 그래서 자네가 전보를 받은 후 다시 자리에 앉은 거고. 다음 기차는 오늘 오전 늦게나 출발하니까. 덕분에 아침 식사를 끝낼 시간을 벌었던 거군."
　역으로 함께 가는 동안 홈스는 즐거운 듯 주변 행인들에 대해서도 추리를 했다. 홈스의 관찰이 맞는지 확인할 순 없었지만 홈스에 대한 나의 믿음은 절대적이었다.
　역에 도착해 보니 기차가 막 승강장에 멈춰선 무렵이었다. 승강장에는 기차를 타고 내리는 승객들로 붐볐다. 선로 옆을 걸으며 자리를 찾아봤지만 모든 칸이 만석이었다. 많은 이들이 화창한 날씨를 즐기러 런던 시외로 향하고 있었던 것이다. 기차 칸 맨 끝에

이르러서야 빈자리를 찾아 앉았고 기차는 역을 빠져나갔다. 출발하기 직전 검은 수염에 창백한 얼굴의 한 노인이 우리 뒤를 따라 기차에 탈 듯하다가 곧 문 앞에 멈춰 서서 한동안 우리를 쳐다보았다.

우리는 곧 만나게 될 레스트레이드 경감에 대해 얘기하며 시간을 보냈다. 가끔 앞칸과 연결된 문 유리창으로 사람의 모습이 보였지만 무슨 일인지 이내 발길을 돌렸다. 우리 주변에 빈자리가 많아 널찍한데도 말이다. 나는 어깨를 으쓱하고는 넓은 자리에 만족하며 누군가 엿들을 염려 없이 대화에 다시 집중했다.

핀칠리에 도착하기 전 역에서 봤던 검은 수염과 창백한 얼굴을 한 똑같은 사람이 기차 앞칸에서 내리는 걸 보았다. 그는 우리 칸 앞에 멈춰서더니 또다시 우리를 뚫어져라 쳐다봤다. 마치 우리에게 눈도장을 찍고 가려는 듯했다. 혹시 내 책을 읽은 독자인데 위대한 탐정을 만나기에 수줍었던 게 아닐까? 기차가 천천히 역을 빠져나갈 때 내 머릿속에 든 생각이었다.

마침내 핀칠리에 도착했고 우리는 기차에서 내리려고 자리에서 일어났다. 그런데 기차 칸 문이 아무리 해도 열리지 않았다. 다시 출발하려는 엔진 소리가 날 때까지 문을 열려고 해 봤지만 소용이 없었다. 내가 다급하게 소리쳤다.

"홈스! 기차에 갇혔네! 경감을 만나러 가려면 기차에서 내릴 방법을 찾아야 하네. 탈출할 방법을 찾도록 도와주게!"

홈스와 왓슨은 어떻게 기차 칸을 빠져나왔을까?

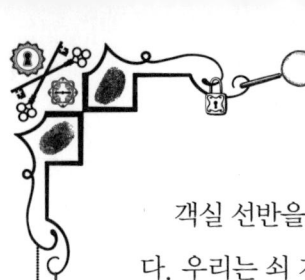

객실 선반을 뒤지자 의자 옆에 반쯤 숨겨진 쇠 지렛대가 보였다. 우리는 쇠 지렛대를 이용해 문을 강제로 몇 인치 정도 열 수 있었다. 그리고 홈스와 함께 문을 당겨 간신히 기차를 빠져나왔다. 승강장에 내린 뒤 놀란 역무원에게 쇠 지렛대를 건네주고는 역 계단으로 갔다. 놀란 가슴을 쓸어내리며 내가 말했다.

"기차에 갇히다니 운도 없군. 다른 이들이 갇히는 일이 없도록 역무원에게 기차 문에 결함이 있다고 말해줬네."

내 말에 홈스가 대답했다.

"우연히 일어난 일이 아닐세. 여기서 내리지 못했다면 한참이 지나서야 레스트레이드 경감을 만날 수 있었겠지. 우리가 경감을 만나지 못하게 막는 세력이 있네. 수염을 기르고 얼굴이 창백했던 그 노인이 한 짓이겠지. 우리가 탔던 기차 칸에 다른 이들이 타지 못하도록 그자가 앞칸으로 이어진 문을 망가뜨렸을 걸세. 그리고 핀칠리 전 역에서 내렸을 때도 우리 기차 칸 문도 고장 냈을 테고. 꽤 별난 인상이었지만 진짜 얼굴이 아니었을걸세. 필시 변장했을 테지."

> 홈스는 어떤 의심을 하고 있을까?

"알 수 없지 않나."

내가 말했다.

"이전 역으로 돌아가 그자를 추적하기엔 이미 늦었네. 경감을 만나러 가는 게 나을 걸세."

> 두 사람은 마을 어디에서 레스트레이드 경감과 만나기로 했을까?

역을 빠져나오면서 레스트레이드 경감과 만날 장소는 어딘지

아느냐고 묻자 홈스는 새삼스럽다는 듯 대답했다.

"왜 모르겠나, 왓슨. 필요한 정보는 모두 전보에 있지 않나. 핀칠리 어디에서 레스트레이드 경감을 만날지 아직 눈치채지 못한 건가?"

홈스의 말에 평범한 내 눈으로는 메시지의 의미를 알 수 없었다고 솔직히 말했다.

"전보에는 만날 장소도 숨겨져 있네. 콕 집어 핀칠리라고 적혀 있는 것처럼 경감을 만날 정확한 장소도 나와 있지. '왕관을 쓴 머리가 무겁네'는 셰익스피어의 작품 헨리 4세 2막 '왕관을 쓴 머리는 편안히 쉴 수 없도다'에서 따온 말일세. 무거운 머리는 왕의 머리고 우리가 레스트레이드 경감을 만날 곳은 '왕의 머리' 술집일세. 기차역에서 엎어지면 코 닿을 거리지."

이제 96쪽으로 가세요.

"헤윗부터 만나보세."

홈스가 대답했다.

"사건 현장에 가장 먼저 도착한 사람이니 무언가 기억하고 있을지도 모르지. 시간이 없네, 왓슨."

홈스는 손을 흔들어 마차를 잡더니 마부에게 어디로 갈지 알려 줬다.

이제 *203쪽으로 가세요.*

웨스트우드 저택의 시계

웨스트우드 저택으로 돌아와 보니 브레이스웰 당주는 경찰서에서 찾아온 마차를 타고 출타한 지 오래였다. 대신 당주는 사과의 편지를 남겼다.

> 홈스 씨와 왓슨 박사께
>
> 두 분께 진심으로 사과하오. 런던에 있는 직업소개소에서 호출이 있었소. 오늘 저녁이나 내일 아침에 돌아올 것이오. 그동안 웨스트우드 저택에서 편히 지내시오.
>
> 클레멘스 부인과 제프리에게 두 분 수발을 들으라 일러뒀소. 필요하다면 두 분이 집안의 다른 하인들도 면담할 수 있도록 준비해두라 했소.
>
> 짐럼 브레이스웰

저녁 식사를 마치고 집사인 제프리가 우리를 3층 객실로 안내했다. 객실 역시 아늑하고 편안해보였다.

방에는 커다란 침대 두 개가 있었는데 남색 두꺼운 누비이불이 깔려있었다. 또한, 서랍 네 개가 있는 목제 옷장과 옷걸이가 있는 작은 장롱도 있었다. 창가에는 작은 사각 탁자와 의자 두 개가 있었다. 창문 밖으로 저택 부지의 아름다운 경치가 보였다. 작은 체

스판이 탁자 위에 놓여있었는데, 체스판의 말의 위치로 보아 누가 뒀는지는 몰라도 체스 규칙에 대해 전혀 모르는 사람인 듯했다.

문 옆의 작고 둥근 탁자 위에 놓인 꽃병의 꽃들은 정원에서 따온 듯했다. 벽난로도 있었는데 그 주변에 석고로 만들고 녹색 칠을 해 진짜처럼 보이는 포도 넝쿨 장식이 여러 개 있었다. 넝쿨은 벽난로 주변 바닥에서 돋아난 듯 보였고 벽을 타고 올라가 천장까지 가 닿았다. 벽난로 장식장 위에 《제인 에어》소설책이 중간쯤 책갈피가 꽂힌 채 올려져있었다.

오랜 시간을 밖에서 보내다가 실내로 들어온 터라 마음이 편안했지만, 오래전 다친 어깨가 아려와 가만히 있지는 못했다. 내가 인상을 찌푸리는 것을 본 홈스가 말했다.

"자네도 나처럼 좀이 쑤셔서 가만히 있질 못하는군."

나는 편히 앉아서 책을 읽고 있어서 매우 만족한다고 대답했다.

"우리가 함께 일하는 동안은 자네가 그 오래된 상흔을 신경 쓰지 않는다고 생각했는데 내가 잘못 봤나? 어쩌면 차를 한잔 마시면 상흔의 고통도 잦아들고 휴식에 도움이 될지도 모르겠군."

홈스는 자리에서 일어나 문 앞으로 걸어갔다. 홈스가 문고리를 돌려 당겼다. 문은 꿈쩍도 하지 않았다.

"문이 잠겼네."

홈스가 방안을 둘러보며 말했다.

"열쇠는커녕 밖에 도움을 청할 수단조차 보이지 않는군."

우리는 하인을 호출할 종을 찾아 방을 뒤지기 시작했다. 하지만 그런 종은 없었다. 홈스는 장식장으로 다가가 《제인 에어》소

설책을 훑어보기 시작했다. 홈스는 책갈피가 꽂힌 쪽을 펴서 책갈피를 자세히 살펴보더니 미소를 지으며 내게 넘겨주었다. 책갈피에는 "불쌍한 베르타"라는 글자와 함께 아이가 쓴 듯한 문구가 있었고 숫자들이 잔뜩 적혀있었다. 숫자는 가로로 4개씩 여러 줄이 있었는데, 각 세로줄 맨 위에는 글자가 하나씩 적혀있었다.

장	문	문	단
1	7	1	9
11	3	5	5
10	10	1	3
20	15	1	3
7	8	2	34
2	25	8	23s

"무슨 뜻인지 모르겠군."

숫자와 줄 사이의 연관성을 찾다가 포기한 내가 말하자 홈스가 웃으며 대답했다.

"아이고, 왓슨. 아무래도 우린 어린애들 장난에 놀아난 것 같네. 쌍둥이들이 손님을 골려주는 걸 좋아하나 보군. 손님을 객실에 가둬두고 스스로 빠져나갈 방법을 알아낼 만큼 똑똑한지 보려는 요량인가 본데. 책갈피와 이《제인 에어》책이 방법을 알려줄 걸세. 소설 속 베르타는 3층 방에 갇혀있던 인물이네. 얄미운 꼬맹이들이로군!"

홈스는 어떻게 잠긴 방에서 탈출했을까?

"그것참 다행이네만, 홈스. 아직도 이 방에 갇힌 신세지 않나."

내 말에 홈스가 대답했다.

"때가 되면 나가게 될 걸세, 왓슨. 아이들이 낸 수수께끼의 답을 찾아낼 테니 잠시만 기다리게. 샬럿 브론테의 작품에는 쌍반점과 붙임표를 많이 사용했다는 사실을 아는 것이 중요하네. 그러니 이런 구두점을 사용했다면 서로 다른 단어라고 봐야 하지."

홈스는 책갈피의 숫자들을 살펴보더니 책장을 넘기기 시작했다. 그러다 특정 페이지에서 멈추고는 손가락으로 책을 훑어 내렸다. 손가락으로 글자를 따라가던 홈스는 이내 만족스러운 표정을 지었다. 1~2분이 지나자 홈스는 책갈피를 책에 도로 꽂아서 벽난로 위 장식장에 올려놓았다.

홈스는 벽난로 왼쪽의 세 번째 포도 넝쿨을 잡아당겼다. 놀랍게도 석고로 된 포도 넝쿨이 부서지기는커녕 벽에서 당겨졌다 다시 제자리로 돌아가는 게 아닌가. 홈스는 곧 탁자로 돌아와 자리에 앉았다.

"포도 넝쿨이 호출용 종인 줄 어떻게 알았나?"

내 물음에 홈스가 답했다.

"책갈피에 있는 숫자들은 순서대로 장, 문단, 문장, 단어를 찾아보라는 뜻이네. 가로줄 하나가 한 단어를 의미하지. 그러니 여섯 단어를 다 찾으면 이런 내용이 되네. '종을 울리려면 세 번째 넝쿨을 당겨라.' 숫자 23 다음의 취소선이 그어진 's'는 찾게 될 단어에서 's'를 지우라는 의미네. 그러니 '넝쿨들vines'이 아니라 '넝쿨vine'이 되는 게지. 그렇게 해서 넝쿨 장식이 호출용 종이란 사실을 알게 됐네. 집사가 깜빡하고 이런 사실을 알려주지 않았나 보군."

홈스가 설명을 끝내자 문고리가 돌아가더니 하녀 한 명이 미안한 얼굴로 들어왔다.

"죄송해요, 손님. 집사님이 몇 번이고 문의 자물쇠를 고치려고 하셨는데, 그럴 때마다 자제분들이 어떻게든 다시 문을 망가뜨려 놓았어요. 청소를 하거나 물건을 치우려고 3층에 올라왔다가 손님이 문을 두들기며 열어달라고 하는 상황을 몇 번이나 겪었는지 몰라요. 방의 벽이 두꺼운 데다 중앙 계단에서 멀리 떨어져있어서 객실 가까이 오지 않는 이상 소리를 질러도 들리지 않고요. 얼마나 오래 갇혀계셨어요?"

하녀의 질문에 홈스가 즐거운 듯 대답했다.

"겨우 5분 정도? 걱정하지 마시오. 꽤 재미있는 여흥이었으니. 그나저나 차를 좀 가져다주겠소?"

"5분밖에 안 됐다고요?"

하녀가 탄성을 질렀다.

"손님은 정말 천재신가 보군요! 차를 곧 내오겠습니다."

하녀는 방을 나가려다 열린 문 앞에 멈춰서더니 문을 끝까지 활짝 열고는 미소를 머금고 시야에서 사라졌다.

10분 후 하녀가 차를 가지고 돌아왔다. 하녀는 탁자에 찻주전자와 찻잔을 올리려고 체스판을 치웠는데, 체스판에 말이 움직이든 말든 신경도 쓰지 않았다. 우리를 힐끔힐끔 쳐다보는 하녀의 눈빛을 보아하니 최소한 홈스에게는 존경과 호기심이 생긴 듯했다.

홈스가 대뜸 하녀에게 물었다.

"실례지만 지금이 몇 시인지 알려주겠소?"

나는 고개를 갸우뚱하며 홈스를 쳐다봤다. 방 반대편에 대형

괘종시계가 떡하니 서있었기 때문이었다. 규칙적으로 째깍거리는 시계 소리가 오히려 귀에 거슬릴 지경이었다.

"이런 말씀을 드려도 될지 모르겠지만 홈스 씨는 정말 관찰력이 뛰어나시네요."

하녀의 말에 홈스는 고개를 가볍게 끄덕일 뿐이었지만 칭찬에 기분이 좋아진 얼굴이었다. 홈스는 이번에는 내게 말을 걸었다.

"이보게, 왓슨. 이 시계는 보통 시계보다 훨씬 느리게 가네. 내 음악가적인 본능으로 느끼기에 이 시계에서 한 시간이 지나면 보통 시계에서는 한 시간 반이 지날 거 같은데."

홈스의 말에 하녀가 탄성을 내뱉었다.

"정확하게 맞히셨어요, 홈스 씨."

홈스가 여유로운 표정을 지으며 말을 이었다.

"그러니 왓슨, 만약 오늘 정오에 시간 맞춰 이 고장 난 시계의 종이 울렸다면, 그다음 같은 시간에 맞춰 종이 울릴 때는 언제겠나?"

나는 수학적 풀이는 무시하고 마음속으로 두 시계의 시침과 분침이 돌아가는 모습을 그려보았다. 몇 분 후 자신만만하게 답을 말했다.

"내일 정오에 정확히 12시를 가리킬 걸세. 하지만 그때 진짜 시간은 사실 내일 자정이겠지."

"바로 맞혔네, 왓슨!"

홈스는 그렇게 말하고 다시 하녀 쪽을 돌아보며 말했다.

"이제 아가씨한테 몇 가지 질문을 해도 되겠소?"

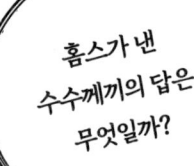

홈스가 낸 수수께끼의 답은 무엇일까?

하녀는 잠시 머뭇거리더니 결국 호기심을 이기지 못하고 물었다.

"홈스 씨는 사람 마음을 읽을 수 있다는데 사실인가요?"

"그렇지 않소. 그런 능력은 이 세상에 없소. 내 재능은 이 세상의 법칙에 묶여있지, 그 이상도 그 이하도 아니오."

홈스의 말은 단호했다.

하녀는 홈스의 말을 믿지 않는 눈치였다.

"그치만 제퍼슨 호프 사건 때는 맨 처음부터 어떻게 된 일인지 아셨잖아요!"

"아! 그야 간단한 사건이었으니까. 아가씨가 낮에는 하녀지만 밤에는 글 쓰는 사람이란 게 훤히 보이는 것처럼 말이오."

"어떻게 아셨어요?"

하녀는 소스라치게 놀랐다.

"앞치마로 손을 가리는 모습을 보고 예상했소. 아마 잉크가 묻어서 그렇겠지?"

"네, 씻어내려고 했지만 잠자리에 들기 직전에 항상 글을 써서요. 낮에는 일이 너무 많고요."

"그럼 틀림없이 제퍼슨 사건을 기록한 왓슨에게서 한 수 배울 수 있을 거요. 왓슨은 정확한 사실과 나의 추리력보다 낭만적이고 감각적인 걸 더 중요시하지. 예를 들어 아가씨와 나는 루시 페리어를 관심 있게 본적도 없고, 그녀의 미모가 어떤지, 피부가 얼마나 하얀지도 알지 못하지 않소."

"아니, 잠깐, 홈스."

내가 소리쳤다.

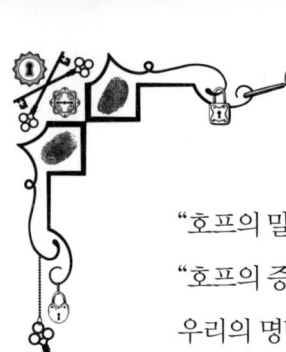

"호프의 말을 들어보면 분명—"

"호프의 증언은 신용할 가치도 없네."

우리의 명탐정이 말로 이길 수 없는 상대임은 알고 있지만, 나는 어떻게든 내 소설을 변호하리라 마음먹었다. 하지만 내가 뭐라 대답하기도 전에 홈스는 시계로 화제를 돌렸다.

"저 시계는 얼마나 오랫동안 고장 나 있었소?"

"하녀장이신 클레멘스 부인이 정확히 언제부터인지 알려주실 수 있을 거예요. 항상 고장 나 있긴 하지만 최소한 작동은 하잖아요? 아래층 중앙회관 끝에 저 시계보다 곱절은 큰 괘종시계가 있는데 한번도 제대로 돌아가는 걸 본 적이 없어요. 저는 지난달에 처음 왔어요. 그때 클레멘스 부인이 저택 내부를 안내해주셨는데요. 당주님의 조부님 때부터 브레이스웰 가주님이 몇십 년마다 한번씩 시계 장인에게 도움을 요청하셨대요. 수 세대에 걸쳐 여러 장인이 시계를 살펴봤지만 항상 고칠 수 없다는 결론을 내렸대요. 대대적으로 복원 작업을 하면 시계에 있는 장식이 다 망가질 수 있다 했고요. 그래서 지금까지 고치지 못했대요."

홈스는 장시간 골똘히 생각하더니 시간이 맞지 않는 괘종시계로 갔다. 그러고는 괘종시계의 문을 열고 내부 장치를 살펴보았다. 물론 하녀에게 미리 양해를 구한 터였다. 홈스는 괘종시계가 지금까지 봤던 시계들과는 전혀 다르다고 했다.

시계 문자판 뒤에 있는 톱니바퀴들은 중앙에 뭐가 하나 빠졌는데도 비교적 잘 돌아가는 듯했다. 덕분에 원래보다 훨씬 느리게 돌아가는 중이었다. 시계 주요 장치 위아래로 톱니바퀴 몇 개가 놓여있었는데 그중 하나가 빈자리에 딱 맞는 듯했다. 홈스가 톱니

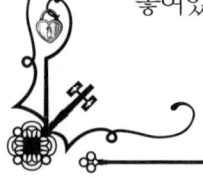

바퀴들을 하나씩 전부 끼워보더니 말했다.

"흥미롭군. 시계 문에 있는 톱니바퀴들을 빈자리에 끼워 맞춰도 다른 톱니바퀴와 맞물리지 않는 듯하네. 시계가 항상 망가져 있던 이유를 알 만하군."

"하지만 이 톱니바퀴를 저 톱니바퀴 위에 얹으면……."

홈스가 시계추를 멈추더니 시계 문 안쪽 위아래에 있는 톱니바퀴 네 개 중 상단 좌측과 하단 우측에 있는 톱니를 꺼내더니 둘을 합쳐 빈자리에 끼워 넣었다. 그리고 시계를 다시 작동시키며 말했다.

"이제 제대로 돌아갈 걸세."

나조차 째깍거리는 시계 소리가 전보다 빨라졌다는 걸 알 수 있었다. 하녀가 감탄하며 말했다.

"감사합니다, 홈스 씨! 그럼 제게 물어보시려던 질문은 뭔가요?"

"해리 멀린스에 대해 잘 알고 있소?"

홈스의 질문에 하녀가 대답했다.

"고인에 대해 나쁜 말을 하고 싶진 않지만, 멀린스는 걸핏하면 다른 사람과 싸웠어요. 2주 전에도 클레멘스 부인과 아주 시끄럽게 싸웠답니다."

"무엇 때문에 싸웠소?"

"멀린스한테는 노름빚이 좀 있었어요."

내 질문에 하녀는 잠시 머뭇거리더니 말을 이었다.

 "어제 일처럼 생생하게 기억해요. 제가 저택에서 일한 지 2주 밖에 지나지 않았던 날 아침이었어요. 빚쟁이 두 명이 주방문으로 들어오더니 멀린스가 안에 있냐고 물었어요. 멀린스는 저택 부지 내 다른 곳에 있었고 저는 주방장과 단둘이 주방에 있었어요."

 "멀린스가 빚을 얼마나 졌소?"

 "거의 천 파운드 가까이 됐대요! 빚쟁이 중에 한 명은 나중에 다시 와서 멀린스와 얘기해야겠다고 했지만, 다른 한 명은 액수가 너무 커서 더는 기다릴 수 없다고 했어요."

 하녀 입에서 나온 엄청난 액수에 나는 휘파람을 불었다. 홈스가 질문을 계속했다.

 "빚쟁이들이 누구 대신 온지 아시오?"

 "그렇다고 할 수 있지만 확실하진 않아요. 빚쟁이들이 멀린스에게 'M' 대신 왔다고 전하고 데려오라고 시켰어요. 'M'이 누구냐고 묻자 시키는 대로 하라고만 했고요. 빚쟁이들한테 한 시라도 빨리 떨어질 수 있어서 다행이었지만 홀로 남을 주방장이 걱정됐어요. 그래서 최대한 빨리 뛰었어요. 저택으로 올라오는 길에 있는 분수대에서 멀린스를 찾을 수 있었죠. 멀린스는 곧장 저와 함께 돌아와서 빚쟁이들을 밖으로 데려갔고 오랫동안 대화를 나눴어요."

 하녀는 또 잠시 머뭇거리더니 말을 이었다.

 "무슨 얘기들을 하는지 궁금해서 탐정 소설에 나오는 것처럼 열쇠 구멍으로 대화를 엿들으려 했는데 하나도 들리지 않지 뭐예요."

 "브레이스웰 경은 이런 사실을 아시오? 아이들을 돌보기에는 하자가 있어 보이는데."

홈스의 말에 하녀가 대답했다.

"클레멘스 부인이 말해주셨는데 주인님께서 전에도 멀린스한테 몇 번 돈을 빌려주셨대요. 하지만 멀린스도 이 정도로 많은 빚은 주인님께 알리고 싶지 않았나 봐요. 멀린스는 거칠게 생긴 데다 친하게 지내는 사람이 단 한 명도 없을지 모르지만, 자제분들과 있을 때는 전혀 다른 사람 같았어요. 클레멘스 부인이 항상 말씀하셨듯 제가 입이 너무 가벼운 걸지도 모르지만, 그래도 멀린스처럼 좋은 보호자는 없을 거예요. 멀린스는 항상 자제분들과 같이 놀아주고 새로운 놀이도 가르치곤 했어요. 가장 최근에 알려준 놀이는 체스였을 거예요. 바로 여기 있는 체스 세트로 가르쳤었죠. 멀린스는 체스판을 어떻게 세팅하는지, 말들이 어떻게 움직이는지 알려주려고 짧은 이야기까지 지었답니다. 그런데 자제분들은 그 얘기가 너무 지루하다면서 직접 새로운 이야기를 만들었대요. 자제분들의 상상력이 어떤지 보여주는 또 다른 사례죠."

나는 체스판 아래에 손을 넣어 종이 하나를 꺼냈다. 아이들이 만든 이야기는 다음과 같았다.

여왕은 보통 자기 색의 네모 칸에서 시작하지만, 이번엔 아니다. 거의 모든 병사가 제 위치에 서있지만 벽은 원래 쉬던 장소에서 한 칸 더 앞에 있다. 왕은 여왕의 곁에 있지만 여왕은 자기 옆에 서있는 이에게 다른 왕을 사랑한다고 고해성사한다. 왕은 벽에 머리를 들이박고 있고 그의 종교적 조언자가 이를 지켜보며 왕이 어째서 절망하는지 고민하고 있다. 그리고 기사들의 전마들이 폰 옆에서 풀을 뜯고 있다.

"아주 기발한 이야기로군."

내가 감탄하자 홈스가 곧바로 물었다.

"이야기에 나오는 대로 체스판에 말들을 배치할 수 있겠나?"

"로직 퍼즐이로군."

"단순히 퍼즐에 나오는 대로 지시를 따라가면 될 일일세. 이 애매하게 묘사된 이야기에 어떤 체스 말이 나오는지 알아내면 풀 수 있지."

255쪽에 있는 체스판을 사용해 이야기에 맞춰 체스판에 말을 배치해보자.

나는 이 수수께끼를 순식간에 풀어냈다. 다시 시작한 횟수도 두 번밖에 되지 않았다. 하지만 결국 체스 말을 제대로 배치한 뒤 의기양양하게 체스판을 내려다봤다.

하녀가 슬픈 미소를 지으며 말했다.

"자제분들은 멀린스의 보호 아래 잘 자라는 듯했어요. 그보다 좋은 보호자는 없었을 거예요. 작년 겨울에 브레이스웰 경과 멀린스가 자제분들을 데리고 저택 부지에서 스케이트를 즐겼어요. 두 분은 자제분들에 대해 잘 모르시겠죠. 정말 그런 말썽꾸러기 괴물들, 제 말은 그렇게 좋은 아이들은 처음 보실 거예요. 주인님이나 멀린스가 호수 한가운데는 위험하다고 주의를 시켜도 자제분들은 아랑곳하지 않았죠. 멀린스가 최대한 뒤를 따라다녔지만 두 분은 너무 빨랐어요. 갑자기 얼음이 깨져 자제분들이 물에 빠지고 말았죠. 멀린스는 자기 안위는 생각하지 않고 바로 물에 뛰어들어 두 분 모두 구해냈어요. 만약 클레멘스 부인이 멀린스를 믿을만한 사람이라 하셨다면 뭐든 멀린스에게 맡겼을 거예요."

"클레멘스 부인을 매우 좋게 평가하는군."

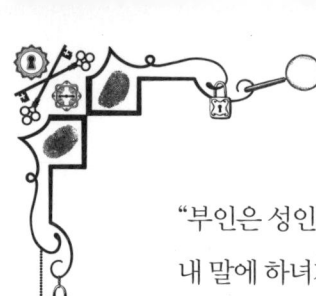

"부인은 성인聖人이나 다름없으세요."

내 말에 하녀가 얼굴을 붉히며 말했다.

"다들 아는 사실이에요. 부인은 정말 친절하세요. 이 저택을 아름답게 유지하는 법부터 세제 만드는 법 같이 간단한 일도 전부 알려주셨어요. 물과 식초, 레몬주스를 섞으라고 하셨죠. 그리고 다른 재료 하나는 절대 섞지 말라고 하셨어요. 잘 안 지워지는 얼룩이나 때를 벗겨낼 때 자주 쓰는 물건이었는데 제가 그 이름을 잘 기억하질 못해서요. 자제분들이 갖고 놀까 봐 클레멘스 부인이 저택 안에는 보관하지 말고 바깥의 창고에 두라 하셨어요."

가정용 액체 중 세제와 섞으면 안 되는 액체는 무엇일까?

"수수께끼에 싸인 재료가 뭔지 맞혀보겠나, 왓슨?"

"아니 뭐, 우 드 재벨eau de Javel, 즉 표백제 종류라면 전부 그렇지 않겠나. 독성이 강한 염소가스가 생성될 테니까!"

"잘 맞혔네, 왓슨."

홈스가 하녀 쪽으로 돌아서며 말했다.

"빚쟁이들이 다녀간 뒤로 멀린스의 행동에서 이상한 점은 없었소?"

"눈에 띄게 이상한 점은 없었어요. 가끔 술에 취해있었고 다른 사람과 말싸움도 자주 했어요. 하지만 멀린스는 항상 그래왔는걸요. 말씀드렸듯이 자제분들과 있을 때만 사뭇 다른 모습이었어요. 훨씬 친절하고 친근했죠."

"멀린스의 다른 면모에 대해 더 말해줄 수 있겠소?"

하녀는 잠시 머뭇거리다 대답했다.

"저녁 식사가 끝나면 멀린스는 가끔 자제분들에 대해 얘기하곤 했어요. 자제분들에게 너무 잘해줘서 혹시 멀린스에게 조카라도 있나 클레멘스 부인에게 물어봤어요. 하지만 저처럼 부인도 멀린스의 가족에 대해 아는 게 거의 없었죠. 멀린스에게 직접 물어보는 건 꿈도 못 꾸고요."

"강아지 스폿은 멀린스를 안 좋아했다던데?"

"맞아요. 하지만 스폿은 정말 얌전한 개예요. 우체부가 오면 문으로 달려가서 꼬리를 흔들며 반겨주죠. 우체부가 우편물을 전달해주면서 클레멘스 부인과 대화를 할 때는 간식을 달라고 조르기까지 해요. 집사님이 그러시는데 스폿이 작은 강아지였을 때 놀다가 찰리 도련님을 물어서 멀린스가 스폿을 심하게 때렸대요. 불쌍한 스폿이 잘못하긴 했지만 여전히 그때 일을 잊지 못하나 봐요."

"아까 멀린스가 '눈에 띄게' 변하지 않았다는 말은 무슨 뜻이오?"

"한 열흘 전에 돌연 멀린스가 일을 그만두겠다고 했어요. 여긴 정말 좋은 자리인데도 말이에요. 이렇게 좋은 자리는 쉽게 구할 수 없거든요. 브레이스웰 가문은 봉급이 후해서 저도 사람을 구한다는 말을 듣고 오랫동안 같이 지내던 가문을 나와 이곳에 왔어요."

"무엇 때문에 그만두었다고 생각하시오? 빚쟁이들 때문에? 아니면 클레멘스 부인 때문에?"

"그렇진 않을 거예요. 오히려 지금 직장에서 받는 돈으로 빚을

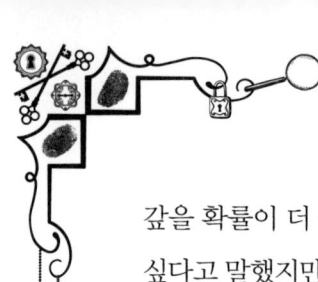

갚을 확률이 더 높겠죠. 멀린스는 주인님께 부모님을 봉양하고 싶다고 말했지만, 멀린스는 한 번도 자기 부모 얘기를 한 적이 없었어요."

"평소에 멀린스한테 오는 우편물이 많소?"

"그렇진 않아요. 홈스 씨 말씀을 들으니 생각났는데, 멀린스가 일을 그만두기 전에 편지 한 장을 받았어요. 잠깐밖에 보지 못해서 내용은 저도 모르겠어요. 편지에는 이상한 문양이 가득했는데 마치 수학공식 같았어요. 그때가 아침 식사 중이었는데, 그날은 평소 요리하던 주방장이 아파서 부주방장이 아침 식사를 준비했어요. 부주방장은 멀린스가 주방에 갈 때마다 넋을 놓고 있어서 요리에 집중하라고 주방장이 혼내곤 했어요. 얘기가 잠시 샜네요. 멀린스는 편지를 보자마자 숨이 턱 막힌 듯한 모습이었어요. 저는 블러드 소시지를 별로 좋아하지 않지만, 어쨌든 멀린스가 블러드 소시지를 자르고 있는데 편지가 왔었어요. 멀린스는 황급히 편지를 열어봤어요. 자기 손에 들고 있던 토스트가 버터를 바른 면으로 떨어지는 것도 알아채지 못하더라고요. 그 후로는 커피 대신 꿀통을 집어 들질 않나, 삶은 달걀에 토마토와 버섯을 곁들이는 대신 잼을 바르기까지 했어요. 그날 아침 식사를 똑똑히 기억하고 있어요. 멀린스가 몰래 여자를 만난다고 다들 놀려댔어요. 멀린스가 아침 식사도 '제대로 못 할 정도로' 정신이 팔린 여자가 있다고요. 멀린스가 편지를 보는 동안 부주방장은 얼굴을 붉히더니 식당을 나갔어요."

부주방장이 얼굴을 붉히고 식당을 나간 이유 두 가지는 무엇일까?

"멀린스에게 연심을 품은 불쌍한 여인이 그에게만 특별한 아침 식사를 준비했다고 해도 뭐라 할 수는 없겠지."

나는 부주방장을 동정하며 사뭇 진지하게 말했다.

"하지만 잉글리시 브랙퍼스트에 프라이 대신 삶은 계란이라니!"

"왓슨, 사건에 집중하게."

내 말에 홈스가 짐짓 점잖게 말했다.

"편지가 멀린스의 부모와 연관되어 있을 가능성은 없소? 편지의 암호를 해독해 보니 멀린스를 겨냥한 협박 편지였소. 하지만 멀린스가 소중히 여기는 사람을 겨냥할 수도 있지 않겠소?"

"처음엔 저도 그렇게 생각했지만 그렇지 않을 듯해요. 누군가 편지를 직접 전달했거든요. 집사님이 뭐라 말하기도 전에 편지를 가져온 사람은 서둘러 도망가버렸다고 말씀하셨어요. 멀린스도 편지 내용을 밝히지 않았고요. 그 후로 멀린스를 그리 자주 보지 못했어요. 제가 말씀드릴 수 있는 건 이게 전부예요."

하녀는 떠나기 전에 나를 돌아보더니 물었다.

"박사님 이야기에서 저는 어떻게 묘사될까요?"

"아직 이 이야기는 쓰지 않았소."

나는 얼굴이 한없이 빨개진 채 대답했다.

"하지만 사건이 어떻게 진행되는지는 쓰셔야죠. 저도 중심인물로 써주실 수 있나요? 아니면 조수라던가 악역같이 재미있는 인물로요."

하녀가 빙그레 웃었다.

나는 최선을 다하겠다고 약속했지만, 아직 사건이 전개되는

와중에 성급하게 글을 쓰는 일은 바람직하지 않았다.

남겨진 우리는 조용히 파이프 담배를 피웠다. 홈스는 사색에 잠겨 오늘 보고 들은 모든 일을 되짚어보고 있었다. 이렇게 아늑한 곳에 있는데도 베이커가에 있는 모든 게 너무나 멀리 떨어져 있는 듯했다. 런던 중심가의 소음과 허드슨 부인이 홈스에게 감탄하고 불평하는 소리가 그리워졌다. 이윽고 나는 홈스에게 오늘 낮의 약속을 지키게 하리라 마음먹었다.

"사건 현장을 보니 내 예상 대부분이 맞는 것으로 드러났네. 하지만 아직 포먼 양을 만나 보지 못했다는 점을 강조하고 싶군. 포먼 양이라면 틀림없이 더 많은 사실을 알려줄 수 있을 걸세."

"홈스, 사건 현장에는 더 볼 것도 없지 않았나. 비가 와서 증거가 전부 씻겨 내려가 버렸으니."

> 사건 현장에서 홈스는 발견했지만 왓슨은 발견하지 못한 사실이 무엇일까?

"하지만 말일세, 왓슨. 길가에 있던 나무 덕에 몇몇 자국이 진흙에 여전히 남아있었네. 그리고 그 덕분에 상당히 많은 사실을 밝혀낼 수 있었네. 진흙이 묽지 않아서 자국이 지워지지 않고 물만 차 있더군. 자네는 단순한 물웅덩이로 생각했겠지. 내가 말했듯 포먼 양과 범인의 발자국을 확연히 구분할 수 있었네. 포먼 양은 마부석으로 향했지. 거기서 뭘 봤는지 모르겠지만 그 후 포먼 양은 마차로 돌아갔네. 이는 헤윗의 진술을 뒷받침하지."

"범인은 어떻게 했나?"

내가 물었다.

"어느 시점에서 범인은 멀린스의 시신을 마차로 옮겼네. 멀린스가 살해당한 지 어느 정도 시간이 지난 후일 걸세. 당장은 살해 동기가 뭔지 모르겠군."

"하지만 포먼 양과 헤윗 모두 총소리를 들었다 하지 않았나!"

홈스의 말에 내가 놀라 소리쳤다.

"총소리와 닮은 소리를 들었지. 진짜 총소리였는지 그저 비슷한 소리였는지 두 사람이 구분할 수 있었겠나? 그 소리는 멀린스를 살해할 때 난 소리가 아니었네. 화약 자국이 빗물에 씻겨나갔을진 몰라도 현장에서 탄피가 발견되지 않았네. 그뿐만이 아닐세. 시체를 옮기던 도중 멀린스나 범인이 마차에 어깨부터 허리까지 되는 높이의 긁힌 자국을 남겼네. 자국의 일부에만 진흙이 묻어있었고, 긁힌 자국은 마부석이 있던 곳부터 시작된 듯했지. 마차를 살펴볼 때 그 자국을 아주 유심히 관찰했는데 깊고 날카롭게 패인 자국이 아니라 뭉툭하고 넓게 패인 자국이었네. 위쪽은 넓고 깊게 파여있었지만 아래로 갈수록 깊이가 얕아졌지. 무언가가 마차를 스쳐 지나가면서 생긴 자국이 아니라 사람이 낸 자국일 확률이 매우 높네. 이게 무슨 뜻이겠나, 왓슨?"

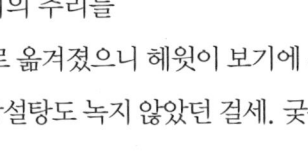

마차의 긁힌 자국을 보고 홈스는 어떤 추리를 했을까?

"표면이 납작한 반지라는 생각이 드는데, 그럼 돌이 아니란 뜻인가?"

"물론일세. 그래서 그 사실을 염두에 두고 탐문을 했네. 헤윗의 증언이 우리의 추리를 뒷받침하네. 시신이 사건 현장으로 옮겨졌으니 헤윗이 보기에 시신이 덜 젖었던 거고, 말 간식인 각설탕도 녹지 않았던 걸세. 궂은

날씨 때문에 범인이 시신을 마부석으로 운반하는 데 애를 먹었으리란 생각이 드는군. 그래서 시신을 고쳐 잡아야 했거나 내려놨다가 다시 들었어야 했을 걸세."

"범인에 대해 아는 사실은 무엇인가?"

홈스의 말에 내가 되물었다.

"범인은 키가 크네. 6피트 이상 되겠지. 훌륭한 탐정이 되려면 족적과 걸음걸이를 잘 관찰해야 하네, 왓슨. 범인은 자네와 같은 시가를 피웠네. 발견된 시가 꽁초가 볼리바르산 시가였으니 말일세."

홈스의 말에 내가 의아해하며 말했다.

"하지만 브레이스웰 경, 헤윗, 멀린스, 심지어 자네마저 그 조건에 부합하지 않는가. 게다가 브레이스웰 당주, 헤윗, 멀린스 모두 반지를 끼고 있었네!"

"세상에, 왓슨. 실력이 점점 늘어가는군! 자네 말대로 우리 모두 용의 선상에 있는 걸세. 나 자신마저도 말이지."

이제 *153쪽으로 가세요.*

사라진 켐프 부인의 하숙인들

이틀간의 조사 끝에 포먼 양이 죽은 해리 멀린스의 딸이었다는 사실을 밝혀냈다. 우리는 다시 포먼 양을 만나기로 했다. 범죄 사실도 조사하고 포먼 양이 범죄에 가담했는지도 알아보기 위해서였다.

켄트 주의 멀린스 씨 댁을 나선 지 얼마 되지 않아 베이커가 특공대 한 명이 불쑥 찾아와 고개를 조아렸다. 부랑아가 홈스에게 전보를 건네줬다.

"그물이 준비됐네, 왓슨. 곧 박물관 사건의 범인을 잡을 수 있을 걸세. 꽤 똑똑한 친구지만 겁에 질린 모양이군."

"겁에 질려?"

내가 의아하여 물었다.

"벌써 한 명을 살해하지 않았나?"

"그렇네, 하지만 보이는 게 전부는 아닐세, 왓슨. 수수께끼의 배후에 있는 가장 위험한 존재는 우리 눈에 보이지 않는 존재거든."

홈스는 수첩을 꺼내 연필로 짧은 메시지를 쓰더니 수첩에서 뜯어내 1파운드 금화와 함께 아이에게 주며 말했다.

"허드슨 부인 외에 아무에게도 이 쪽지를 보여주면 안 된단다. 쪽지를 전달할 때는 반드시 문밖에서 전달해드리고, 절대 허드슨 부인의 심기를 거스르지 말거라. 아니면 다른 아이한테 메시지를

전달하게 할 게다."

아이는 인상을 찌푸렸지만 다시 한 번 홈스에게 인사하고 우리와 반대 방향으로 뛰어갔다. 우리는 런던으로 돌아가는 기차를 타고 켐프 부인의 하숙집으로 향했다.

교외 지역을 지나가며 홈스에게 무슨 전보를 보냈는지 물어봤지만 홈스는 묵묵부답이었다. 홈스의 태도로 보아 말하지 않고 감추는 사실이 있는 듯했다. 덕분에 나는 뭐가 어떻게 되어 가는지 전혀 알 수 없었다. 홈스의 추리대로 포먼 양이 자기 아버지를 살해했는지, 멀린스가 마차를 몰고 올 줄 알고 있었는지 쫓을 필요는 없었다. 하지만 어찌 됐건 포먼 양은 사건 현장에 있었다. 탐정으로서 조사 과정에 편견이 없어야겠지만 솔직히 포먼 양이 결백하길 간절히 바랐다.

런던에 거의 도착했을 무렵 위험 신호가 떨어져 기차가 정차하는 바람에 우리는 하는 수 없이 기차에서 내렸다. 홈스가 신문을 한 부 샀다. 우리는 기차역을 빠져나가 마차를 타고 런던 북부로 향했다. 홈스는 창밖을 바라보며 자기만 알아볼 수 있는 다양한 지형지물에 대해 말해줬다. 런던 중서부 메릴르번의 어퍼 윔폴가街의 근사한 연립주택들을 지날 때쯤 홈스는 사색에 잠긴 듯했다. 어째선지 숫자 2가 홈스의 관심을 끈 듯했다. 홈스는 이내 빙그레 웃고는 머리를 절레절레 흔들며 신문을 읽기 시작했다.

옆에 앉아있던 나는 홈스가 들고 있는 신문에서 주요 기사 제목을 쭉 훑었다. 살해된 멀린스나 실종된 브레이스웰 가문 아이

들에 대한 기사는 전혀 보이지 않았다. 기사가 나지 않도록 레스트레이드 경감과 그렉슨 경감이 애써준 결과인 듯했다. 홈스가 신문을 들고 한참 동안이나 생각에 빠져있기에 무슨 생각을 그렇게 하는지 물었다. 하지만 홈스는 유망한 작가님이 사건에 이렇게 흥미를 보이니 앞으로도 내가 길고 화려한 경력을 쌓을 거라며 엉뚱한 대답을 늘어놨다.

우리는 지하철로 갈아탄 뒤 핀칠리로 돌아가 마차를 타고 켐프 부인의 집으로 향했다.

켐프 부인의 하숙집에 다다랐을 때 텃밭을 가꾸고 있는 켐프 부인이 보였다. 텃밭은 집 앞에서 시작해 집의 옆면을 빙 둘러 집 뒤쪽까지 이어져있었다. 켐프 부인은 모종삽을 든 채로 손을 흔들며 자기 쪽으로 오라고 손짓했다. 홈스와 나는 복잡한 텃밭 길을 따라갔다. 진흙더미를 밟지 않으려고 조심했지만 소용없는 일이었다. 지난주 내린 비로 작물들은 무럭무럭 잘 자라고 있었다. 켐프 부인 앞에 도착해 다양한 작물을 기르는 부인의 솜씨에 찬사를 보냈다. 나는 텃밭에 무슨 작물이 자라는지 다 알아보진 못했지만, 의학 서적에 나왔던 작물도 있는 걸로 보아 켐프 부인이 텃밭을 관상용으로만 가꾸는 건 아닌 듯했다. 홈스는 텃밭 여기저기를 둘러보며 몇몇 식물과 텃밭의 구조를 관찰했다.

"열심히 가꾸셨군요, 켐프 부인. 텃밭이 참 아름답습니다."

홈스의 말에 켐프 부인이 대답했다.

"텃밭을 가꾸는 건 꽤 고된 일이에요, 홈스 씨. 하지만 꽃은 물론 식자재와 약초도 직접 키우고 있답니다. 작년이 돼서야 텃밭 식물들이 멋지게 잘 자랐어요. 오늘 오후 내내 텃밭 일을 하고 있

었죠. 잠시 쉬려고 했는데 때맞춰 오셨네요. 차를 좀 내올까요?"

"주시면 감사히 마시겠습니다."

텃밭 길을 따라 정문으로 걸어가면서 켐프 부인이 질문을 던졌다.

"새로 알아내신 점이 있으신가요?"

"전혀 없습니다."

홈스가 재빨리 대답하더니 아직 아무것도 말하지 말라는 표정으로 나를 쳐다봤다.

"포먼 양과 다시 얘기할 수 있는지 여쭤보고 싶군요. 오늘 아침보다는 몸이 좀 나아졌습니까?"

"그렇다고 할 수 있죠. 두 분이 떠나신 후 계속 쉬게 됐어요. 방해될까 봐 점심 식사하라고 부르지도 않았거든요. 두 분도 저녁 드시고 가시겠어요?"

"감사하지만 차 한 잔 하면서 포먼 양과 잠깐 대화할 시간밖에 없군요. 브레이스웰 경에게 조사가 어떻게 진행되고 있는지 말씀드려야 하거든요."

"아, 그렇군요. 딱한 분이죠."

켐프 부인은 그렇게 말하며 우리를 집 안으로 안내했다. 집 안으로 들어가기 전에 옷에 묻은 진흙을 열심히 긁어내야만 했다. 우리는 작은 응접실 소파에 앉아 기다렸는데 소파 옆에 난 창문으로도 텃밭이 보였다. 홈스는 프시케가 장식된 금색 촛대가 창문을 가리지 않도록 다른 탁자로 옮겼다. 홈스가 촛대를 잠시 살펴보고 있을 때 촛대 아래 새겨진 글귀가 내 눈에 들어왔다. '사랑하는 님에게'라는 글이었다.

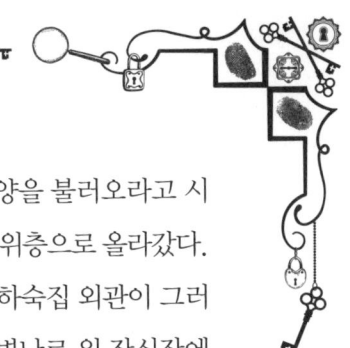

켐프 부인은 하녀에게 차를 내오고 포면 양을 불러오라고 시킨 뒤 진흙투성이가 된 장화와 장갑을 벗으러 위층으로 올라갔다. 하녀는 홈스와 나를 더 큰 거실로 안내했다. 하숙집 외관이 그러하듯 집 안 가구들 분위기도 제각각이었다. 벽난로 위 장식장에는 중세시대 투구가 놓여있었지만 그 옆에는 그리스 시대 항아리가 놓여있는 식이었다. 서로 어울리는 가구들은 없었지만 그래도 묘하게 아늑한 느낌이 들었다. 홈스는 오토만 의자에 앉았고 나는 좀 더 높은 의자에 앉아 홈스의 눈을 마주 볼 수 있었다. 그런데

홈스가 오토만 의자 위에서 편한 자세를 취하려 움직일 때마다 소리가 났다.

무슨 소리인가 싶어 홈스가 오토만 의자의 뚜껑을 열자 그 안에서 상자가 나왔다. 상자에도 '사랑하는 님에게'라는 글자가 새겨져있었다. 상자 앞면에는 화살에 맞은 하트 그림이 그려져 있었고 문자판이 다섯 개 달린 자물쇠가 걸려있었는데 문자판마다 글자가 다 달랐다. 홈스는 자물쇠를 순식간에 열어버렸다.

"안에 든 게 뭔가, 홈스? 아니, 그보다 어떻게 그렇게 빨리 열었나?"

내가 눈이 휘둥그레져 물었다.

홈스는 어떻게 상자를 열었을까?

"안경인 듯하군. 안경테를 봐서는 남자용이고. 안경알을 보니 눈이 꽤 나쁜 사람인 것 같고. 자네 질문에 답하자면, 상자를 열기 전에 프시케 장식이 있는 촛대 바닥에 새겨져있던 문구를 생각해 봤네. 거기에도 '사랑하는 님에게'라고 적혀있었잖나. 프시케의 짝은 큐피드고, 철자도 다섯 글자니 자물쇠의 비밀번호가 큐피드라 생각했네."

홈스는 안경을 상자 안에 다시 넣고 의자 뚜껑도 닫았다. 그리고 다시금 오토만 의자 위에 앉아 편한 자세를 취하려 애썼다.

오래 지나지 않아 켐프 부인이 아래층으로 내려왔다.

"두 분이 도와주셨으면 하는 기이한 일이 있어요."

"도울 수 있는 일이라면 돕겠습니다. 그러고 나면 저희 질문에도 답해주셨으면 좋겠군요."

홈스가 고개 숙여 인사했다.

"사실 좀 민감한 문제라 되도록 함구해주셨으면 해요."

켐프 부인은 그렇게 말하며 내 쪽을 쳐다봤지만 홈스는 전혀 개의치 않았다.

"제게 하실 말씀이라면 왓슨 박사 앞에서도 하셔도 괜찮습니다."

"그러죠. 사실 이런 일이 있었어요. 석 달 전에 한 남자가 찾아와 방을 얻을 수 있겠냐고 물었어요. 이상할 일도 아니었죠. 우리 하숙집은 방이 넓기도 하고 마을에서 멀리 떨어져있어서 조용히 지내고 싶은 하숙인들에게는 꽤나 이상적인 환경이니까요. 그런데 방에 가구를 들여놓기 전이었는데도 그 하숙인은 상당한 거금을 냈어요. 당시 진행 중이던 개축 공사를 마무리할 수 있는 돈이었죠. 전 바로 하숙인을 받기로 하고 편찮으신 어머니를 간병해야 해서 몇 주간 집을 비웠어요. 보통은 여성에게만 방을 내주지만, 당시 모든 방이 비어있었기에 개축 공사를 끝낼 돈을 먼저 받고 다른 문제는 나중에 해결하는 게 낫다고 생각했어요. 하녀에게 새로 들어온 하숙인을 맡긴 뒤 인부들이 매일 와서 공사하도록 관리하라 신신당부했어요. 나중에 집에 돌아와 보니 입주한 날 외에는 한 번도 하숙인 얼굴을 보지 못했다고 하녀가 말하더군요. 이사하던 날에는 인부들에게 돈을 주고 커다란 함과 가구들을 방으로 옮기게 했다고 해요."

켐프 부인의 말을 다 들은 뒤 홈스가 말했다.

"평소와 달리 남자 하숙인을 들이셨지만 말씀하신 것 중 이상한 점은 없어 보이는군요. 뭐가 문제입니까?"

"미리 말씀드리지만 그 하숙인은 말썽을 부리거나 하진 않았

어요. 하지만 이해하기 어려운 점이 있었어요. 집을 드나드는 모습을 한 번도 본 적이 없었던 데다 으레 요청하는 사항들이 있을 텐데 그 하숙인은 한 번도 무언가를 요청한 적이 없었어요. 사실상 방이 비어있는 것이나 다름없었는데도 월세는 꼬박꼬박 들어왔고요. 그래서 여자만 받는 하숙집에 남자 하숙인이 있는 상황에서도 다른 방에 세를 주는 데 거리낌이 없었죠."

"방이 계속 비어있던 게 확실합니까?"

내 질문에 켐프 부인이 대답했다.

"말씀드렸다시피 드나드는 이가 아무도 없었어요. 정문과 뒷문으로만 집에 들어올 수 있었고 하숙인이 들어온 이후로 방문이 내내 잠겨 있었어요."

"방 안에서 소리가 들린 적이 있습니까?"

이번에는 홈스가 물었다.

"전혀 없었어요."

"그럼 부인에게 접근했던 그 하숙인의 인상착의를 말해주시겠습니까?"

"하숙인과는 그리 오래 대화하지 않았어요. 묻거나 답할 때도 무척 무미건조한 말투였고요. 수염이 무척 멋졌어요. 눈은 반짝였고요."

켐프 부인은 우리 쪽으로 몸을 기울이더니 목소리를 낮추고 말했다.

"우리끼리 얘기지만 아무래도 절 좋아하는 듯했어요."

홈스는 켐프 부인의 말을 전혀 신경 쓰지 않는 듯한 얼굴로 말했다.

"그 멋들어진 수염은 전부 가짜였을 겁니다. 다른 점은 없었습니까? 자신에 대해 전혀 말하지 않던가요?"

"체격은 어느 정도 있었지만 왓슨 박사님보다 키가 작았어요. 조용한 곳을 원한다고 강조하는 것 말고는 말을 그리 많이 하진 않았어요."

"그럼 아주 이상적인 하숙인을 만나셨으니 축하드려야겠군요."

"그 반대예요. 그날 이후로 한 번도 본 적이 없으니까요."

홈스는 턱을 매만지며 마지막 질문을 던졌다.

"방을 좀 볼 수 있겠습니까?"

"물론 보여드려야죠."

켐프 부인의 대답을 듣고 우리는 곧장 문제의 하숙인이 묵는 방으로 향했다. 문은 이중으로 잠겨있었는데 홈스가 간단하게 자물쇠를 딴 덕에 바로 방 안으로 들어갈 수 있었다. 창문을 통해 텃밭이 보였다. 창문틀을 보니 페인트를 칠한 뒤로는 건드리지조차 않은 듯했다. 창문 밖을 내다보니 높이가 꽤 돼서 창문으로 드나들다간 심하게 다칠 듯했다. 창문 옆으로 커다란 책장이 있었는데 책 하나 없이 텅텅 비어있었다. 반대편 벽에 작은 침대가 놓여있었는데 베개만 있고 침대보는 없었다. 침대 옆에 탁자가 놓여있고 침대 발치에는 커다란 함이 있었는데 뚜껑이 열린 채였다. 꽃무늬 벽지는 새것 같았다. 내가 벽지에 대해 묻자 켐프 부인이 대답했다.

"네, 맞아요. 하숙인이 들어오기 전에 인부들을 시켜 벽지를 새로 붙였어요. 텃밭에 있는 꽃에서 따온 무늬죠. 지금까지 얼굴도 보지 못한 하숙인이 살기에 너무 여성스럽지 않을까 걱정했는

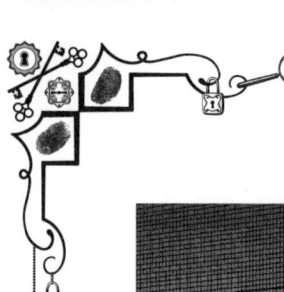

데 그런데도 들어오겠다고 했어요. 홈스 씨, 하숙인에 대해 뭔가 알아내셨나요?"

캠프 부인의 말에 홈스가 대답했다.

"이 방에는 뭔가 이상한 점이 있습니다. 하숙인이 드나드는 모습을 보지 못했고 아무 소리도 듣지 못 했는데 석 달 동안 문이 잠겨있었다고 하셨죠."

"네, 맞아요. 정체불명의 하숙인에 대해 아는 사실은 전부 말씀드렸어요."

캠프 부인이 홈스의 말에 수긍했다.

"창문틀에 칠한 페인트가 마른 후 건드린 흔적이 없으니 창문을 통해 드나들진 않았을 겁니다. 책장 옆의 벽지를 보면 무늬가 이어지지 않죠."

홈스는 자신이 가리킨 자리로 걸어가 무늬 위를 손으로 쓱 문질렀다. 그리고 작은 주머니칼을 꺼내 벽지 옆으로 밀어 넣고는 쭉 당겼다. 그러자 놀랍게도 벽에 숨겨진 작은 문이 열리는 게 아닌가. 문 뒤의 공간이 나타났고 그곳에 난 창문은 지붕으로 이어졌다.

홈스가 숨겨진 문 뒤의 공간을 가리키며 말했다.

"하숙인은 여길 통해 집을 드나들었습니다."

놀란 캠프 부인이 소리쳤다.

"전엔 이런 게 없었어요! 있었다면 제가 이미 알고 있었겠죠. 이런 게 어떻게 생긴 걸까요? 대체 언제?"

캠프 부인의 질문에 홈스는 당연하다는 듯 말했다.

"어떻게 된 일인지는 뻔하죠. 캠프 부인이 집을 비운 사이 하숙

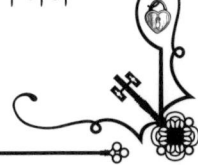

인이 인부들에게 돈을 주고 만든 겁니다. 벽에 비밀 문과 창문을 만드는 건 물론 입단속도 해야 하니 돈도 두둑하게 쥐어줬을 겁니다. 1층에서는 창문이 보이지 않으니 있는지 모르셨을 테고. 문제는 그 하숙인이 왜 이렇게까지 했냐는 겁니다."

그 때 하녀가 방으로 들어왔다.

"마님, 포먼 양이 사라졌어요!"

홈스는 그 말에 전혀 놀라지 않았다. 켐프 부인과 달리 불안해하지도 않았다. 부인은 곧바로 포먼 양이 머무는 방으로 뛰어갔고 우리도 그 뒤를 쫓았다. 침대 베개 위에 이상한 글씨가 쓰인 쪽지가 놓여있었다. 방에는 책상과 커다란 옷장이 있었고 옷장 안에는 옷가지 몇 벌이 걸려있었다. 문 안쪽에는 거울도 있었다. 홈스는 방을 가로질러 열린 창문으로 다가갔다. 나도 그 뒤를 따라갔다. 창문 아래 사다리가 여러 개 놓여있었다.

창문에서 1미터 정도 아래에는 1층에서 2층 창문까지 올라오는 격자 울타리가 걸려있었다. 우리가 서있는 곳 오른쪽에 커다란 나무가 있었는데 매우 길고 두꺼운 가지가 집과 평행으로 뻗어있었다. 긴 사다리는 그 나무에 기대져있었다. 좀 더 짧은 사다리 두 개도 창문에서 1미터 정도 떨어진 곳에 기대져있었다. 1층에 보이는 텃밭은 훌륭하게 가꿔진 모습이었고 식물도 꽤 멋진 모양으로 배치되어 있었다.

포먼 양은 어떻게 잠긴 방에서 탈출했을까?

"오늘 오전에 우리가 나선 지 얼마 안 돼서 포먼 양은 이 창문을 통해 빠져나간 게 확실하네. 창문을 통해 내려가 격자 울타리

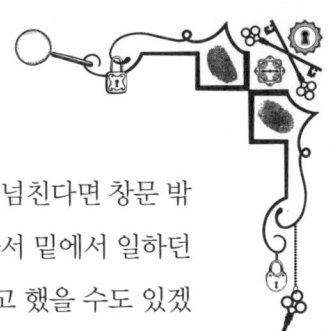

에 발을 딛고 아래로 내려갔을걸세. 모험심이 넘친다면 창문 밖 저 가지로 몸을 던진 후 나무 둥치까지 기어가서 밑에서 일하던 사람에게 사다리로 내려갈 수 있게 도와달라고 했을 수도 있겠고."

홈스가 말을 이었다.

"옷을 갈아입어서 변장도 했을 걸세. 옷장에 남성 의복이 있었습니까?"

"네, 마침 또 있었네요. 여기서 몇 달간 묵던 여배우가 몇 가지 물건을 좀 두고 갔는데, 혹시 다른 사람이 사용할 수 있을 듯해 버리진 않았어요. 포먼 양은 대체 왜 옷까지 갈아입고 떠났을까요?"

켐프 부인의 물음에 홈스는 켐프 부인을 무섭게 노려봤다.

"이보시오, 부인. 거짓말은 이제 그만 하시죠. 왓슨과 제가 여길 떠난 직후 포먼 양이 이 집을 나간 사실은 부인도 이미 알고 있잖습니까. 오후에 우리가 이 집에 도착한 이후로도 계속 포먼 양의 알리바이를 만들어줬고요. 여기서 일어난 일에 어떻게 연루되어 있으신 겁니까?"

켐프 부인이 소스라치게 놀라 말했다.

"홈스 씨! 대체 무슨 말씀이시죠? 저는 그저 불쌍한 아가씨가 이 집에 왔을 때부터 도와주려 했던 것뿐이에요."

홈스가 턱을 매만지며 말했다.

"저도 그게 의문입니다. 어째서 헤윗 씨는 포먼 양을 의원이나 병원에 데려가지 않고 하필 부인 댁으로 데려왔을까요? 헤윗 씨가 여기로 온 데는 분명 이유가 있을 겁니다. 아니면 포먼 양이 이리 오도록 직접 계획을 짠 걸까요?"

홈스가 따지자 켐프 부인이 대꾸했다.

"포먼 양은 헤윗 씨가 데려왔을 때 처음 봤어요. 그리고 조지 헤윗 씨는 오며 가며 아는 사이고요. 우체부시잖아요."

"부인이 방금 한 말 중 최소한 한 가지는 거짓입니다."

켐프 부인은 불쾌한 듯 말했다.

"홈스 씨, 죄송하지만 당장 나가주셔야겠어요. 홈스 씨가 제 명예를 진흙탕으로 끌고 들어가게 놔두지 않겠어요."

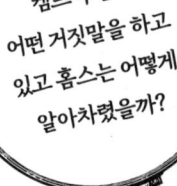

켐프 부인이 어떤 거짓말을 하고 있고 홈스는 어떻게 알아차렸을까?

그 말에 홈스가 조금 흥미로운 듯 말했다.

"아, 켐프 부인. 진흙탕 얘기를 하시다니 재밌군요. 오늘 오후 내내 텃밭에서 일했다고 하셨죠. 하지만 오늘 부인을 처음 뵀을 때는 장갑과 장화에만 진흙이 묻어있더군요. 오후 내내 일하면서 어떻게 옷에는 진흙을 묻히지 않을 수 있으셨습니까? 솔직히 말씀해주시죠. 오늘 저희가 이 집을 떠난 후 포먼 양을 보신 적이 있으십니까?"

"오늘 아침 이후 포먼 양을 보지 못했어요. 진흙 묻은 장갑과 장화밖에 증거가 없다면 경관을 불러서 말씀하세요. 경관님이 무슨 말을 하나 들어보자고요."

"알겠습니다."

홈스는 포먼 양이 도망치게 돕지 않았다는 켐프 부인의 말을 쉬이 받아들이는 듯했다. 하지만 곧 홈스는 켐프 부인의 눈을 똑바로 쳐다봤다.

"조지 헤윗 씨와의 관계는 어떻게 됩니까?"

켐프 부인은 얼굴이 하얗게 질리더니 약간 떨리는 목소리로 말했다.

"동네에서 오가며 봤을 뿐이에요."

"그렇지 않다는 증거가 몇 개 있는데 말입니다."

홈스의 말에 오히려 내가 반문했다.

"홈스, 무슨 뜻인가?"

"왓슨, 켐프 부인과 헤윗 씨는 보기보다 훨씬 깊은 사이라네. 두 사람 모두 밝히고 싶지 않겠지만 말일세. 첫 번째 증거는 두 사람이 한 쌍의 금색 촛대를 갖고 있다는 점일세. 헤윗 씨의 촛대에는 큐피드가 조각되어 있고 켐프 부인의 촛대에는 프시케가 조각되어 있네. 그리스 신화에서 큐피드와 프시케는 연인관계지. 그러니 연인이 하나씩 갖고 있다 해도 이상할 리 없을 테고."

켐프 부인은 침대에 앉아 두 손으로 얼굴을 가렸고 홈스는 말을 이었다.

"두 번째 증거는 켐프 부인이 예쁘고 섬세하게 잘 가꾼 텃밭일세."

"켐프 부인의 텃밭에는 채소에, 꽃에, 다양한 종류의 식물들이 있긴 했네. 하지만 그게 우체부와 어떻게 관련이 있는지 모르겠네만."

내 말에 홈스가 대답했다.

"비밀은 텃밭 안이 아니라 텃밭의 구조에 숨겨져있네. 켐프 부인은 자기 원예 기술에 자부심을 갖고 있지. 이 방 창문에서 텃밭을 내려다보면 지상에서는 보이지 않는 특이한 무늬가 보일 걸세. 위에서 내려다봐야 눈에 들어오는 무늬거든."

텃밭에서 보이는 켐프 부인과 조지 헤윗의 연결점은 무엇일까?

나는 창문으로 다가가 텃밭을 다시 내려다봤다. 잠시 후 홈스가 말하는 무늬가 눈에 들어왔고 이를 본 나는 감탄사가 절로 나왔다.

"식물을 심어 'K'와 'H'가 겹치는 무늬를 만든 거로군. 켐프 부인과 헤윗 씨의 첫 글자가 서로 얽혀있네. 텃밭은 새 생명이 자라는 곳이기에 아름답지. 의미도 정말 잘 어울리는군."

"마지막 증거는 오토만 의자 안에서 발견한 안경입니다. 헤윗 씨는 브레이스웰 가문 사건이 일어나기 며칠 전에 안경을 잃어버렸다고 했습니다. 저 안경은 조지 헤윗 씨의 물건이 아닌가요, 부인?"

홈스의 물음에 켐프 부인은 흐느끼기 시작했다.

"홈스 씨 말이 맞아요. 헤윗 씨가 안경을 두고 가셔서 금고에 보관해두고 있었어요. 솔직하게 말씀드리지 않아 죄송하지만 이 이상은 말씀드리고 싶지 않아요."

"그럼 포먼 양의 베개에 있는 쪽지를 한번 봐야겠군."

홈스는 그렇게 말하며 베개로 걸어가 쪽지를 집어 들었다.

"포먼 양의 범죄 가담 여부, 혹은 포먼 양이 지금까지 범죄에

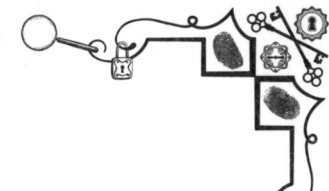

대해 무엇을 발견했는지 여기 나와 있을 걸세."

홈스는 쪽지에 적힌 정체불명의 글씨들을 살펴보았다.

살할 돈을 홈스 셜록경찰대 축 옷슨 부서함께
브라이슨들 가만의 미라보 남성관 아이들에 어항에 창호에
자신에 속일지 무두었지싶은것이 위에 갈스름리기 톤사슬기 남겼니다.

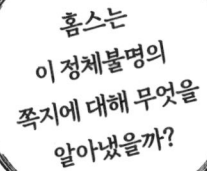

"무슨 내용인지 알아냈나?"

내 물음에 홈스가 대답했다.

"뻔히 보이지 않나, 왓슨?"

"우리말도 아닌 듯하고 내가 봤던 언어 중에 이런 언어는 없었네."

"우리말이 맞네."

홈스가 내 말을 정정했다.

"제대로 봐야 내용이 보일 걸세."

홈스는 쪽지를 집어 들고 책장으로 걸어갔다. 그리고 문을 열더니 문 안쪽에 있는 거울에 쪽지를 비춰 보였다. 나도 홈스 옆에 서서 쪽지의 내용을 확인했다. 그제야 포먼 양이 적은 내용을 읽을 수 있었다.

"포먼 양이 우리에게 진술서를 남겼네."

베개 위에 놓여 있는 종이 더미를 가리키며 홈스가 말했다.

"곧 진술서에 있는 내용은 물론이고 이 사건에 다른 사람들이 어떻게 연루되어 있는지 밝혀낼 수 있을 걸세."

켐프 부인은 눈물을 닦으며 양손으로 얼굴을 감싸고 있었다.

포먼 양이 범죄에 가담했다고 생각하면 188쪽으로 가세요.

포먼 양이 결백하다고 생각하면 213쪽으로 가세요.

우리는 베이커가 221B 번지를 나서자마자 그리 멀지 않은 곳에서 빈 마차를 발견했다. 내가 신나서 외쳤다.

"운이 아주 좋군! 그런데 레스트레이드 경감을 만날 장소는 어떻게 알았나?"

내 말에 홈스가 대답했다.

"왜 모르겠나, 왓슨. 필요한 정보는 모두 전보에 있지 않나. 핀칠리 어디서 레스트레이드 경감을 만날지 아직 눈치채지 못한 건가?"

홈스의 말에 평범한 내 눈으로는 메시지의 의미를 알 수 없었다고 솔직히 인정했다.

"전보에는 정확히 만날 장소가 숨겨져 있네. 콕 집어 핀칠리라고 적혀 있는 것처럼 경감을 만날 정확한 장소도 나와 있지. '왕관을 쓴 머리가 무겁네'는 셰익스피어의 작품 헨리 4세 2막 '왕관을 쓴 머리는 편안히 쉴 수 없도다.'에서 따온 말이지 않나. 무거운 머리는 왕의 머리고 우리가 레스트레이드 경감을 만날 곳은 '왕의 머리' 술집일세. 기차역에서 엎어지면 코 닿을 거리지."

홈스가 목적지를 말하자 마부는 곧바로 채찍을 휘둘러 말을 달리게 했다. 하지만 그리 오래 달리진 못하고 멈춰서야 했다. 말과 마차 바퀴가 진창에 빠지기 일쑤라 핀칠리로 가는 여정은 느리기만 했다. 게다가 다른 손님이 함께 타는 바람에 홈스에게 궁금한 점을 하나도 물어볼 수 없어 더욱 화가 났다.

승객 한 명의 무게가 더해지니 결국 마차 뒷바퀴 하나가 진창

에 빠져 옴짝달싹하지 못하게 되었다. 마부가 열심히 채찍을 휘둘렀지만 말들은 한 발자국도 더 움직이지 못했다. 마부를 비롯해 나와 다른 승객이 뒤에서 마차를 밀었고, 홈스는 앞에서 말들을 끌었다. 한참이 지나서야 마침내 마차가 다시 움직이기 시작했다. 이런 과정은 여행 내내 수도 없이 반복되었고 다른 승객이 런던 북부의 골더스 그린 역에서 내린 후에도 계속되었다. 그 와중에 홈스의 코트는 놀라우리만치 깔끔했고 심지어 홈스는 이번 여행을 매우 즐기는 듯했다. 반대로 나는 바지와 장화에 잔뜩 묻은 진흙을 털어내려고 애썼지만 전혀 소용이 없었다.

반복되는 여정에 우리는, 아니 적어도 나는 시간 감각과 공간 감각을 전부 상실하고 말았다. 진창에 빠진 마차 바퀴를 빼는 고생을 한 뒤 흔들리는 마차에 몸을 싣고 있노라면 그래도 마음이 편안해지는 느낌이었다. 마침내 눈앞에 우뚝 솟아있는 성 미카엘 성당을 발견하고 그 위용에 감탄했다. 갑자기 홈스가 자리에서 튀어 나가듯 일어나더니 소리쳤다.

"이보시오, 마부! 마차를 당장 멈추시오!"

마부는 듣는 척도 하지 않았다. 그러자 홈스는 마차 유리창을 쾅쾅 두들기기 시작했고 유리가 깨질까 두려웠던 마부는 결국 마차를 멈춰 세웠다.

"당신도 알고 있었겠지. 마차가 제대로 된 방향으로 가지 않고 있다는 사실을 말이오. 여긴 하이게이트요. 핀칠리에서 남동쪽으로 멀리 떨어진 곳이지!"

홈스의 말에 잔뜩 주눅이 든 마부는 이를 인정했다.

"나쁜 뜻은 없었습니다요. 손님이 타시기 전에 누군가 1파운드를 주겠다고 하더니 10실링을 먼저 주면서 손님 댁 앞에서 기다리라고 했습니다. 그리고 진창인 도로만 골라서 손님 발을 묶으면 나머지 10실링도 마저 주겠다고 했어요. 게다가 손님이 마차에 탄 뒤에 자신을 같이 태우면 10실링을 더 주겠다고 했고요."

"그자가 어떻게 생겼는지 말해준다면 내 나머지 10실링도 주겠소."

"사십에서 오십 대 정도였을 겁니다. 얼굴은 수염에 가려져 있었고 피부가 아주 창백했어요."

마부의 말을 들은 홈스가 말했다.

"변장한 모습일지도 모르겠군. 눈 색깔은 어땠는지 말해주겠소?"

"죄송하지만 자세히 보진 못했습니다. 솔직히 모자로 얼굴 위쪽 절반을 가리고 있어서 얼굴이 제대로 보이지 않았습니다."

"어쩔 수 없네, 왓슨. 이미 잃어버린 시간을 되돌릴 수도 없지 않나."

우리는 방향을 꺾어 핀칠리로 향했다. 그리고 마침내 '왕의 머리' 술집에 도착했다.

이제 96쪽으로 가세요.

아멜리아 포먼의 진술서에서 발췌한 내용

지금까지 내 기억을 토대로 이 이야기를 구성하였다. 물론 칭찬보다 비판에 더 솔직한 홈스가 간간이 핀잔을 주기도 했고 전보, 신문, 일기와 같은 자료도 사용했다. 그러나 때가 무르익은 만큼 이야기의 진행을 전혀 다른 사람에게 맡기고자 한다. 그 이유는 곧바로 알 수 있을 것이다.

나의 진술서: 아멜리아 포먼

홈스 씨와 레스트레이드 경감이라 소개받은 분이 이번 일에 대해 제 이야기를 듣고 싶다고 부탁하셨어요. 저는 셜록 홈스 씨와 왓슨 박사님이 켐프 부인 댁을 찾아오셨을 때부터 이야기하고자 합니다. 하지만 그보다 조금 전 시간대부터 시작하는 것이 도움이 될 듯합니다.

켐프 부인 댁에서 제가 정신을 차린 것은 사실이에요. 제 몸 상태는 꽤 좋지 못했지만 켐프 부인이 생각한 것보다는 상태가 괜찮았어요. 저는 탐정은 아니지만 언제나 책을 좋아했어요. 특히나 추리 소설을 많이 읽었죠. 방에 홀로 남아 그날 있었던 일을 몇 번이고 되짚었어요. 방안에서는 양배추 냄새가 났어요. 켐프 부인을 존경하지만 그 냄새를 달리 표현할 방법이 없네요. 어쨌든 저는 그날 있었던 기묘한 일에 대해 계속 생각할 수밖에 없었어요. 누가 마부를 죽였

진술서의 날짜는 어떻게 될까?

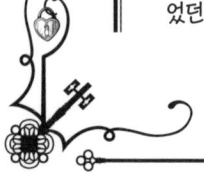

을까? 어째서 마부의 옷은 젖어있지 않았을까? 아이들이 《보물섬》의 지도에 책갈피를 꽂아놓았던데 무엇을 말하고자 했던 걸까? 지도가 이야기 진행에 그리 도움이 되지 않음은 뻔히 아는 사실이니까요. 그리고 아이들이 어디 있을지 가장 궁금했어요.

솔직히 말해서 홈스 씨와 왓슨 박사님을 처음 만났을 때 그리 큰 기대는 하지 않았어요. 왓슨 박사님이 저를 진료하실 때 홈스 씨는 멍하니 절 보고만 계셨거든요. 왓슨 박사님도 의사 역할 외에는 홈스 씨한테 전혀 도움이 되지 않아 보였고요. 왓슨 박사님의 진료가 끝나자 홈스 씨는 무척 평범한 질문만 하셨어요. 그런 질문들이 사건과 무슨 관계가 있는지도 모르겠고요. 제가 대답할 때도 홈스 씨는 지루해 보였고 왓슨 박사님은 혼란스러워 보였죠.

두 분이 떠난 직후 저는 직접 사건을 해결하기로 마음먹었어요. 그래서 먼저 켐프 부인께 저를 이곳으로 데려다주신 조지 헤윗 씨께 감사 편지를 쓰고 싶다고 말씀드렸어요. 부인은 펜과 종이, 그리고 헤윗 씨의 주소를 주셨어요. 부인은 헤윗 씨의 주소를 외우고 계셨는데 그 점이 무척 이상했어요. 두 사람은 그저 우편물 배달로 얼굴만 아는 사이였을 테니까요. 저는 빠르게 감사 편지를 써드리고 아침에 있던 일로 지쳤다고 부인께 말씀드렸어요. 그리고 거기서부터 제 계획의 다음 단계를 시작할 수 있었어요.

켐프 부인은 의사를 부르겠다고 하셨지만 저는 괜찮다고 했어요. 몸 상태가 좋아져서 주변을 탐색하고 싶었거든요. 저는 방문을 걸어 잠그고 옷장을 살펴봤어요. 그 안에는 입고 돌아다니기 편한 옷이 있었죠. 제게 남자 옷은 그리 낯설지 않았어요. 동생들과 집에서 연극을 할 때 양아버지 옷을 자주 입곤 했으니까요.

하녀가 아래층에서 일하고 있던 데다 켐프 부인도 거실에서 책을 읽고 계셨으니 변장한 채 들키지 않고 집 밖으로 나갈 방법이 없었어요. 그래

서 창문 밖을 보았는데 공사할 때 쓰는 비계飛階와 사다리 두세 개가 있었어요. 몰래 집을 빠져나가기 좋은 방법이었죠. 저 멀리서 홈스 씨와 왓슨 박사님이 무척 느릿하게 걸어가는 모습이 보였어요. 홈스 씨는 계속 그 특유의 울리는 목소리로 왓슨 박사님께 거만하게 말하고 있었고, 왓슨 박사님은 전혀 반응하지 않는 듯 보였어요. 마침내 두 분이 시야에서 사라지자 저는 창문 밖으로 나가서 그 아래 있는 사다리를 타고 잔디밭으로 내려갔어요. 저는 남자 옷을 입은 채 들키지 않을 정도의 거리에서 두 분을 쫓아갔어요.

그러다 홈스 씨가 왓슨 박사님한테 크롬웰 사무소로 가자는 말을 엿들었어요. 왜 거기로 가는지 궁금해졌어요. 제 일기에 적혀있는 내용 외에 직업소개소에서 얻을만한 정보는 없었을 테니까요. 지금쯤이면 제가 홈스 씨를 그리 높이 평가하지 않는다는 사실을 잘 아시겠죠.

두 분이 말씀하신 '실마리'를 얻기 위해 저는 홈스 씨와 왓슨 박사님을 따라 런던의 웨스트엔드로 향했어요. 그런데 크롬웰 사무소 앞이 의외로 소란스러워서 깜짝 놀라고 말았죠. 항상 사람이 지나다니는 곳이었지만, 크롬웰 직업소개소 앞이 붐비는 경우는 드물었거든요. 경찰과 기자들, 그리고 무슨 일인지 궁금한 구경꾼들이 한데 모여 떠들썩했어요. 저는 지나가는 사람 한 명을 붙잡고 무슨 일인지 물어봤어요.

"사무소에 도둑이 들었대요."

"도둑이요?"

제가 놀라 반문했어요.

"그렇게 말했소만."

그 사람은 마치 제가 거짓말하지 말라고 한 듯 저를 노려봤어요. 저는 계속 질문을 던졌어요.

"누구 다친 사람이 있어요?"

"사람이 죽었대요!"

그 사람이 소리쳤어요.

"두 사람 죽었대요."

그 사람 옆에 있던 아이도 말했어요.

"불을 질렀대요."

아이 손을 잡고 있던 부인이 한마디 거들었어요.

"반달 행위라더구먼."

근처에 있던 영감님도 껴들었어요.

뭐가 진실이고 거짓인지 분간하는 건 불가능에 가까웠어요. 구경꾼들이 저마다 다른 해석을 내놨으니까요. 저는 경관에게 다가가며 켐프 부인에게 받은 여분의 종이와 펜을 꺼내 들었어요. 경관이 뒤로 물러나라고 말하려는 찰나에 제가 낮고 굵은 목소리로 물었어요.

포먼 양은 어떻게 경찰한테 사건에 대한 정보를 캐냈을까?

경관이 구경꾼에게 사건에 대해 알려주지 않을 걸 알기에 저는 기자라고 밝히며 무슨 일이 벌어졌는지 물었어요. 경관은 자기 상관이 있는지 주변을 잽싸게 둘러보더니 자기 이름은 밝히지 않는 조건으로 사건에 대해 명확하게 알려주겠다고 했어요. 사건 내용은 그리 복잡하지 않았어요. 크롬웰 직업소개소에 도둑이 들어서 기록 몇 가지를 훔쳐 갔다고 했죠.

홈스 씨와 왓슨 박사님을 더 이상 따라가면 안 될 것 같았어요. 홈스 씨가 중요한 사건 대신 곁다리만 짚는다고 생각해서 결국 제가 직접 해결하겠다고 결심했으니까요. 그러자 한 가지 생각이 떠올랐어요. 우체부인 헤윗 씨와 직접 만나 이 사건의 진실을 직접 알아낸다면 유명한 탐정님보다 먼저 이 사건을 해결할 수 있을 것 같았어요.

저는 모자로 얼굴을 가리고 두 분을 지나쳤는데 다행히 저를 전혀 알아보지 못하셨어요. 경관 한 명이 스토퍼 씨를 연행하는 동안 몰려있던

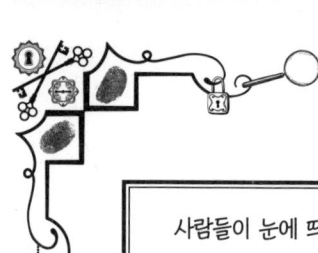

　사람들이 눈에 띄는 경관을 붙잡고 질문하기 시작했어요. 저는 미소를 지었어요. 스토퍼 씨가 드디어 죗값을 치르게 됐으니까요. 브레이스웰 가문에서 제안한 봉급을 보더니 제게 안 좋은 말을 했거든요. 저는 몰래 그곳을 빠져나와 헤윗 씨가 사는 곳에 도착했어요. 이 사건을 직접 해결할 요량이었으니까요.

　제가 추리한 내용을 먼저 말씀드릴게요. 저도 처음부터 제가 고용된 상황이 이상하단 사실을 인지하고 있었어요. 제가 하는 일에 비해 봉급이 너무 높았던 데다 고용주나 고용주 가문에서 온 사람과 면접조차 보지 않았으니까요.

　물론 상황은 이상했지만, 아이들이 사라진 사건과는 관련 없어 보였어요. 브레이스웰 가문이 저를 급하게 고용했지만, 아이들을 납치하기 위해 저를 고용했는지 알아볼 필요는 없었어요. 저 또한 이 사건의 일부 책임이 있었으니까요. 이제는 제가 왜 고용됐는지 알아보기보다는 아이들을 되찾는 일이 더 중요했고요. 그리고 제 생각에 조지 헤윗 씨가 이 사건의 중요한 열쇠를 쥐고 있는 듯했어요. 오해하지 마세요. 이미 살인을 저질렀을지도 모르는 헤윗 씨를 찾아가는 건 두려운 일이었으니까요. 하지만 홈스 씨와 왓슨 박사님이 눈치챈다 해도 저를 따라잡으려면 몇 시간은 더 걸렸을 거예요.

　조지 씨는 허름한 동네에 살고 있었어요. 저 또한 가난한 동네에 살아봤지만 이런 곳은 처음이었어요. 길거리에는 희미한 가로등 불빛만 있었고 헤윗 씨의 집은 어두운 골목길 끝자락에 있었어요. 솔직히 다른 사람과 같이 왔으면 좋겠다고 생각했어요. 들개나 쥐는 물론 지금부터 해야 할 일 또한 무척 두려웠으니까요. 저는 헤윗 씨의 집 주변을 돌아다니며 집의 구조를 탐색하다가 근처에서 개가 울부짖는 소리에 소스라치게 놀라곤 했어요. 그러다 결국 헤윗 씨의 집 뒷마당으로 가게 되었는데 그때 일어난 일을 먼저 말씀드릴게요.

헤윗 씨 옆집의 작은 뒷마당에서 세탁부 아주머니가 빨래통을 붙잡고 빨래를 하고 있었어요. 저는 잠시 뜸을 들이며 마음을 다잡은 후 제 옷과 어울리도록 최대한 남자 같은 목소리로 말을 걸었어요.

"실례하오. 조지 헤윗 씨가 어디 있는지 알려줄 수 있겠소?"

"흐윗을 찾으슈? 여기 살아요. 지금 댁이 서있는 곳이 그 집 뒷마당이유."

아주머니는 의심스러운 눈초리로 저를 살펴보더니 헤윗 씨의 집을 가리키며 말했어요.

"먼 일로 찾으슈?"

"헤윗 씨는 내 삼촌이오."

제 말을 들은 세탁부 아주머니는 의심스럽다는 목소리로 말했어요.

"조카 얘기는 들은 적 없는데."

"그리 가까운 사이가 아니었소."

"그렇구먼."

아주머니는 그렇게 말하고 다시 빨래를 하기 시작하더니 한마디를 더 붙였어요.

"흐윗이 항상 이러진 않았수."

"이러다니?"

"망가진 모습이 아니었다고. 훌륭한 사람이었수. 어떤 사람인지는 알고 만나야 할 거 아니우. 아마 댁이나 댁 가족들이 기억하는 모습은 아닐 게유."

세탁부 아주머니 말에 제가 물었어요.

"요즘은 어떻길래 그러시오?"

아주머니는 저를 다시 훑어봤어요. 하지만 저를 의심하는 마음보다 헤윗에 대해 말하고 싶은 마음이 더 커보였어요.

"댁도 친척이니까 알지도 모르지. 저 집은 흐윗의 집이지만 땅은 그렇

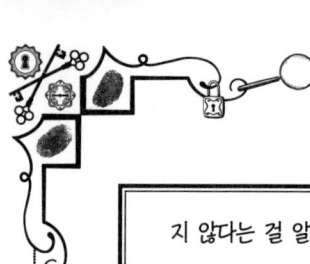

지 않다는 걸 알아야 하우. 땅 주인 말인데, 폭군이 따로 없수. 우리가 떠나길 바라는지 월세를 점점 더 올리고 있지. 아마 집을 허물고 땅을 팔고 싶나 본데 흐윗이나 나 같은 사람들은 어디 갈 곳도 없수. 설상가상으로 흐윗은 사기꾼에게 속아서 전 재산을 잃고 복수하겠다고 다짐하고 있수. 나보다 흐윗이 더 힘든 상황이유. 저 집에서 마누라랑 아들내미가 수개월간 지독한 병을 앓다가 죽어버렸거든."

"세상에!"

제가 소리치자 아주머니는 말을 멈추고 저를 쳐다봤어요.

세탁부 아주머니는 눈을 가늘게 뜨고 앞에 서 있는 저를 쳐다봤어요. 아주머니는 자기도 모르게 손에 쥐고 있던 빨래를 놓고 빨래는 빨래통으로 미끄러져 내려갔어요.

세탁부 아주머니는 왜 말을 멈췄을까?

헤윗의 사연에 놀라 제가 변장한 것도 잊고 진짜 목소리를 내고 말았던 거였어요. 당황한 나머지 목이 쉬도록 기침을 해댔어요.

"미안하오, 여기 굴뚝 연기가 너무 자욱해서 그렇소. 내 숙모와 사촌에게 그런 불행이 닥쳤다니 안타깝구려! 내 이제 막 프랑스에서 돌아온 참이오. 좀 더 나은 상황에 방문했으면 좋았을 것을."

아주머니는 다시 빨랫감을 집어 들고 빨래를 하기 시작했어요.

"그랬겠지. 2년 전에만 왔어도 흐윗이 껄껄대며 웃는 소리도 듣고 아들내미가 흐윗 어깨에 올라타고 노는 모습도 봤을게요. 하지만 이제 흐윗은 산더미 같은 빚을 갚으려고 근무시간도 늘리고 우편물도 더 많이 돌리고 있수. 동네 불량배들이랑 노름으로 돈을 불리려 한단 소리를 들었는데."

저는 훌쩍이는 소리가 새어나가지 않도록 입술을 깨물어야 했어요. 제 정체를 들키고 싶지 않았거든요.

"내 삼촌에게 희망은 없는 거요?"

"전혀 없수. 사탄 마귀 같은 브레이스웰 같으니! 벼락 맞아 죽어도 싼 놈이유! 그 작자와 하수인이 어떻게든 우릴 쫓아내려 들거유. 오래 지나지 않아 여기서 쫓겨날 신세라오. 들어가 보슈. 흐윗이 곧 일하러 나갈 시간이유."

저는 '아하!' 하고 생각했어요. 이 수수께끼의 마지막 실마리가 풀리기 시작했어요. 제 예상이 맞다면 제가 유명한 셜록 홈스를 이긴 게 될 거예요! 하지만 헤윗 씨의 사정은 너무 딱했어요.

저는 세탁부 아주머니께 감사 인사를 한 후 헤윗 씨 집의 정문으로 향했어요. 손을 들어 문을 두드리려는데 헤윗 씨가 문을 열고 나오는 통에 정면으로 마주치고 말았죠. 헤윗 씨의 얼굴에는 슬픔, 절망, 공포가 한 데 뒤섞여 있었어요. 헤윗 씨의 불행한 상황을 알기에 제 얼굴은 풀어졌고 눈에는 눈물이 고였어요. 하지만 그 덕분에 제 정체가 탄로 날까 걱정했어요. 헤윗 씨는 제 얼굴을 자세히 쳐다봤고 결국 헤윗 씨의 빨개진 눈이 저를 알아보기 시작했죠.

"무슨 일로 오셨소, 아가씨?"

헤윗 씨가 절 알아보셨으니 정체를 감추는 건 포기하기로 했어요.

"경고하려고 왔어요."

저는 중얼거리듯 말했어요.

헤윗 씨는 그 말에 놀란 얼굴이었어요. 헤윗 씨는 저를 집 안으로 들이더니 뒤집어 놓은 상자에 앉으라고 손짓했어요. 저는 헤윗 씨의 집안을 둘러봤어요. 물이 담긴 작은 그릇이 바닥에 놓여있었고 상자 뒤에 공 하나가 반쯤 숨겨져있었어요. 그리고 《보물섬》 책 한 권이 바닥에 떨어져있었고 부엌 개수대 옆에 물 잔 세 개가 놓여있었어요.

헤윗 씨가 제 반대편에 앉더니 절박하게 소리쳤어요.

포먼 양은 무엇을 의심하고 있을까?

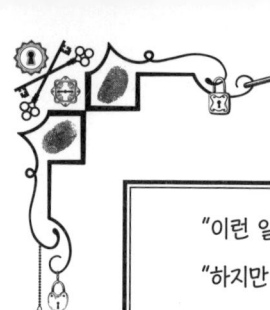

"이런 일을 벌일 생각은 전혀 없었소!"

"하지만 이미 일어난 일이에요. 헤윗 씨는 살인을 저질렀고 아이들을 납치했어요. 브레이스웰 가문이 고용한 탐정과 그 친구하고는 관계없어요. 하지만 두 사람은 이미 아이들이 어디 있는지 알아냈을 거예요. 그러니 헤윗 씨는 곧 곤란한 상황에 처하게 될 거예요. 당장 여길 떠나서 다시는 돌아오지 마세요."

"불공평한 일이오."

헤윗 씨는 그렇게 말하며 근처에 있는 큐피드 모양의 촛대를 어루만졌어요.

"나는 그저 가족을 잃은 뒤 삶을 되찾으려고 노력했을 뿐이었소."

"맞아요. 헤윗 씨의 삶은 불공평하고 험난했죠. 그래도 헤윗 씨가 한 일은 그릇된 일이었어요."

헤윗 씨는 머뭇거리더니 모자를 만지작거리며 물었어요.

"어째서 날 돕는 거요?"

"저는 홈스 씨나 경찰 편이 아니에요. 아이들의 가정교사로서 아이들이 무사한지만 신경 쓸 뿐이에요. 헤윗 씨도 슬슬 아이들을 아버지에게 돌려보낼 때가 되지 않았을까요?"

헤윗 씨는 깜짝 놀라 제게 물었어요.

"아이들이 어디 있는지 어떻게 아시오?"

"아이들이 근처에 있을 게 뻔하니까요."

위대한 홈스 씨보다 먼저 아이들을 찾았다는 사실에 만족하며 제가 말했어요.

"아이들을 해칠 생각은 추호도 없소. 모든 일이 너무 빠르게 일어났소."

포먼 양은 아이들이 어디 있다고 생각할까?

"이해해요. 아이들을 잘 돌봐주신 것 같네요. 스폿도 돌봐주셨고요!"

헤윗 씨의 말에 제가 바닥에 놓여 있는 물그릇을 가리키며 말했어요.

"아이들은 위층에 있소. 개도 같이 있고. 아이들은 아주 건강하오. 내 아들이 가지고 놀던 장난감을 갖고 놀고 있소. 오히려 강아지가 힘들어했지. 계속 울부짖는 통에 주변 골목에 있는 들개들까지 따라 짖어댔을 정도니. 아이들을 데려갈 생각은 없었소. 하지만 시체가 있는 마차에 아이들을 내버려 둘 수 없어 데려왔소. 우편 마차는 아가씨를 켐프 부인에게 데려다주기 전에 커다란 진흙탕 근처에 놔두고 왔소."

부인의 이름을 언급하는 헤윗 씨의 눈에 눈물이 고였어요.

"헤윗 씨가 왜 그런 일을 저질렀는지 알아요. 이제 가세요! 홈스 씨와 왓슨 박사는 반드시 돌아올 거에요."

"내 가기 전에 한 가지 밝히고 싶은 일이 있소. 변명하려는 게 아니라 왜 그런 일을 했는지 해명하고 싶소. 멀린스는 자기 주인만큼이나 악독한 자였소. 그 둘은 내가 가진 모든 것을 앗아갔소. 아내와 아들이 오랜 지병을 앓고 있어 가난했지만 두 사람이 마지막에 미련을 갖지 않도록 최선을 다했소. 브레이스웰은 내 집이 서있는 부지의 월세를 한 해 두 번이나 올렸고, 아내와 아들의 장례 비용으로 거의 모든 재산을 내놓아야 했소. 그래서 도박을 했소. 그리고 내가 가진 걸 모두 잃은 뒤에야 멀린스가 속임수를 썼다는 사실을 알게 됐소. 그 뒤 브레이스웰에 내는 월세가 밀리자 멀린스는 헐값에 내 집을 사겠다고 했소. 내가 그 제안을 거부할 수 없다는 걸 알고 있었겠지. 멀린스를 찾아가 속임수를 쓴 일을 따지려고 했소. 멀린스가 자주 가던 동네 술집 밖 골목에서 멀린스를 만났지. 내가 따지자 술에 취한 멀린스가 난폭하게 굴더니 총을 꺼내 드는 바람에 결국 실랑이를 벌이게 됐소. 그러다 총이 발사됐고 멀린스는 쓰러지고 말았소. 어떻게 할지 생각할 시간이 없었기에 멀린스의 시신을 그대로 우편 마차의 짐칸에 욱여넣고 집으로 돌아왔소. 이후 멀린스의 시신에서 찢어진 쪽

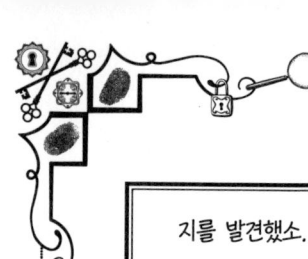

지를 발견했소. 멀린스가 실종됐다는 사실을 들키고 싶지 않았으니 편지에 있는 지시사항이 뭔지 알아내야만 했소."

아이들 있어요.	주 토요일 정오에 데려가세요. 돌아오 들이 두려워하잖아	정오에 핀철리 역에 돌아오면 'M'을 하잖아요. 뭔가	대신해 온 사람들 손을 써야 할 때
데리고 오시겠어요 에 대해 얘기해야	이번 주 토요일 도 데려가세요. 하인들이 두려워	하인들이 두려워 클레멘스 부인.	에 핀철리 역에서 오면 'M'을 대신 니고 오시겠어요?
토요일 정오에 핀 가세요. 돌아오면	철리 역에서 포면 'M'을 대신해 온 뭔가 손을 써야	역에서 포면 양을 대신해 온 사람	에 대해 얘기해야 됐어요.

저는 종잇조각들을 잠시 보다가 퍼즐을 하나하나 맞춰 보기 시작했어요. 그리고 메시지를 읽은 뒤 조지 씨에게 계속하라고 고개를 끄덕였어요.

"멀린스의 시신에서 지시사항이 적힌 쪽지를 발견했소. 다음 날 아침 저택 앞에서 아이들을 마차에 태우고 정오까지 아가씨를 데리러 기차역으로 가라는 내용이었지. 멀린스의 시신에서 돈을 발견했을 때는 내가 한 짓에 대해 죄책감이 많이 들었소. 그래서 돈은 멀린스의 주머니에 그대로 넣어두었소. 그리고 멀린스와 같은 긴 코트를 입고 모자를 쓴 뒤 지난 주에 생긴 커다란 진흙탕 근처에 우편 마차를 갖다 댔소. 거길 지나갈 사람은 없을 테니 말이오. 그 후 웨스트우드 저택까지는 도보로 갔소. 마차 열쇠는 마구간 근처에서 발견할 수 있었소. 말들을 마차에 매고 아이들이

쪽지에는 뭐라고 쓰여 있을까?

기다리고 있는 저택으로 향했소. 그리고 아가씨를 데리러 기차역으로 갔지. 기차역까지 오가는 길이 너무 뻔해서 공포탄을 쓰면 멀린스의 살해 현장을 꾸밀 수 있을 거라 생각했소. 숲 근처에 있는 마차에서 멀린스의 시신을 꺼내 브레이스웰 마차로 가져와 마부석에 앉혀놓았소. 일이 끝나자 안전하다고 생각해서 경찰한테 막 갈 참이었는데 아가씨가 어떻게 된 일인지 보러 마차 밖으로 나올 줄은 상상도 못했소. 나는 근처에 숨은 채 시가를 피우며 아가씨를 지켜봤소. 그러다 아가씨가 마차에서 나와 멀린스의 시신을 확인한 뒤 객실로 돌아가려다 다치는 모습을 보게 됐고, 나 때문에 또 다른 사람이 죽게 할 수 없었소. 특히나 주변에 아이들이 있었으니 말이오. 선택의 여지가 없었소. 그래서 아가씨에게 준 열쇠를 다시 가져가서 객실 문을 열고 아이들을 데리고 사건 현장 가까이 있는 이곳으로 데려왔소. 그리고 다시 마차로 돌아와 아가씨를 캠프 부인 댁으로 데려갔고. 그다음에야 경찰에 신고할 수 있었소. 나는 그저 내 삶을 되찾으려는 것뿐이었소. 캠프 부인에게 무슨 일이 일어났는지 말했다면 상황이 많이 달라졌을 거요. 내가 집을 잃는다는 사실을 캠프 부인이 알았더라면……."

헤윗 씨는 씁쓸한 얼굴로 말꼬리를 흐렸어요. 저는 헤윗 씨의 딱한 사정을 동정했어요. 헤윗 씨가 실수를 했지만 이 모든 건 그를 절박한 상황으로 몰아간 해리 멀린스 때문이었어요. 헤윗 씨는 사건을 속인 죄밖에 없었을 뿐 냉혹한 살인마가 아니었어요. 저는 결심을 굳히고 다시 말했어요.

"당장 여길 떠나서 다시는 돌아오지 마세요."

헤윗 씨가 자신의 사연을 털어놓으면서 시간을 끌었던 터라 언제 홈스 씨가 들이닥칠지 몰라서 저는 가슴을 졸였어요.

헤윗 씨는 저를 한참 동안 쳐다보다가 짐 몇 가지를 싸기 시작했어요. 헤윗 씨는 금색 촛대를 제게 쥐여주며 캠프 부인에게 전해달라고 했어요.

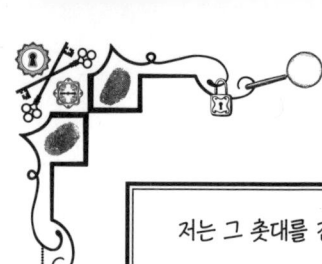

저는 그 촛대를 긴 코트 자락 속에 넣고 반드시 그러겠다고 했어요.

헤윗 씨가 떠날 때 헤윗 씨에게 문을 잠그고 가라고 했어요. 그리고 위층으로 올라가 아이들을 확인하고 곧 집에 갈 수 있다고 얘기해줬어요. 다시 아래층으로 내려온 저는 아까까지 앉아 있던 상자에 다시 앉아 지금까지 일어난 일들에 대해 생각해봤어요. 그리고 얼마 지나지 않아 홈스 씨와 왓슨 박사가 낯선 사람 두 명과 함께 도착했어요. 저는 정체를 밝히고 아이들은 안전하게 위층에 있다고 말해드렸어요. 사람들이 제 말을 확인할 때까지 저는 상자에 앉아 기다리고 있었어요. 제게 곧 질문이 쏟아지리란 사실을 알고 있었으니까요.

처음에 홈스 씨는 브레이스웰 경에 대해 말하느라 정신이 팔려있었어요. 여기 있는 브레이스웰 경이 사실은 진짜 당주로 위장한 친척이었다는데, 저는 진짜 브레이스웰 경을 만나본 적 없으니 별 상관없는 일이었어요. 그래도 홈스 씨는 곧 가짜 브레이스웰 경 얘기에서 위층에 있는 아이들로 화제를 옮기긴 했어요. 가짜 브레이스웰 경을 제외한 나머지 사람들이 아이들과 강아지 스폿을 찾아왔어요.

레스트레이드 경감님이 멀찍이 떨어져 있을 때 홈스 씨가 지금 읽고 계시는 이 진술서를 쓰라고 부탁하셨어요. 어쩌면 헤윗 씨가 도망치도록 제가 방관했다고 생각하실지 모르지만, 그건 홈스 씨와 브레이스웰 경도 마찬가지였어요. 가짜 당주도 헤윗 씨처럼 사연이 있겠지요. 하지만 제 진술서가 불쌍한 우체부의 결백을 밝혀주어 그가 삶을 되찾을 수 있게 해주길 바라요. 그리고 제 생각에 헤윗 씨는 켐프 부인과 함께 삶을 되찾고 싶어 하는 것 같아요.

아멜리아 포먼

 레스트레이드 경감과 짧은 논의를 거친 후 홈스가 포먼 양을 돌아보며 말했다.
 "이제 가보시오. 경감님은 여전히 헤윗 씨와 얘기하고 싶어 하지만 포먼 양의 진술서가 있으니 곧 풀려날 것이오."
 "두 분께 감사해요. 브레이스웰 가문과의 계약도 곧 끝날 테니 집으로 돌아가야겠네요."
 포먼 양이 떠나고 난 후 홈스가 말했다.
 "이곳에서 볼일은 이제 끝이 났지만 우리 일은 아직 끝나지 않았네. 풀어야 할 수수께끼가 또 하나 있으니 말일세. 런던 자연사 박물관 침입 사건을 잊으면 안 되지 않겠나. 그러니 베이커가로 돌아가서 그렉슨 경감을 만나보세."

 이제 235쪽으로 가세요.

　술집에 도착했을 때 레스트레이드 경감의 모습은 보이지 않았다. 술집 주인에게 우리가 누군지 소개한 뒤 혹시 경감이 메시지를 남겼는지 물었다. 술집 주인은 양초를 켜고 우리 얼굴을 자세히 들여다보았다. 확실히 우릴 기다린 눈치였지만 그 이유가 선할지 악할지는 알 수 없었다.

　술집 주인은 한참 후에야 입을 열었다.

　"그렇수, 족제비같이 생긴 자가 아주 오랫동안 당신네를 기다리고 있었지."

　술집 주인은 홈스 쪽을 가리키더니 말했다.

　"그자가 당신 인상착의는 말해줬소만 일행이 있다는 말은 듣지 못했는데. 어쨌든 당신 앞으로 이런 메시지를 남기고 갔수. 댁이 메시지를 보면 어떻게 할지 알 거라고 하더군. 곧 돌아오겠수. 배달이 왔는지 확인해야 해서."

　술집 주인은 홈스에게 쪽지를 건네주더니 건물 뒤편으로 가버렸다.

　홈스는 큰 소리로 메시지를 읽었다.

　"당신이 내가 생각하는 사람이라면 완두콩 꽃, 거미줄, 나방, 겨자씨가 들어있고 봄 색깔이 나는 술을 마시시오. 모든 게 드러날 것이오. –L."

　"구미가 당기는 술은 아니군, 홈스."

　재료를 들고 인상을 찌푸리며 내가 말했다.

　"무엇 때문에 레스트레이드 경감이 이런 걸 섞어 마시게 하겠나?"

이 둘은 어떤 술을 주문해야 할까?

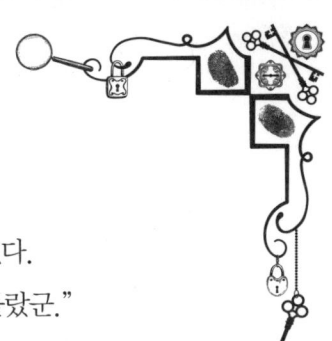

"이건 또 다른 수수께끼일세."

곰곰이 생각에 잠긴 홈스가 눈썹을 치켜세웠다.

"레스트레이드 경감이 이렇게 박식했는지 몰랐군."

홈스는 즐거워보였다.

"메시지를 분석해보세. 뻔하지만 봄 색깔이 나는 술이란 분명 녹색 술이겠지. 완두콩 꽃, 거미줄, 나방, 겨자씨는 재료가 아니네. 모두 《한여름 밤의 꿈》에서 티타니아 여왕을 섬기는 요정들 이름이지. 녹색 요정들, 좀 더 정확하게 말하자면, '녹색 요정'은 압생트의 이명異名일세. 메시지에 나오는 압생트 병을 찾아 한 잔 마시고 나서 레스트레이드 경감이 남긴 메시지가 드러날지 한번 보세."

술집 바에서는 메시지에 나오는 술병을 찾을 수 없었다. 술집 주인도 사라진 터라 우리는 아예 술집 바의 출입용 덮개를 열고 들어가서 바 뒤편의 진열대를 꼼꼼히 살폈다. 홈스와 나는 모든 술병을 확인하고 흐릿해진 술병 라벨도 자세히 들여다봤다. 그럴수록 압생트가 없다는 사실만 더 확실해졌다. 그때 바 왼쪽에 붙어 있는 작은 창고를 발견했다. 창고 문은 닫혀있었지만 잠겨있진 않았다. 안으로 들어갔더니 사방 벽이 술병 선반들로 가득했다.

뒤에서 문이 닫히더니 작게 딸깍하는 소리가 났다. 하지만 메시지에 나오는 술병을 찾느라 정신이 없어서 크게 신경 쓰지 않았다. 나는 문 바로 앞에 있는 작은 선반에서 먼지투성이에 라벨도 없는 우윳빛 하얀 술병을 꺼내 들었다. 병의 4분의 3 정도가 차있고 입구는 밀랍으로 완전히 봉해져있었다. 나는 호기심이 동해 그 병을 자세히 쳐다보았다.

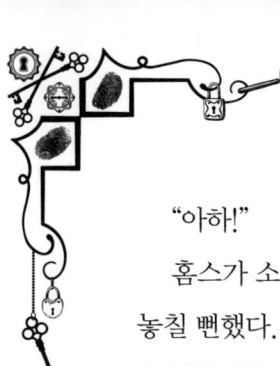

"아하!"

홈스가 소리치는 통에 하마터면 손에 들고 있던 하얀 술병을 놓칠 뻔했다. 홈스가 선반에서 연녹색 술병을 꺼내 드는 동안 나는 허둥지둥 그 병을 선반 위에 되돌려 놓았다. 그리고 두 번째 딸깍 소리가 들렸다. 첫 번째보다 훨씬 큰 소리였다. 홈스는 녹색 병이 있던 자리 뒤로 손을 뻗어 작은 상자 꾸러미를 꺼내 들었다. 홈스에게 보내는 상자였다. 상자에 적힌 글씨는 레스트레이드 경감의 필체였다. 상자를 꺼낸 홈스는 압생트 병을 다시 제자리에 놓았다. 창고 밖으로 나가려고 문 앞으로 갔을 때 곧 문이 단단히 잠겼다는 사실을 깨달았다.

우리 둘은 창고에 갇히고 말았다!

이제 *123쪽*으로 가세요.

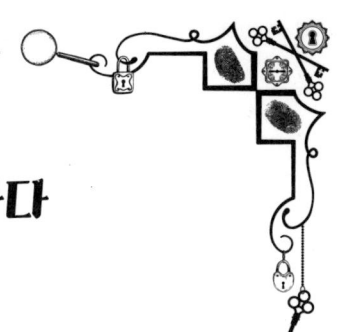

홈스, 적수를 만나다

"런던 웨스트엔드의 피커딜리 광장 근처로 가세."
홈스가 확신에 차 말했다.

"누굴 믿어야 할지 빨리 확인할수록 아이들을 더 빨리 찾을 수 있을 걸세, 왓슨. 크롬웰 직업소개소는 브레이스웰 가문과 포먼 양 사이의 중요한 연결고리일세. 포먼 양이 아무리 능력이 뛰어난들 무엇 때문에 브레이스웰 경이 그렇게 엄청난 금액을 주면서까지 가정교사를 고용했는지 자네도 궁금하겠지. 포먼 양의 봉급은 가정교사의 표준 연봉보다 훨씬 높았네. 가정교사는 평균적으로 여왕 폐하의 자제분들 수에 뒤마의 소설에서 나오는 정예 근위대의 숫자를 곱한 금액을 받지. 포먼 양에게 어떤 자격이 있었고 누가 그녀를 브레이스웰 가문과 클레멘스 부인에게 소개해 줬겠나?"

당시 가정교사의 평균 연봉은 얼마였을까?

"자네가 어떤 소설을 말하는지 전혀 모르겠네, 홈스. 그나저나 브레이스웰 경에게는 뭐라고 할까?"

"설마 《삼총사》를 읽어본 적이 없나, 왓슨?"
내 말에 홈스가 믿지 못하겠다는 얼굴로 고개를 저었다.

"빅토리아 여왕 폐하 슬하에는 아홉 명의 자제분이 계시네. 거기에다 삼총사를 곱하면 27파운드가 되지. 우리 의뢰인에게는 철

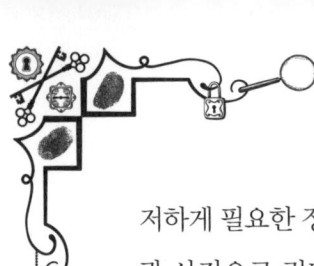

저하게 필요한 정보만 알려주게. 다른 일 때문에, 예를 들어 박물관 사건으로 런던에 들렀다가 저녁 식사 때쯤 돌아오겠다고 하게. 그리고 그때, 지금까지 무엇을 알아냈는지 밝히겠다고 하게."

우리는 브레이스웰 경에게 편지를 남기고 저택을 나섰다.

런던의 길거리는 북적였고 노점상들의 호객 행위로 소란스러웠다. 핀칠리의 고요함과는 확연히 대조되는 소리였다. 우리는 예상치 못하게 크롬웰 직업소개소 앞에서 그렉슨 경감을 만났다. 그렉슨 경감은 홈스보다 키가 큰 사람이었다. 경감은 흥분한 기자들 앞에서 기자 회견을 준비 중이었다. 기자들은 질문을 하나라도 더 하려고 그렉슨 경감의 주의를 끌려고 애썼다. 다른 경관들은 사무소에 들어가려는 기자들을 막기 급급했다.

그렉슨 경감이 우리를 발견하곤 사무실로 데리고 들어갔다.

"안 좋은 일이 생겼소, 홈스 씨!"

그렉슨 경감이 홈스와 악수를 나누며 말했다.

"이렇게 보게 되니 반갑소. 왓슨 박사도 잘 오셨소."

사무실 안에 들어가자 홈스가 물었다.

"무슨 일입니까?"

"내가 보낸 메시지는 받았소? 베이커 가에 메시지를 보낸 지 20분도 채 되지 않았소만."

경감의 말에 홈스가 점잖게 말했다.

"그렉슨 경감님, 아무리 경감님이라도 그런 일은 절대 불가능하다는 것을 아셔야 하지 않겠습니까?"

"무슨 말이오, 홈스 씨? 사람을 보낸 지 20

홈스는 어째서 그렉슨 경감의 메시지를 받을 수 없었을까?

분도 지나지 않아서 여기 이렇게 오지 않았소?"

그렉슨 경감의 말에 홈스가 한숨을 쉬었다.

"고작 20분 전에 메시지를 보냈다고 하셨죠. 마차를 타고 최대한 빨리 간다 해도 베이커가까지 최소 12분은 걸립니다. 그리고 메시지를 읽고 나면 나갈 채비를 해야 하니 시간이 좀 더 걸릴 테고 여기까지 오려면 최소 30분은 걸렸을 겁니다. 하지만 천운이 닿았는지 같은 시간 같은 장소에서 만나게 됐군요. 이미 집에서……. 나와 있거든요."

홈스가 말을 돌리며 손을 흔들었다.

"참 꼬치꼬치 따지는구려."

그렉슨 경감이 툴툴댔다.

"하지만 어찌 되었든 이리 와주셨으니 다행이오. 도난 사고가 발생했소. 저기 있는 사람은 사무소 소유주인 크롬웰 씨고 그 옆에 있는 아가씨는 스토퍼 씨로 크롬웰 씨 밑에서 일하고 있소."

그렉슨 경감이 작은 사무실 건너편에 있는 사람들에게 고개를 끄덕였다.

"바깥 상황을 좀 정리하고 올 테니 잠시 기다려주시오. 곧 돌아오겠소."

우리는 정문 안쪽에 있는 작은 응접실에 앉아 옆방에 있는 두 사람을 관찰했다. 크롬웰 씨는 나이가 지긋한 노인으로 혼란스러운 와중에도 월터 베산트의 신작에 정신이 팔려있었다. 그는 코끝에 두꺼운 안경을 걸치고 양손으로 책을 움켜쥐고 있었다. 한 10분 정도 기다리는 동안 크롬웰 씨는 책을 땅에 여러 번 떨어뜨렸고 이내 몇 쪽까지 읽었는지 잊었다며 투덜거렸다.

그와 반대로 스토퍼 씨는 분별력 있는 인물이었다. 머리는 꽉 죄어 틀어 올렸고 커다란 안경 너머의 눈매는 무엇 하나 놓치지 않을 듯했다. 스토퍼 씨의 책상은 잘 정돈되어 있었는데 거의 완벽하게 대칭을 이뤘다. 스토퍼 씨는 완벽한 자세로 앉아있었고 옷도 칼 같이 다려져있어 전체적으로 깔끔한 인상이었다. 어쩌면 가정교사를 평가하는 자리에 있는 아가씨의 모습을 상상하라면 딱 저런 모습일지도 모르겠다.

"크롬웰 씨는 새 책상과 안경을 사는 게 좋겠군. 저런 사람을 종일 상대하다니 스토퍼 씨도 대단해."

"무슨 말인가?"

홈스에 말에 내가 물었다.

"뭣 때문에 크롬웰 씨에게 새 책상이 필요하단 말인가?"

홈스가 뭐라 대답하기도 전에 그렉슨 경감이 문을 벌컥 열고 들어왔다. 경감은 우리를 데리고 직업소개소 운영자들을 만나러 갔다. 두 사람을 만나기 직전 그렉슨 경감이 잠시 멈추더니 입을 뗐다.

"먼저 여기서 만나서 참 다행이요, 홈스 씨. 당신에게 사람을 보낸 다른 이유는, 솔직히 어제 홈스 씨가 보낸 메시지를 이해하지 못해서였소. '밝은 날 저녁 시간 길거리 빵 여섯'이 대체 무슨 뜻이오?"

"그렉슨 경감님이라도 그 정도로 쉬운 암호는 풀 수 있을 줄 알았습니다. 베이커가에서 오후 여섯 시에 만나자는 뜻이었는데 지금 기준으로는 오늘 저녁이 되겠죠. 그 얘기는 나중에 하도록 하지요. 만일 늦게 된다면 따로 하실 일을 알려드리겠습니다."

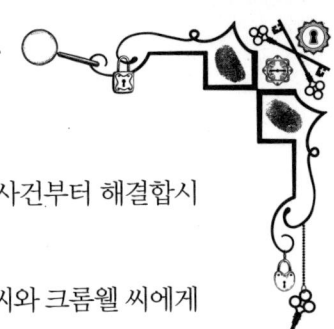

"그럼 오늘 저녁에 보도록 하겠소. 이제 이 사건부터 해결합시다."

그렉슨 경감이 말을 마치자 우리는 스토퍼 씨와 크롬웰 씨에게로 발걸음을 돌렸다.

"무엇을 도난당했소?"

"질문은 제게 하시는 편이 나을 거예요."

그렉슨 경감이 두 사람에게 묻자 스토퍼 씨가 안경을 치켜세우며 말했다. 크롬웰 씨는 또다시 책을 떨어뜨리고 말았다.

"크롬웰 씨는 여기서 보통 책을 읽으세요. 거의 종일 베산트 씨의 최신작을 읽고 계시죠. 그래서 기본적으로는 제가 사업을 운영하고 있습니다. 지난 몇 년간 제가 이 직업소개소의 인지도를 높여왔습니다. 런던의 각계각층이 우리 사무소가 소개해주는 사람을 원하고 있죠. 런던에서 직업소개소를 운영하는 사람 중에서 제가 최연소 운영자입니다. 그 점을 매우 자랑스럽게 여기고 있고요. 저는 열여덟 살 때부터 여기서 비서로 일을 시작했습니다. 그 전에는 이튼 스쿨 교사이신 아버지께서 직접 철저한 교육을 시켜주셨죠."

"굉장한 성취를 이루셨소, 아가씨. 그나저나 무슨 일이 일어났는지 말해주겠소? 무엇을 도난당했소?"

"가치를 환산할 수도 없는 물건이요!"

홈스에 말에 스토퍼 씨가 소리쳤다. 그러더니 안경 너머로 우리를 날카롭게 쏘아보았다. 우리를 찬찬히 뜯어보는 그 눈빛에 그녀와 마주 앉아 면접을 봐야 했을 아가씨들을 동정할 수밖에 없었다.

"그런데 두 분은 누구시죠?"

홈스와 내가 자기소개를 했다.

"제 말은 그 뜻이 아니라 두 분 직업이 어떻게 되시는지 물은 겁니다. 두 분은 스코틀랜드 야드 관할 소속이 아니신 것 같은데요. 배지도 없고요."

스토퍼 씨의 끈질긴 질문에 내가 말했다.

"나는 의사요. 그리고 이 친구는……."

나는 뭐라 말할지 몰라 말문이 막혔다.

"자문 탐정이오. 경찰들이 어려워하는 사건들을 도와주고 있소. 그럼 스토퍼 씨, 이제 무엇을 도난당했는지 말해주시오."

"제 서류철들이요!"

스토퍼 씨는 우리가 마치 도난당한 물건의 가치를 모르는 게 이상하다는 듯 양 손바닥을 우리 앞으로 뻗으며 말했다. 자신의 말에 별 반응이 없자 그녀는 좀 더 자세히 설명했다.

"우리 사무소에 다녀간 고객들의 개인 정보가 고스란히 들어가 있는 서류철입니다. 고객들도 개인 정보가 공개되길 원치 않을 테니 다른 사람 손에 잘못 들어가면 이 회사는 망하게 될 겁니다. 오랜 세월 고생했던 일들이 전부 수포가 된다고요!"

솔직히 나는 혈통이 어떠한들 수십 명 정도 되는 사람의 집 주소와 서신 몇 장이 뭐 그리 큰 가치가 있는지 알 수 없었다. 그렉슨 경감도 나와 같은 생각인 모양이었다. 그러나 홈스는 매우 심각해진 얼굴로 물었다.

"서류철 몇 개가 사라졌소?"

"전부 다요! 경쟁사들 입장에서 그 서류철들이 얼마나 큰 가치

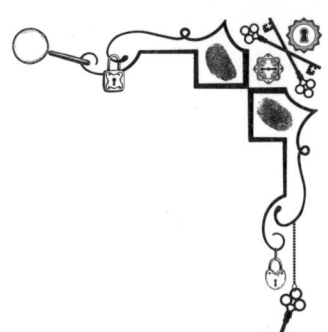

가 있을지 상상이 가세요?"

"지당한 말이오!"

홈스가 스토퍼 씨의 말에 맞장구를 쳤다.

"전에도 이런 도난 사건이 있었소?"

"제가 여기서 17년 동안 일하면서 단 한 번도 없었어요. 저는 독립한 초여름부터 여기서 일하기 시작했어요. 시간이 없어요, 홈스 씨. 전 콜리 직업소개소가 의심돼요. 최근 이 근처에 개업했죠. 당장 그곳을 조사해주세요. 크롬웰 씨가 은퇴하고 사무소를 닫으리란 소문을 들었을 게 뻔하니까요. 저는 크롬웰 씨가 제게 사업을 맡겨주셨으면 하지만요. 고객들이 제 발로 자기네 사무소를 찾아올 때까지 기다리지 않겠다는 심산인가 본데, 전 여기 말고 다른 사람 밑에서 일할 생각은 추호도 없어요."

그렉슨 경감은 스토퍼 씨와의 대화를 수첩에 꼼꼼히 적고는 차분히 질문을 던졌다.

"도난 사건은 언제 일어났소?"

"사무소를 닫는 시간인 오후 여섯 시부터 오늘 아침 사이 언제라도 일어날 수 있었을 거예요. 저는 평소대로 아침 일곱 시에 사무소에 도착했으니까요."

"그럼 약 열두 시간 정도의 여유가 있었다는 소리로군."

"맞아요."

"밤에는 사무소를 잠가놓소?"

"자물쇠에 빗장까지 걸어 잠그죠. 서류철은 전부 철제 금고에 넣어둬요. 금고는 제가 직접 잠갔고, 비밀번호는 매년 바꾸고 있어요. 저만 알고 있는 비밀번호죠. 비밀번호를 적어놓은 종이는 은행 보관함에 넣어뒀는데 저와 크롬웰 씨만 찾을 수 있고요. 금고는 단단히 잠겨 있었던 데다 어제 저녁 제 비서인 프렌치 씨와 같이 사무소를 나올 때 사무소의 안팎을 전부 잠갔어요. 그녀가 자물쇠를 잠그는 모습을 제가 지켜봤는데 수상한 행동은 하지 않았어요. 그리고 오늘 아침에 사무소에 와보니 창문이 깨져있었어요."

우리는 아담한 사무실 내부를 둘러보았다. 범인이 어떻게 침입했는지 알기까지 그리 오래 걸리지 않았다. 깨진 창문 유리 조각들이 건물 안팎에 떨어져있었다. 홈스는 금고 자물쇠, 문, 창문을 순서대로 살펴보았다. 그리고 수첩에 무언가 적더니 우리 쪽으로 돌아섰다. 홈스가 스토퍼 씨에게 금고 자물쇠에 대해 물었다.

"얼마나 자주 금고 비밀번호를 바꾼다 했소?"

"매년 바꿔요. 하지만 지난달에 한 번 더 바꿨어요. 근처에 사무소를 차린 그 불한당들을 믿을 수가 있어야죠."

스토퍼 씨의 말에 홈스가 대답했다.

"대답해주어 고맙소. 하지만 스토퍼 씨가 생각한 것만큼 비밀번호가 안전하지는 않소. 스토퍼 씨에 대한 정보를 조금이라도 갖고 있다면 스토퍼 씨가 자신의 성취에 대해 매우 자랑스러워하는지, 그리고 논리, 균형, 대칭되는 것을 선호한다는 사실도 잘 알 거요. 게다가 개인과 관련되어 있지만 규칙적으로 바꿀 수 있는 비밀번호라면 예상하기란 매우 쉽지."

홈스는 어떻게 비밀번호를 추리해냈을까?

홈스가 금고 앞에 쪼그려 앉아 낑낑대며 무거운 손잡이를 여러 번 돌리자 한 번에 금고가 열렸다.

"대체 어떻게 한 거죠?"

스토퍼 씨가 소리쳤다. 그녀는 너무 화가 난 나머지 손에 들고 있던 서류들을 바닥에 던져버렸다. 바닥에 내동댕이쳐진 편지지 윗부분에 화려하게 장식된 글자가 눈에 들어왔는데 '크롬웰'이라고 적혀있었다.

크롬웰
직업소개소

런던 빅가 150번지 우편번호 W1F 9RN

홈스가 차분하게 설명을 시작했다.

"스토퍼 씨가 자신을 소개할 때 자기 배경에 대해 자세하게 알려줬소. 17년 동안 사무소를 운영해왔다는 말을 여러 번 말했으니 매우 중요한 사실이란 뜻일 테고. 그럼 스토퍼 씨의 나이는 약 35세 정도일 거요. 두 번째로 크롬웰 직업소개소에서 일하기 시작한 시기가 초여름이라고 했소. 초여름이니 6월일 확률이 높지. 마지막 비밀번호 두 자리는 현재 연도일 거요. 매년 비밀번호를 바꾼다고 했으니 말이오. 내가 입력한 비밀번호는 35-6-90이오. 스토퍼 씨, 보다시피 당신과 대화를 나눈 많은 이들이 이러한 정보들을 알아낼 수 있을 거요. 물론 당신은 몰랐겠지만. 묻지도

않는데 전부 말해주지 않았소."

"하지만 한 번에 맞춘 건……."

홈스가 내 쪽을 돌아보더니 윙크를 했다.

"순전히 운이 좋았을 뿐이오."

그 말에 나는 웃음이 나와서 일부러 헛기침을 해야만 했다. 홈스는 다시 스토퍼 씨를 향해 고개를 돌렸다.

"그보다 왓슨과 나는 다른 문제로 이곳에 왔소. 브레이스웰이라는 고객을 기억하시오?"

놀랍게도 스토퍼 씨는 미소를 지으며 말했다.

"우리 사무소에 문의한 고객은 물론 거쳐갔던 가정교사를 모두 기억한답니다. 서류철이 없어도 기억할 수 있어요, 홈스 씨. 특히나 그 의뢰는 잊기 어렵죠. 뭔가 이상했거든요."

"어째서요?"

"그게 말이죠, 홈스 씨. 브레이스웰 경을 대신해 연락한 클레멘스 부인과 우리 사무소 간에 오고 간 서신이 다른 경우보다 훨씬 적었어요. 부유한 가문에서 지위가 높은 하인을 대신 보내는 경우가 드물진 않죠. 그런 분들은 훨씬 급한 일을 처리하느라 직접 우리 사무소로 연락을 주지 못할 때도 있으니까요. 어느 날 오후 클레멘스 부인이 사무소에 와서 지금 크롬웰 씨가 앉아 계신 자리에 앉으셨어요. 그리고 부인의 고용인이 원하시는 조건을 말씀하셨습니다. 부인이 제시한 연봉은 유달리 높았어요. 솔직히 여기서 일하는 동안 들어본 금액 중 가장 높은 액수였어요. 제가 혹할 정도였으니까요. 이런 경우가 흔치 않지만 아예 없지는 않아요. 고용주가 첫 연봉으로 높은 금액을 제시해 실력이 뛰어난 사

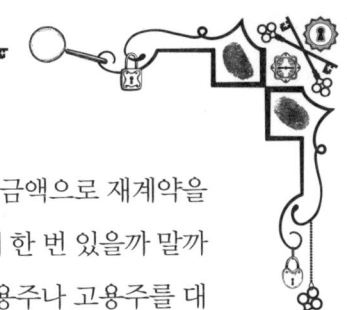

람을 고용한 뒤, 계약이 끝나면 좀 더 적절한 금액으로 재계약을 하기도 하거든요. 하지만 이번 경우는 평생에 한 번 있을까 말까 한 기회였어요. 그뿐만이 아니에요. 보통 고용주나 고용주를 대신해 온 사람은 직접 가정교사 면접을 보려고 하거든요. 아니면 최소한 추천서라도 확인하거나. 그런데 클레멘스 부인은 제 판단을 전적으로 신뢰하겠다고 못을 박더니 가정교사를 만나보지도 않고 아주 다급하게 고용하려 했어요."

"의심 가는 바가 있소?"

스토퍼 씨는 숨을 깊게 들이쉬었다.

"제가 할 수 있는 일은 별로 없었어요. 프렌치 씨한테 브레이스웰 저택을 방문해 소개장을 전달할 겸 브레이스웰 경과 자제분들을 만나보라고 했어요. 저는 사무소 일이 바빠서 같이 갈 수 없었죠. 프렌치 씨는 브레이스웰 경을 뵙고 제 편지를 드린 뒤 자제분들과 이야기도 나눴어요. 저택의 사정은 클레멘스 부인이 말한 대로였고요. 그래서 그에 걸맞은 가정교사를 찾아야 했어요. 프렌치 씨는 가정교사를 구한다는 브레이스웰 경의 동의서를 들고 왔고 클레멘스 부인과 함께 알맞은 후보를 찾으라는 말을 들었다고 했어요."

"포먼 양에 대해 말해주시겠소?"

"경력은 적지만 아주 좋은 보모이자 가정교사예요. 포먼 양을 고용했던 가문의 평가가 우수했고 불만 사항도 없었어요."

"포먼 양을 안 지 얼마나 오래됐소?"

"고작 2년밖에 되지 않았어요. 사정이 딱했죠. 양부가 돌아가신 이래 버는 족족 가족들한테 보냈지만, 그 금액도 얼마 되지 않

앞어요. 가정교사들은 열악한 환경에 놓여 있답니다. 홈스 씨. 많은 가정교사가 봉급도 못 받고 숙식만 겨우 해결하기도 해요. 그래서 포먼 양을 브레이스웰 가문에 소개해줄 수 있어서 무척 신이 났어요. 그 가문에 더 많은 고용인을 소개해줘서 단골 사무소가 되길 바라고 있어요. 포먼 양은 아이들을 잘 가르치고 있겠죠?"

"아주 잘 지내고 있소."

내가 끼어들기도 전에 홈스가 대답했다.

"좋아요! 그 이하는 기대하지도 않았어요. 그럼 왜 이번 건에 대해 물어보시는지 여쭤봐도 될까요?"

"쓸데없는 소리는 그만 집어치우시오!"

홈스가 대답하기도 전에 그렉슨 경감이 폭발해 소리쳤다. 모두 화가 난 그렉슨 경감을 쳐다봤다.

"스토퍼 씨와 크롬웰 씨, 당신들을 체포하겠소!"

그 소리에 충격을 받은 크롬웰 씨가 또다시 책을 떨어뜨렸다.

"하지만 어째서죠?"

"왜 그런지 꼭 물어봐야겠소?"

홈스의 물음에 그렉슨 경감이 말했다. 홈스와 나는 영문을 몰라 서로의 얼굴을 쳐다봤다.

"스토퍼 씨 본인이 파일을 훔쳤기 때문이오!"

우리는 너무 어이가 없어서 뭐라 대답하지 못했다. 누가 물어보지도 않았는데도 그렉슨 경감이 계속 말을 이었다.

"그리고 크롬웰 씨가 교사했겠지."

"하지만 무엇 때문에 자기 파일을 훔치겠습니까?"

"그건 서에서 본인들한테 직접 들어야지!"

"하지만 혐의가 없지 않습니까?"
내가 따지자 홈스가 말을 이었다.

"크롬웰 씨는 훔치고 싶어도 파일을 훔치지 못했을 겁니다. 금고문을 열지도 못했을 테니 말이죠."

그렉슨 경감은 그 자리에 멈췄고 크롬웰 씨는 앉은 자리에서 기절해버렸다. 내가 부드럽게 타이르듯 말했다.

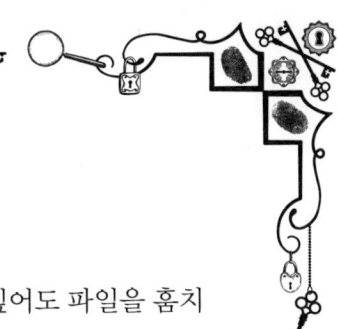

홈스가 어째서 크롬웰 씨는 금고를 열지 못한다고 했을까?

"홈스, 은행에 보관하고 있는 비밀번호를 찾을 수 있는 사람은 스토퍼 씨와 크롬웰 씨 두 사람뿐이라는 말은 잊은 겐가?"

홈스가 한숨을 쉬었다.

"왓슨, 크롬웰 씨는 저 무거운 손잡이를 돌려 비밀번호를 입력할 수 없었을 걸세. 나조차도 손잡이를 돌리기 어려웠으니 말일세."

"이해가 안 가는군. 크롬웰 씨가 어째서 손잡이를 돌리지 못한단 말인가?"

그렉슨 경감이 물었다.

"크롬웰 씨의 손을 보시죠. 손에 잔뜩 힘을 주고 오므리고 있는데도 계속 책을 떨어뜨리지 않았습니까. 크롬웰 씨는 손에 심한 관절염을 앓고 있어서 저 무거운 손잡이를 정확하게 돌려서 비밀번호를 입력하는 건 불가능에 가깝습니다. 이번엔 실수하셨습니다, 그렉슨 경감님."

"그러니까 콜리 직업소개소에서 훔쳐 갔다고 계속 말했잖아

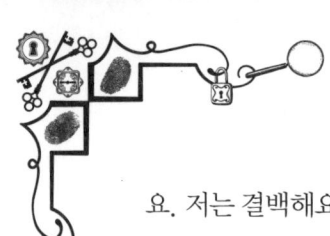

요. 저는 결백해요!"

스토퍼 씨가 소리쳤다.

"물건은 훔치지 않았을지 모르지만……."

홈스가 끼어들었다.

"죄가 아예 없는 건 아니오. 스토퍼 씨 당신은 서류철을 누구에게 건네줬는지는 물론 그 동기도 이미 실토했소."

"무슨 동기요?"

스토퍼 씨가 물었다.

"저는 지난 17년간 이 사무소에 충성을 다했다고요."

"그 충성심도 크롬웰 씨가 사업을 접으면서 사라졌겠지. 스토퍼 씨, 당신은 이곳에서 한 일을 매우 자랑스럽게 여기고 있소. 크롬웰 씨가 당신에게 사업을 맡기지 않으리란 사실을 받아들이기 힘들었겠지. 그래서 브레이스웰 경과 거래를 한 거요. 브레이스웰 경이 새 사무소를 차릴 수 있는 자금을 대주는 대신 브레이스웰 경이 필요할 때마다 하인을 소개해주기로 말이오. 프렌치 씨는 내용도 모른 채 브레이스웰 경에게 소개장 대신 그런 제안이 담긴 편지를 전했소. 하지만 의문점이 하나 있소. 브레이스웰 경은 아직 한 번도 스토퍼 씨를 만나본 적이 없을 텐데 어째서 그 제안을 받아들였는지 모르겠소. 스토퍼 씨를 체포하시죠, 그렉슨 경감님. 저희는 이 문제를 좀 더 조사해보고 사라진 파일도 찾도록 하겠습니다."

홈스는 이어서 스토퍼 씨에게 말했다.

"스토퍼 씨, 당신은 오늘 아침 사무소에 도착하자마자 사건 현

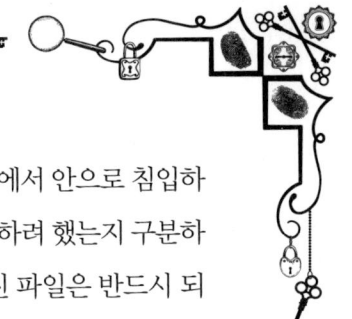

장을 꾸몄소. 유리창 파편을 안팎으로 뿌려 밖에서 안으로 침입하려 했는지, 혹은 안에 숨어있다가 밖으로 탈출하려 했는지 구분하기 어렵게 만들었소. 어떤 경우든 간에 사라진 파일은 반드시 되찾아야 하겠지. 우리가 마주한 사건에 대한 정보를 알 수 있을지 모르니."

스토퍼 씨는 결백을 주장했다. 그렉슨 경감이 스토퍼 씨의 팔을 붙들고 사무소 밖으로 연행하자 그녀는 의식을 잃은 크롬웰 씨를 돌아보며 말했다.

"전부 당신 탓이야. 나는 모든 걸 바쳤는데 그에 대한 보답은 할 생각도 없었잖아, 이 망할 늙은이야."

"그렉슨 경감님, 연행하기 전에 한 가지 질문이 더 있습니다."

홈스가 경감을 멈춰 세우며 말했다.

"스토퍼 씨. 수사에 협조한다면 기소할 때 어느 정도 정상 참작이 될 수 있을지도 모르오. 브레이스웰 경에 대해 말해줄 수 있겠소?"

"브레이스웰 경은 지금 호주에 있어요."

그렉슨 경감이 스토퍼 씨를 연행하기 전 그녀가 남긴 말은 그게 전부였다.

이제 171쪽으로 가세요.

사건의 경위

방 안에는 무거운 침묵이 흘렀다. 커다란 회중시계가 2시를 알렸다. 레스트레이드 경감이 말했다.

"여기 범죄 현장의 지도가 있네. 마차의 위치는 X로 표시해뒀지. 여기는 웨스트우드 저택이고. 브레이스웰 가문의 저택은 토터리지 마을에서 북서쪽으로 조금만 걸어가면 나오네. 보다시피 마차는 목적지에서 2마일 정도 떨어진 곳에서 멈췄네."

홈스와 나는 지도를 자세히 살펴보았다. 내가 지도를 베껴 그리는 동안 홈스가 물었다.

"누가 이 끔찍한 사건 현장을 발견했습니까?"

"편지 배달을 하고 있던 우체부였네. 이름은 조지 헤윗. 범죄 현장에서 100피트 정도 떨어진 곳에 있었다는데 비가 내리는 데다 헤윗이 지독한 근시여서 마차가 잘 보이진 않았다고 하더군. 헤윗의 진술에 따르면 안경이 있건 없건 비와 안개 때문에라도 앞이 보이지 않을 지경이었다고 하네."

"총성은 들었답니까?"

레스트레이드 경감은 미소를 짓더니 코트에서 수첩을 꺼내 펼쳐 보였다

"이보시오, 당신이 현장에 있었다면 물어봤을만한 질문들은 내가 이미 다 물어봤소. 확실히 헤윗은 총성을 들었다고 했소. 총소리에 자신도, 말도 놀랐다고 했지."

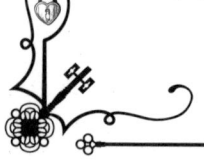

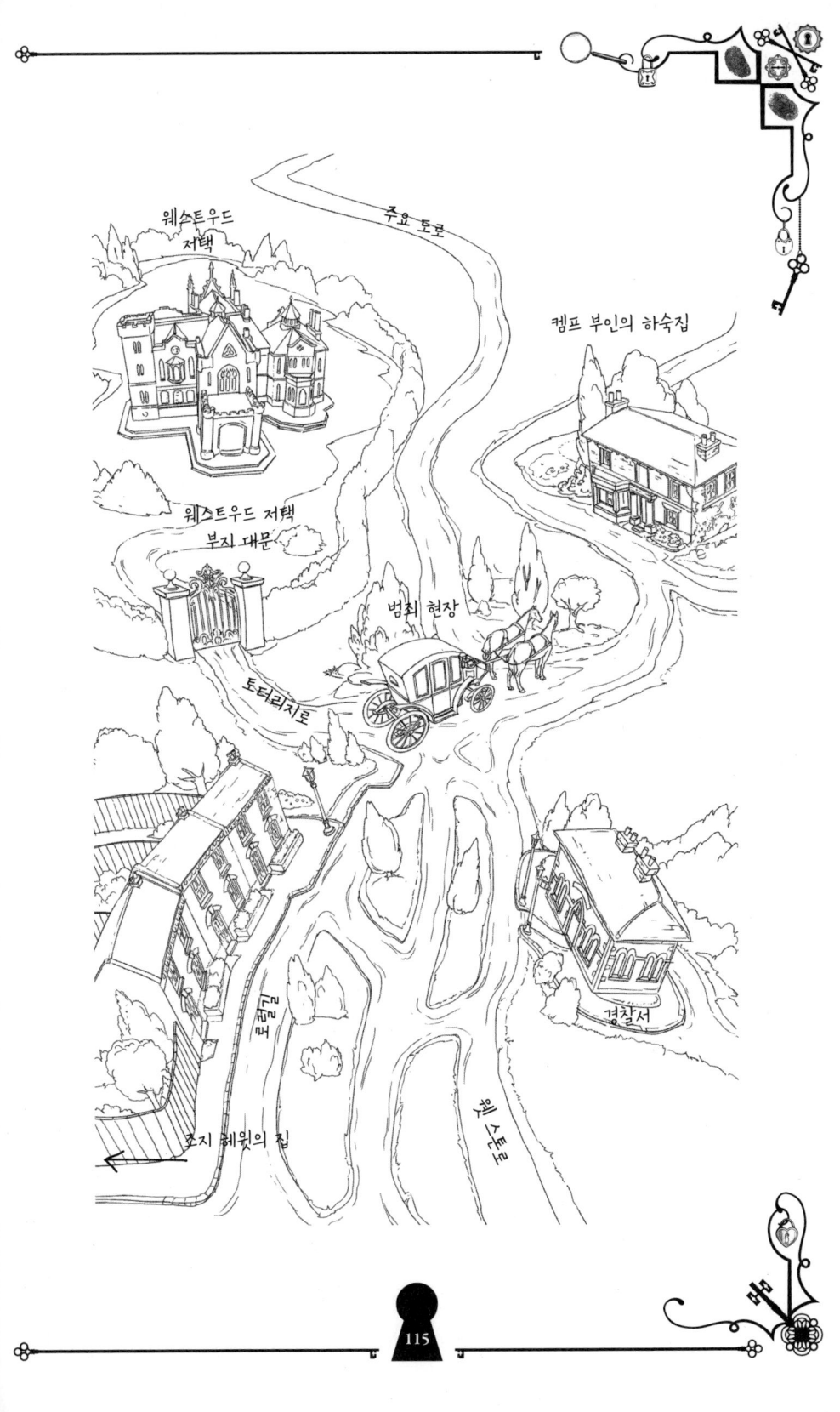

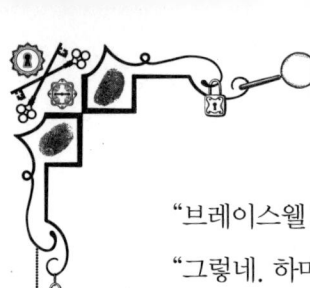

"브레이스웰 가문의 마차는 멈춰 있었답니까?"

"그렇네. 하마터면 마차에 부딪힐 뻔했다더군. 말들이 갑자기 멈추는 바람에 우편 마차에서 튕겨 나갈 뻔했다지 뭔가. 놀란 말들을 거의 다 진정시켰는데 총성이 울려서 말들이 다시 겁에 질렸다고 했네. 말들을 달래고 용기를 그러모아 브레이스웰 가문의 마차로 가는 데까지 시간이 좀 걸렸다더군. 헤윗은 웨스트우드 저택에도 편지 배달을 했기 때문에 가문의 문장을 알아볼 수 있었다더군."

레스트레이드 경감은 말을 멈추고 건너편 벽 쪽으로 고개를 까딱였다.

"지금도 벽난로 위에 걸려 있는 가문 문장을 볼 수 있지 않나."

경감은 다시 사건으로 돌아갔다.

"브레이스웰 가문은 오랜 세월 이 지역의 유지였네. 그나저나 헤윗은 마차에서 내린 뒤 한 손으로 마차 옆을 짚고는 장화 끝까지 푹푹 빠지는 진흙탕을 걸어 브레이스웰 가문 마차로 다가갔다네. 그렇게라도 하지 않았다면 범죄 현장은 보지도 못했을 거라더군."

"다음엔 어떻게 했답니까?"

"더 이상 손을 쓸 수 없었다더군. 마부의 신원은 해리 멀린스로 밝혀졌고. 헤윗은 범죄 현장이 훼손될 것을 염려해 멀린스의 시신을 마차 안으로 옮기고, 가정교사로 왔던 포먼 양을 캠프 부인의 집으로 데려갔다고 하더군. 캠프 부인은 범죄 현장에서 동쪽으로 1.5마일 떨어진 곳에 사는 귀부인일세. 헤윗이 정신을 잃은 포먼 양을 우편 마차로 옮기는 와중에도 포먼 양은 계속 '화살촉'이라고

중얼거렸다더군. 헤윗은 웻스톤에 있는 경찰서에 사건을 신고했고 경관이 나를 찾아왔네. 내가 도착했을 때는 이미 현장의 모든 증거가 비에 씻겨 내려간 뒤였네. 불행한 사건을 겪은 마차는 조사를 위해 경찰서로 옮겨놨고. 일기장은 내가 직접 발견해서 이렇게 가져온걸세."

레스트레이드 경감은 자신이 한 일을 강조하기 위해 잠시 뜸을 들인 후 말했다.

"바로 사건 현장에서 말일세."

"아주 잘하셨습니다!"

홈스가 미소를 지으며 탄성을 내지르더니 레스트레이드 경감의 손을 붙잡고 악수를 했다.

"예상보다 훨씬 잘해주셨군요. 무턱대고 행동하는 습관을 자제하고 진실을 갈망하는 마음을 더 중시하셨군요. 제가 한번 맞춰보죠. 일기장은 마차의 브레이스웰 가문 문장 뒤에서 발견하셨죠?"

"맙소사, 홈스 씨!"

홈스가 금세 알아냈다는 사실에 실망감보다 충격이 더 컸는지 레스트레이드 경감이 소스라치게 놀라 소리쳤다.

"범죄 현장이나 마차를 보지도 않았잖소. 어떻게 안 거요?"

"경감님이 다 알려주셨습니다. 포먼 양이 '화살촉'이라고 중얼거렸다 하셨죠. 브레이스웰 가문 문장에는 은색의 V자 무늬가 두 개 있는데 화살촉처럼 생겼죠. 제가 직접 현장을 볼 수 있었다면 참 좋았을 텐데! 그랬다면 땅에 남은 자국으로 더 많은 정보를 알 수 있었을 겁니다. 마차가 얼마나 오래 그 자리에 머물렀는지, 그

레스트레이드 경감은 어디서 포먼 양의 일기장을 발견했을까?

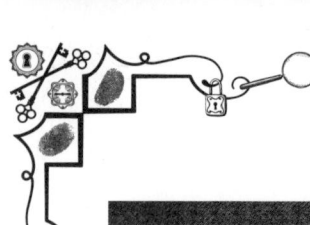

이유는 무엇이었는지 같은 정보를 말이죠. 경관들이 마차를 옮기면서 증거를 전부 밟아 없앴을 게 뻔하지요. 헤윗 씨한테는 아이들이 사라졌다고 말했습니까?"

"그러지 않았소. 사실, 포먼 양의 일기장을 읽기 전까지 아이들과 개가 사라졌는지도 몰랐소. 포먼 양은 사건을 겪은 후 열병에 걸려 아직 만나보지도 못했고."

"납치범은 아무 말이 없습니까?"

"전혀 없소. 홈스 씨, 솔직히 말해서 이제 어떻게 할지 모르겠소. 이 사건은 수수께끼 투성이인 데다 실마리가 보이지 않는 상황이오. 아직까지는 이 불행한 사건이 언론에 흘러가지 않게 막고 있소. 그쪽이 훨씬 나으니까. 기자들이 이번 사건을 들쑤시고 다닌다
면 일이 더 복잡해지고 중요한 단서들도 자취를 감출 거요. 다음엔 무슨 일이 일어날지 누가 알겠소?"

"저도 동의합니다. 저 또한 신문에, 특히 고민 상담란이나 인사 광고란에 많이 의지하고 있지만, 기삿거리에 눈독을 들이는 기자들이 있다면 일이 훨씬 복잡해질 겁니다. 이번 일은 최대한 알려지지 않도록 노력해야 해요. 명망 높은 귀족 가문과 연관된 대형 사건이 두 건이나 일어난 지 하루가 다 지나가는데도 이렇게 잘 감추고 있다니 놀랍군요!"

홈스는 코트 주머니에서 파이프를 꺼내 불을 붙이더니 담배를 피우기 시작했다. 매캐한 담배 연기가 금세 작은 방안을 채워 눈이 매웠다. 창문을 열고 싶었지만 홈스에게 방해가 될까 차마

그러지도 못했다. 커튼을 걷어보니 베이커 가에서 보던 아름다운 봄날 아침은 온데간데없고 또다시 폭우가 쏟아지며 지붕에서는 후드득 빗소리가 들렸고 빗방울들이 창문 유리를 세차게 때리고 있었다. 술집 주인 웰시가 등불을 들고 다시 찾아왔다. 홈스가 샌드위치와 커피를 주문하자 나도 배가 고팠단 사실을 깨달았다. 오늘 아침 허겁지겁 아침 식사를 한 이후 무엇 하나 먹은 것이 없었고, 이번 사건의 수수께끼에 대해 고심하느라 저녁 식사 시간도 멀게만 느껴졌었다.

웰시가 음식을 가지고 돌아오자 홈스는 감사 인사를 하며 물었다.

"내 친구와 나는 이곳 출신이 아니지만 웨스트우드 저택이 아름답다는 말은 많이 들었소. 오늘 오후에 저택을 방문하고 싶은데 아는 것이 없소?"

"손바닥 보듯 훤하지. 지금은 돌아가셨지만 어머니가 거기서 하녀로 일하셨고 나는 현 브레이스웰 경의 부친인 세실과 친우였수. 하지만 안타깝게도 때를 잘못 맞춰 오신 것 같소!"

술집 주인의 반응에 레스트레이드 경감은 깜짝 놀랐지만 홈스의 얼굴을 보더니 속에 있는 말을 아꼈다. 홈스가 주인장에게 물었다.

"무엇 때문이요?"

"요 몇 년간 브레이스웰 경이 제정신이 아니란 말이우. 5년 전 브레이스웰 부인이 살아 있을 때였다면 따뜻하게 맞이해줬겠지. 브레이스웰 경 내외는 금슬이 대단했거든. 하지만 부인이 죽자 젊

브레이스웰 부인이 죽었을 때 아이들은 몇 살이었을까?

은 브레이스웰 경은 급격히 무너져 내렸다우."

홈스가 한숨을 내쉬었다.

"네 살에 어머니를 여의었으니 아이들에게도 영향이 있었겠군. 현 브레이스웰 경에 대해 아는 게 별로 없으니 어쩌면 처음부터 알아보는 게 가장 나을지도 모르겠군."

"브레이스웰 가문은 이 지역에서 가장 명망 높은 가문 중 하나요. 11세기부터 국제 무역을 해왔지. 브레이스웰 가문이 없었다면 이 지역은 지금과는 많이 달랐을 거요. 문장에 라틴어로 새겨진 가훈도 있소. Ad finem itineris aperit nobilitas이지. 브레이스웰 가문은 이 지역 여기저기에 있는 부지는 물론이고 타지역 부지도 많이 가지고 있수. 하지만 현 브레이스웰 경의 조부 에드워드는 못된 양반이었지. 방탕한 데다 노름꾼이라 가문의 재산을 많이 탕진해 부인과 아들의 삶을 비참하게 만들었수."

술집 주인이 말했다.

"브레이스웰 경의 조부가 가훈대로 살지 못했다니 역설적이군, 안 그렇소?"

홈스가 휘파람을 불며 말했다.

다음 셋 중 하나를 고르시오.

고귀함은 쟁취하는 것이다.

이 문장이 가훈의 뜻이라 생각하면 34쪽으로 가세요.

여행 끝에 고귀함이 온다.

이 문장이 가훈의 뜻이라 생각하면 225쪽으로 가세요.

고귀함이여, 영원하리라.

이 문장이 가훈의 뜻이라 생각하면 234쪽으로 가세요.

상자로 인해 밝혀진 사실

홈스와 나는 이 글을 읽는 독자들도 할만한 행동을 했다. 당장 도와달라고 소리친 것이다. 내가 조금만 덜 정직했어도 이런 사실을 털어놓진 않았겠지만, 홈스의 활약을 최대한 충실히 기록하리라 약속했으니 어쩔 수 없다. 독자들이 홈스에 대한 존경심을 조금은 잃게 된다 하더라도 말이다. 하지만 우리 목소리는 두꺼운 벽에 가로막혀 밖으로 조금도 새어나가지 못했고 아무리 문을 두들겨도 알아차리는 이가 없었다. 결국 낙심한 우리는 창고 안을 둘러보기 시작했다. 문은 우리가 들어온 곳 하나뿐이었고 작은 열쇠 구멍이 있었다. 바닥에서 10피트쯤 되는 높이에 작고 둥근 유리창이 있었는데 너무 작아 사람이 지나다닐 수 없었다. 창고 안을 밝혀주는 불이라곤 기름 등불뿐이었다. 기름이 넉넉해서 불이라도 꺼지지 않기를 간절히 기도하는 수밖에 없었다.

홈스가 열쇠 구멍을 조사하더니 말했다.

"잠금장치가 없군."

홈스는 문과 문틀 사이 틈을 살펴보더니 문밖에 작은 빗장이 걸려있다는 사실을 발견했다.

"열쇠도 소용없겠어."

문 근처에 있는 작고 네모난 탁자 위에 나무판 7개가 끼워져있고 일련의 기이한 문양이 새겨져있었다.

"어떻게 생각하나?"

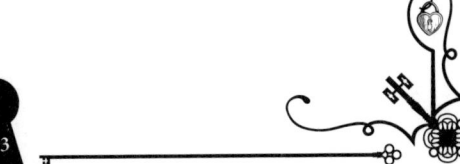

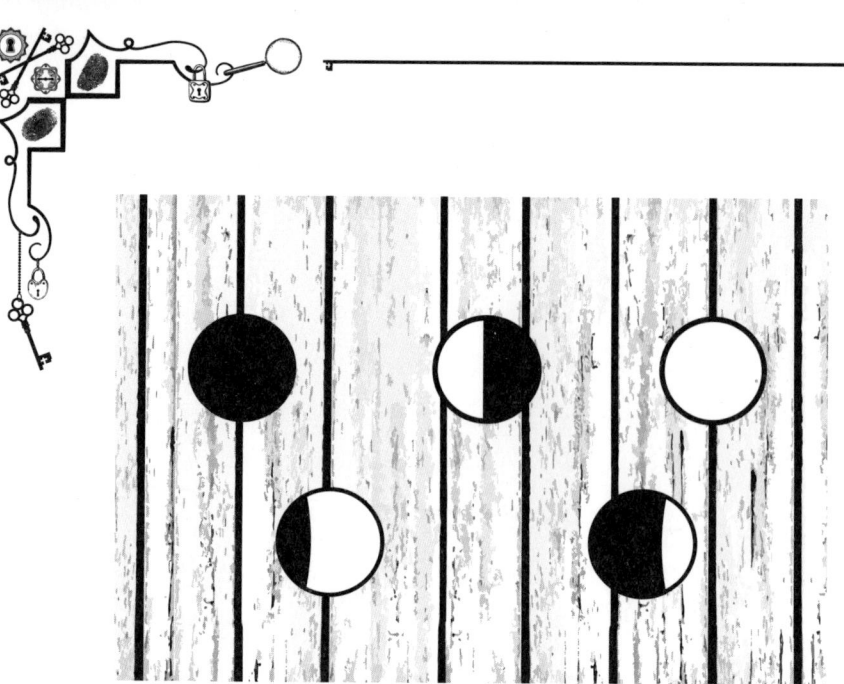

"확실한 건 이 일련의 문양들은 상현달 주기라는 사실이네."

내가 묻자 홈스가 대답했다. 홈스가 말한 사실을 바로 인지할 수는 없었지만 나는 그 말에 동의하고는 턱을 매만지며 고개를 끄덕였다.

"무슨 의미일까?"

"그건 우리가 찾아봐야겠지."

홈스가 대답했다.

"창고 안에 달이나 달의 주기와 관련된 게 보이나?"

우리는 달과 관련된 아주 사소한 물건이라도 찾기 위해 다시 한 번 주변을 둘러보고 술병도 살폈지만 달과 관련된 어떠한 이름이나 술 종류도 없었다. 홈스는 문 옆에 잠시 멈춰 서서 내가 아까 집어 들었다가 제자리에 돌려놓은 라벨 없는 술병을 잠시 살펴보더니 소리쳤다.

홈스는 어떻게 문을 열었을까?

"아하! 왓슨, 내 곧 여기서 빠져나가게 해줌세."

홈스는 흰색 액체가 들어있는 병을 들더니 탁자에 있는 달 문양 중 흰색 밀랍이 더 많은 달 문양 4분의 3이 흰색 위에 올려놓았다. 그러자 크게 딸깍하는 소리가 들려왔다. 홈스가 문고리를 돌리자 문이 쉽게 열렸다. 홈스는 병을 제자리에 갖다 놓았다.

창고를 빠져나와 술집으로 되돌아온 우리는 바 옆에서 술집 주인을 기다렸다. 배달 온 물건을 가지러 갔던 주인장은 손님들을 응대하고 있었다.

"정말 미안하게 됐수! 창고에 갇혀있었나 보구먼. 방범 장치를 달아 놔서 술병을 꺼내면 문이 자동으로 닫히고 빗장이 잠기게 된다오. 선반의 무게가 바뀌면 문의 잠금장치가 작동하게 되고 문을 열면 선반이 자동으로 무게 중심을 잡지. 당신네는 방범 장치 원리를 제대로 간파했나 보구먼!"

"굉장히 효율적인 방범 장치를 개발해낸 점에 찬사를 보내오. 아주 독특하더군! 저 장치로 돈 좀 만질 수 있었을 텐데."

홈스가 신나서 말했다.

"내 한번 맞춰보겠소. 술병을 밀랍으로 봉한 이유는 술이 증발해 무게가 바뀌는 걸 방지하기 위함이 아니오?"

"바로 맞혔수!"

"장치를 초기화해 놨고 '열쇠'도 제자리에 돌려놨소."

홈스가 너무 신이나 중요한 사실을 잊은 듯해 내가 레스트레이드 경감이 남긴 상자를 손으로 가리키며 당장 풀어야 할 문제로 화제를 돌렸다.

"일이 좀 늦어졌소. 방이 있으면 안내해주시겠소?"

자신을 웰시라고 소개한 주인장이 우리를 방으로 안내했다. 홈스와 나는 작은 탁자를 사이에 두고 마주 앉았다. 상자 꾸러미는 탁자 위에 올려두었다. 홈스가 포장지를 뜯어내자 빨간 리본으로 단단하게 묶은 갈색 가죽 공책이 나왔다. 홈스가 책장을 넘겨봤지만 글은 고작 앞쪽 몇 장에만 적혀있었다. 홈스는 깔끔하고 꼼꼼하게 쓰인 글귀를 면밀히 살펴보았다. 그리고 일기를 얼굴에 가까이 대고 코를 킁킁대며 냄새를 맡았다.

"이걸로 공책의 주인에 대해 알 수 있겠어. 사용한 필기구에는 특별한 점이 없군."

조사를 끝낸 홈스가 말을 이었다.

"이 글을 쓴 사람이 사용한 공책과 펜은 모두 어디서나 구할 수 있는 흔한 물건들일세. 여인이 사용한 펜도 상태가 매우 양호하고. 힘차고 깔끔한 필치는 여인이 굳건하고 강인한 성격임을 보여주네."

"여인이라니?"

"필체에서 그 정도는 추리할 수 있네, 왓슨. 그리고 탐정이 되려는 자라면 이 공책에서 꽤 많은 정보를 알아낼 수 있지. 공책의 주인은 공책을 산 지 얼마 되지 않았을 걸세. 쓰인 글이 그리 많지 않은 점과 공책 가까이 코를 대면 희미하게 느낄 수 있는 향기로 알 수 있네. 레스트레이드 경감과 공책 주인이 무엇을 말하고자 했는지 한번 보세."

홈스는 공책을 펴고 큰 소리로 읽었다.

5월 14일

빳빳한 크림색 종이를 넘겨 너의 향기를 맡고 음미한다. 내 친애하는 일기장아, 내가 널 얼마나 자랑스러워하는지 표현할 길이 없구나. 내 돈으로 산 내 첫 사치품이니까. 세상에, 내가 얼마나 이기적으로 보일까!

우리 사이에는 비밀이 없을 테니 처음부터 얘기해야겠구나. 오늘 스토퍼 씨 말대로 꼭두새벽부터 웨스트엔드에 있는 사무소에 스토퍼 아가씨를 뵈러 갔단다. 벌써부터 거짓말을 했네. 사실은 아침 10시쯤이었어. 스토퍼 씨와 크롬웰 씨는 직업소개소를 운영하시는데 두 분의 성격은 극과 극이란다. 스토퍼 씨는 사업가의 표상이시지. 잠재적인 고용자들을 만나시고 일자리를 구하는 여자들이 계속 나타날 때마다 장부를 확인하신단다. 그리고 비서에게 메시지를 받아 적게 하시지. 내가 받은 메시지도 비서 아가씨가 쓰셨을 거야. 그에 반해 크롬웰 씨는 책을 읽기 바쁘시단다. 오늘 아침도 여느 때와 다름없었어. 아마 조지 기싱19세기 말 소외 계층의 비참함을 그린 영국 작가_역주의 신작 소설을 탐독하며 눈을 비비고 계셨겠지.

스토퍼 씨와의 만남은 짧았고 아가씨도 본론만 말씀하셨단다. 아가씨는 질문하면서도 내 지원서를 꼼꼼히 살펴보셨어.

스토퍼: 아직 가정교사 일자리를 찾나요?

나: 예, 그렇습니다.

S: Etes-vous suffisamment competente pour enseigner aux petits enfants?

나: Bien sur Madame! Je parle tres bien francais. La derniere famille pour qui j'ai travaille passait souvent l'ete a

Paris. Les enfants recevaient donc des enseignements quotidiens. Mon pere est francais.

S: R이 들어가는 세 가지 학문에도 능하신가요?

나: 네, 읽기reading, 쓰기writing, 산수 arithmetic에 능합니다.

S: 회화는 어떠세요?

나: 네, 가르칠 수 있어요.

S: 좋아요. 당신에 대한 전 고용주의 평가가 후하더군요. 딱 알맞은 자리가 있어요. 핀칠리의 브레이스웰 가문에서 보모 겸 가정교사를 구해요. 9살 쌍둥이. 이름은 찰리와 마틸다예요. [여기서 아가씨는 잠시 말을 멈추셨단다.] 마지막 시험이에요. 1년 열두 달 중 한 달만이 자기 순서와 영어 철자의 숫자가 같아요. 거기에 헨리라는 이름을 사용한 영국의 왕의 숫자를 곱하고 그 후 제빵사가 쓰는 한 다스baker's dozen를 더하세요. 그게 당신의 연봉이 될 거예요.

나: 간단하네요. 9월September이 유일하게 자기 순서와 영어 철자 숫자가 일치하죠. 거기에 헨리라는 이름을 쓴 왕 여덟 명을 곱해야겠네요. 가장 유명한 왕이 헨리 8세니까요. 그럼 72가 되죠. 그리고 제빵사가 쓰는 한 다스는 13개니까 제 연봉은 85파운드가 되겠군요. 세상에, 굉장히 후하네요!

S: 맞아요, 연봉은 85파운드예요. 계약금 20파운드를 포함해서요. 조건을 받아들이시겠어요? [이때 아가씨가 진흙투성이가 된 내 장화를 힐끗 보셨단다.]

나: 네, 물론이죠. 감사합니다, 스토퍼 씨!

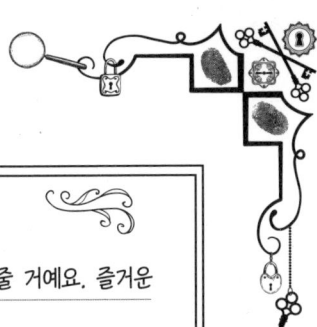

S: 좋아요. 자세한 건 제 비서인 프렌치 씨가 알려줄 거예요. 즐거운 하루 보내세요.

프렌치 씨는 고용주인 스토퍼 씨보다 훨씬 따뜻한 분이셨단다. 브레이스웰 가문 사람들과는 토요일 정오에 핀칠리 역에서 만나기로 했어. 두 아가씨 모두 얼마나 좋은 분들이신지 입이라도 맞출 수 있었을 거야. 너무 행복해서 집으로 가는 시간 내내 비가 내렸는데도 신이 났단다. 걸을 때마다 지갑 속에 돈이 잘 들어있는지 확인해야만 했어. 마치 소설 속에 나오는 벼락부자 상속녀라도 된 기분이었지. 하지만 어머니께 배운 대로 돈을 아껴 쓸 거란다. 그래서 버스가 지나갈 때마다 부러운 눈으로 쳐다보기만 했어. 그래도 조건이 정말 좋아. 와일더 가에서 여섯 명을 가르칠 때보다 거의 4배나 받게 됐으니까. 계약금만으로도 생활비를 벌고 어린 동생들을 도와줄 수 있게 됐어. 앤도 무서운 샤프 부인 밑에서 일을 배우지 않아도 되고 어머니도 더 이상 일하지 않으셔도 돼. 양아버지가 돌아가셨는데도 말이야. 그전에 먼저 한 가지 물건을 살 생각이었단다. 사람들이 내 옷을 보고 뭐라 하든 상관 안 해. 망토도 아직 괜찮아 보였고 밀짚모자도 나와 함께 수많은 폭풍을 견뎌왔지. 하지만 일기장만은 너무너무 갖고 싶었단다. 내가 겪어 왔던 모든 일과 비밀을 공유할 수 있는 절친한 친구가 되어 줄 테니까. 집에서 멀리 떨어진 곳에서 일할 텐데 너무나 일찍 집을 떠나게 되었구나! 앤과 어머니께는 매일 편지를 보낼 거란다. 일요일에는 편지를 두 장씩 보낼 거고. 그럼 가족들이 나만큼 그리워하지 않아도 되잖니.

여기까지 읽은 홈스는 지루한지 더 이상 일기를 읽지 않고 한눈을 팔기 시작했다. 그래서 내가 계속 읽도록 종용해야 했다.

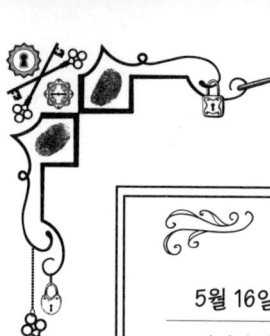

5월 16일

일기장에게. 앞으로 더 좋은 친구가 되겠다고 약속할게. 하루 이틀 만에 일기 쓰는 걸 포기하는 사람이 되지 않을 거야. 고대하고 고대하던 내일이 오기 전에 할 일이 너무 많았단다. 지금도 말이야 앤이 어린 동생들을 가르쳐줄 수 있도록 교습과 습자 책을 준비해뒀단다. 내가 없는 동안 앤이 맏이 역할을 해야 할 테니까. 일자리를 제의받고 한숨도 못 잔 것 같아. 브레이스웰 가문의 찰리와 마틸다가 어떻게 생겼는지, 아이들도 나를 만나서 신날지 상상했단다. 아이들을 위한 놀이도 만들었어.

내가 분명히 괜찮다고 했는데도 앤은 자기 장갑을, 어머니는 손수건을 내게 줬단다. 옷도 수선하고 다림질도 하고, 짐도 다 꾸렸단다. 내일을 위해 오늘 밤엔 잘 자야겠어.

5월 17일

이번엔 일기를 길게 쓸 테니 그동안 짧게 쓴 일기를 보충할 수 있겠구나. 드디어 브레이스웰 가문으로 떠나게 됐어. 엄마와 동생들 볼에 두 번씩 입을 맞춰주고 집을 나서 기차를 타러 갔단다. 그런데 중간쯤 가다가 너를 두고 온 게 생각나지 뭐니. 내 유일하고 소중한 친구이자 사람들 눈을 피해 고이 숨겨놓은 너를 말이야. 집에 있을 때도 내 방바닥은 내가 쓸겠다고 했었어. 어머니가 이유를 물어보셨었지. 내 방바닥은 한가운데 판들이 X자로 교차하거든. 그 모습이 내가 좋아하는 이야기인 《보물섬》을 생각나게 한다고 말씀드린 적이 있단다.

너를 찾기 위해 어쨌든 집까지 뛰어갔어. 내 방바닥에 X자로 교차하는

일기장 주인은 어디에 소중한 일기장을 숨겨뒀을까? 그 이유는 무엇일까?

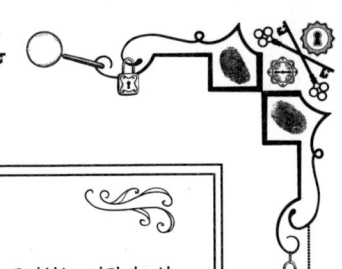

판 아래 숨겨두었던 너를 꺼냈어. (X는 보물의 위치를 표시하는 거란다. 실은 뻔히 보이는 곳에 숨겨놨던 거야.) 모두에게 세 번째 작별의 키스를 해준 뒤 기차역으로 향했단다. 비에 쫄딱 젖었지만 제때 도착할 순 있었어! 자리에 앉자마자 가방에서 손때 묻은 《두 도시 이야기》를 꺼내 목적지에 도착할 때까지 쭉 읽었단다.

마침내 핀칠리에 도착했어! 역에서 내리자마자 찰리와 마틸다를 찾는 데 그리 오래 걸리지 않았단다. 마틸다는 스폿이라는 이름의 작은 스패니얼을 품에 안고 있었어. 내가 달려가서 두 사람에게 인사하자 마틸다는 너무 신난 나머지 펄쩍펄쩍 뛰다가 스폿을 놓쳤고, 스폿은 신나게 달렸단다. 스폿을 쫓아가 겨우 데려왔더니 이번엔 마틸다를 잃어버렸지 뭐니. 스폿과 마틸다를 다 찾았을 때는 찰리가 보이지 않았어.

모두를 찾아 정식으로 인사를 했을 때는 다들 웃고 뛰느라 숨을 가쁘게 몰아쉬었단다. 내가 돌볼 아이들과 이런 식으로 만나는 것도 나쁘지 않은 것 같아. 아주 우연하게도 아이들이 숨어 있던 곳과 내 인생에 중요한 날들이 딱 들어맞았지 뭐니. 운명이란 참 재밌구나. 아이들과 아주 좋은 친구가 될 수 있으리라는 확신이 들어.

마부 아저씨는 우산을 씌워주며 우리가 마차에 오를 수 있게 도와주셨단다. 스폿에게는 간식도 주고 머리도 쓰다듬어주면서 마차 안으로 뛰어오르게 독려하셨지. 모두가 마차에 타고 웨스트우드 저택으로 출발했단다. 말이 출발이었지 사실 기어가다시피 했어. 마부 아저씨와 불쌍한 말들은 가는 내내 거친 바람과 쏟아지는 빗줄기를 버텨야했어. 아이들과 나는 마차 안에 편히 앉아 스폿을 데리고 놀았고, 아이들에게 집과 가족들에 대해 물어봤더니 둘 다 말이 없어졌어. 지금은 내 건너편 의자에 앉아 있단다.

 여기까지 읽었을 때 노크 소리가 들렸고 여느 때보다 더 족제비같이 생긴 레스트레이드 경감이 나타났다. 경감은 우리를 따뜻하게 맞으며 우리 사이에 자리를 잡고 앉았다. 곧장 일기장을 덮은 홈스가 말했다.

 "레스트레이드 경감님. 이렇게 와주셨으니 사건에 대해 말해주시지요."

 "내가 홈스를 위해 남겨둔 수수께끼를 찾은 모양이구려. 찾는 데 너무 어렵거나 하지는 않았소?"

 "아주 간단했습니다."

 레스트레이드 경감이 씨익 웃으며 말했다.

 "솔직히 말해 여전히 갈피를 못 잡고 있길 바랐소. 하지만 홈스에겐 별로 어렵지 않았다고밖에 생각할 수 없겠군. 일기는 다 읽었소?"

 "일행이 웨스트우드 저택으로 가고 있는 상황까지 읽었습니다."

 내 대답을 들은 레스트레이드 경감이 말했다.

 "일기 내용이 얼마 남지 않았으니 마저 읽어보는 게 어떻겠소, 홈스 씨."

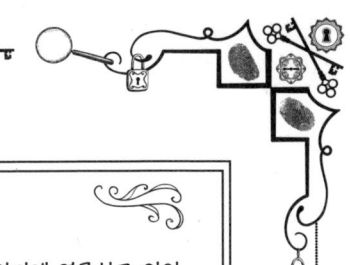

새로 맡은 아이들이 《보물섬》을 읽는 동안 나는 일기에 열중하고 있었단다. 그러다 갑자기 우리 모두 하던 일을 멈췄어. 좀 더 정확하게 말하자면 하던 일을 멈추려고 했지. 마차 앞쪽이 소란스러워지자 아이들과 나는 궁금한 마음에 창문을 봤단다. 창문에는 빗방울과 어렴풋한 실루엣이 어른거렸어. 마부 아저씨가 할 수 있는 일이라곤 말들이 날뛰지 않게 하는 것이 전부였지. 마부 아저씨가 고삐를 바짝 당겨 말들이 고통에 찬 울음소리를 냈는데 갑자기 총소리가 나서 우리는 모두 깜짝 놀라고 말았단다.

그리고 정적이 이어졌어.

나는 그럴듯한(애들에게 너무 잔인하지 않은) 이유를 대며 아이들을 안심시키려 노력했단다. 솔직히 나도 진정해야 했기에 그런 말들을 했던 거야. 불길한 상상을 멈출 수 없었어. 우리는 기다리고 또 기다렸어. 아이들이 읽던 《보물섬》의 짐 호킨스처럼 이제는 두려움보다 호기심이 더 커진 나는 두려움에 망설이던 일을 할 수밖에 없었단다. 아이들에게는 꼼짝 말고 내가 알려준 놀이를 계속하라고 말했어. 이제 곧 마차 밖으로 나가서 무슨 일이 일어났는지 알아볼 거야.

추신:

←4ㅐㄸㅗㅉㅐㅁ ㅁㅓㅋㅑ ㅋㅏㅋㅗㅁㅐㅂㅓ. ㅁㅔ ㅆㅛㅂㅐㅁ ㅋㅐㅉㅓㅁㅐㅅ ㅋㅐㅂㅛㅋㅉㅔㅋ ㅋㅔㅁㅋㅘㄸㅘ ㅆㅠㅅㅅㅐㅌㅠㅁㅂㅓ.

"이후 이야기는 없습니까? 그 후에는 어떻게 됐지요?"

홈스가 일기를 마저 다 읽자 내가 물었다. 우리 둘은 레스트레이드 경감이 입을 열길 기다리며 그를 쳐다봤다.

"일기의 주인인 아멜리아 포먼 양은 의식을 잃은 채 마차 안에서 발견됐소. 충격을 받은 터라 귀부인의 집에서 회복하고 있소. 일기에서 발견한 수수께끼에 쌓인 암호가 더 많은 정보를 밝혀주길 기대하고 있소."

"이 암호문은 사건과 관계없습니다."

홈스가 대답하더니 암호에 대해 설명하기 시작했다.

"암호문은 단지 포먼 양의 유서일 뿐입니다. 이 암호문은 상당히 단순한데, 암호문의 글자들을 자음과 모음의 순서상 네 번째 앞에 있는 글자들로 치환하면 원래 뜻이 나오지요. 'ㅋㅐㄸㅗㅉ'의 네 번째 앞에 있는 글자들을 조합하면 이렇게 됩니다. 'ㅋ'의 바로 앞에 있는 자음은 'ㅊ'이고 쌍자음까지 고려한다면 두 번째 앞에 있는 자음은 'ㅉ'이죠. 세 번째 앞에 있는 자음은 'ㅈ'이고, 마지막으로 네 번째 앞에 있는 자음은 'ㅇ'이 됩니다. 그러니 'ㅋㅐㄸㅗㅉ'는 순서대로 'ㅇㅣㄱㅓㅅ'이 되므로 '이것'이라고 읽을 수 있겠지요. 암호문에 이를 전부 적용하면 이렇게 읽을 수 있습니다. '이것은 나의 유언이다. 내 모든 유산을 여동생 앤에게 물려준다.'"

홈즈의 말을 들은 레스트레이드 경감이 실망한 듯 말했다.

"이런, 암호문이 이 기이한 사건의 행방을 밝혀주길 기대했건만. 그래도 포먼 양의 동생에게 유언을 전해주지 않게 돼서 다행이군."

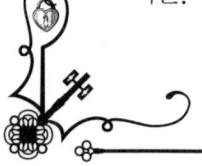

　레스트레이드 경감의 말은 상관치 않는 듯 홈스가 말을 이었다.
　"포먼 양이 묘사한 상황을 마저 검토해보지요. 마부는 총에 맞아 죽었겠군요."
　"맞소."
　내가 이어서 물었다.
　"그럼 아이들은 어디 있죠?"
　"실종됐소."

　이제 114쪽으로 가세요.

슬픔에 잠긴 멜린스 부부

우리는 기차를 타고 동쪽으로 달려 켄트주州에 있는 캔터베리시市에 도착했다. 기차역을 빠져나오자 유명한 캔터베리 대성당이 멀리 보였다. 누구라도 멜린스의 부모를 아는 사람을 찾길 바라며 발걸음을 옮겼다. 한 15분쯤 걸었나. 홈스가 갑자기 걸음을 멈추더니 수첩을 꺼내 나침반과 자기 이름이 있던 주사위 수수께끼를 다시 들여다보기 시작했다. 주사위 컵 안에서 발견한 종이에 적혀 있던 수수께끼였다.

홈스의 시선이 교차로에 있는 표지판을 향했다.

"왓슨, 멜린스와 아이들은 내가 이 사건을 맡으리라 예견한 게 아니었네. 내 이름이라 생각했던 글자는 사실 저 앞에 있는 도로 명일세. 그리고 나침반 위에 'N'에 동그라미가 쳐져있지 않았나."

홈스의 말에 나도 교차로를 바라봤다. 도로 이름이 진짜로 'N. 홈스로路'였다.

"그것참 다행일세, 홈스. 그런데 저 도로에 있는 모든 집을 들러야 하나? 수십 채는 될 텐데."

"이제 주사위 수수께끼에 나오는 '홈스'가 내 이름이 아니란 사실을 알았으니 죽은 멜린스의 부모가 사는 집도 쉽게 찾을 수 있을 걸세."

홈스는 내게 수첩을 보여주었다. 'N'이 적힌 나침반 옆에 주사위 그림과 함께 아래쪽을 가리키는 화살표가 있었다.

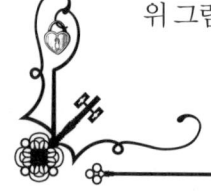

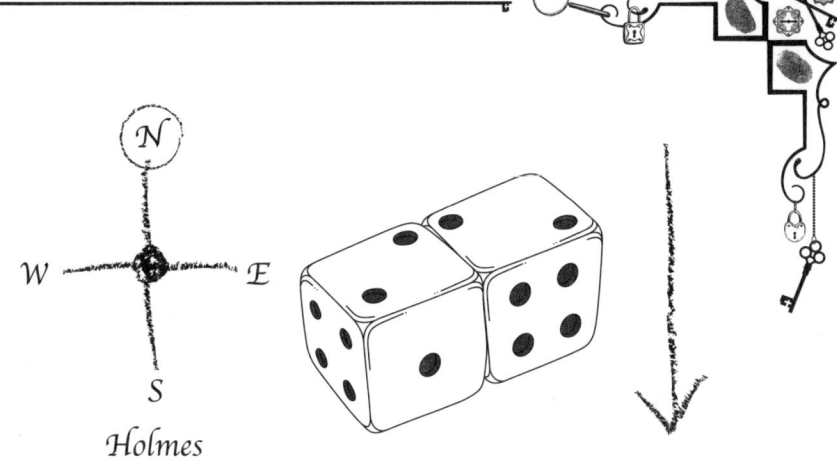

Holmes

> 해리 멀린스 부모님의 집주소는 무엇일까?

"스물두 번째 집을 찾아가야 하는 건가?"

"아닐세, 왓슨. 멀린스와 아이들이 수수께끼를 그렇게 쉽게 만들 리 없지. 수수께끼 전체를 좀 더 자세히 들여다봐야 하네."

나는 수첩을 몇 분 더 들여다봤지만 결국 전혀 모르겠다고 실토할 수밖에 없었다.

"아, 자네는 너무 쉽게 포기해서 탈이야."

홈스는 툴툴대며 아이들의 방에서 가져온 주사위 두 개를 꺼내 들었다. 그리고 그림과 똑같은 모양으로 자기 손바닥 위에 올려놓았다.

"자세히 보게. 주사위들은 특정한 모양으로 놓여있네. 주사위는 두 개가 위에 같이 붙어 있어서 주사위 눈 하나가 앞쪽에 있고 주사위 눈 네 개는 다른 면에 보이게 해놓은 게 보이나? 이제 수수께끼에 나오는 주사위와 모양이 같으니 주사위들을 자네 앞쪽으로 뒤집어보게. 윗면에 보이는 주사위 눈은 몇인가?"

"6과 3이네. 그러니 63인 게로군. 대체 왜 모든 걸 이렇게 복잡

하게 해놔야 하나?"

내가 한숨을 쉬며 말했다.

"아이들의 심리는 범죄자의 심리보다 헤아리기 더 어려운 법일세."

홈스가 내 말에 맞장구를 치며 말했다.

"이제 북N 홈스로 63번지에 있는 멀린스 부부를 만나러 가세."

우리는 이른 오후가 돼서야 해리 멀린스 부모가 사는 집에 도착할 수 있었다. 문을 열어준 사람은 연로한 멀린스 부인이었다. 우리는 자기소개를 한 후 이곳에 찾아온 이유를 설명했다.

"아드님 일은 참으로 유감입니다. 멀린스 부인."

홈스가 차분하게 말했다.

"제 이름은 셜록 홈스고 이쪽은 제 친구이자 동료인 존 왓슨 박사입니다. 저는 자문 탐정으로 경찰을 도와 아드님의 사망 사건을 조사하고 있습니다."

멀린스 부인은 상복을 입고 있었다. 얼굴은 어두웠지만 진심으로 안도하는 표정을 숨기지 못했다. 부인은 존경심 가득한 얼굴로 홈스를 보더니 우리를 집안으로 안내했다. 해리의 부친인 멀린스 씨는 오래된 군복을 입고 검은 완장을 찬 채 식탁 앞에 앉아있었다.

"환영합니다, 홈스 씨, 왓슨 박사님."

"저는 조슈아 멀린스라고 합니다. 제 부인 호프는 이미 만나보셨겠죠. 궁금하신 점이 있으시면 최선을 다해 답해드리겠습니다. 해리가 죽어 슬프지만 솔직히 말해 옳지 않은 일을 하는 아들의 뒷바라지를 계속하지 않아도 돼서 정말 다행입니다. 어릴 땐 좋은

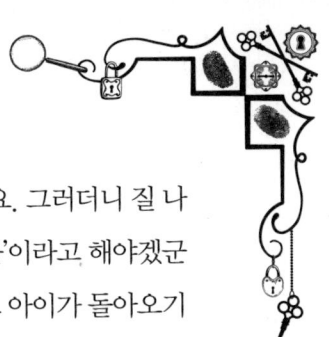

아이였는데 이십 대 초반에 갑자기 돌변하더군요. 그러더니 질 나쁜 무리와 엮여서는……. 무리가 아니라 무리'들'이라고 해야겠군요. 웬 장정 두 명이 우리 집을 찾아올 때부터 그 아이가 돌아오기만을 기다리―."

"조슈아!"

멀린스 부인이 쉬잇 하며 입에 손가락을 댔다.

"호프, 이 신사분들한테 뭔가 감출 이유가 없소. 해리의 본모습을 솔직히 알려드려야 수사에 도움이 되지 않겠소."

멀린스 씨가 우리를 돌아보며 말을 이었다.

"일주일 전에 두 사람이 찾아와서는 M의 인내심이 거의 바닥났다며 천 파운드를 받으러 올 거라고 해리에게 전해주라 했습니다. 'M'에게 진 빚을 어느 정도 갚는다면 당장은 해리를 가만 놔두지 않을까 싶어 저는 있는 돈을 다 모아서 해리에게 보냈습니다. 그리고 어젯밤이 돼서야 핀칠리에서 해리가 죽었다는 소식을 들었습니다. 어쩌면 해리가 이제야 안식을 찾았는지도 모르겠습니다. 저희도 마찬가지고요."

멀린스 부인은 눈시울을 붉혔지만 눈물을 흘리지는 않았다. 부인은 낡은 주전자를 들어 우리 잔에 차를 따라주었다. 방 안은 티끌 하나 없이 깨끗했지만 식탁, 의자, 책장 할 것 없이 전부 낡은 가구들뿐이었다. 페인트가 벗겨지고 광택도 없었으며 홈스와 내가 앉은 의자 중 누구 의자가 더 삐걱거리는지 내기라도 하는 것 같았다. 나는 등을 기댈 생각조차 못 했고 홈스도 그 범상치 않은 키를 의자에 맞추느라 꽤 불편해 보였다. 장식품은 별로 없었지만 낡은 벽난로 위에 몇 개의 액자가 있었다. 홈스는 자리에서

일어나 벽난로 위의 해리 멀린스의 사진을 살펴봤다.

"해리가 이 집도 보수하고 두 분을 봉양하겠다고 브레이스웰 가문에서 하던 일을 그만둔다고 들었습니다."

홈스의 말에 멀린스 부인은 남편을 바라보며 대답했다.

"해리가 일을 그만두긴 했지만 고용주에게 말한 것과 달리 저희를 위해서는 아니었어요. 저희도 처음엔 그렇게 믿었죠. 하지만 해리에게는 빚이 있었어요. 그것도 아주 많았죠. 해리는 질 나쁜 자에게서 돈을 빌렸어요. 돈으로도 다 갚을 수 없는 빚이 있는 법이죠."

"질 나쁜 자요?"

홈스가 묻자 멀린스 씨가 설명했다.

"해리는 갚아야 할 돈도 많았지만, 해리를 가만히 내버려 두지 않는 종자들에게도 신세를 졌습니다. 해리의 성격에 대해 좀 더 말씀드려야겠군요. 해리는 어릴 때부터 오냐오냐 자랐습니다. 그러니 저도 어느 정도 책임이 있죠. 해리가 그렇게 탐욕적으로 변할 줄 모른 채 아이에게 그저 세상이 모두 자기 것인 양 느끼게 해줬으니까요."

멀린스 부인은 남편의 어깨에 주름진 손을 얹으며 말했다.

"자자, 너무 그러지 말고요."

멀린스 씨가 말을 이었다.

"모두 사실입니다. 아이를 그렇게 자라도록 격려해준 것도 모자라 제멋대로 굴도록 했던 게 문제였습니다. 해리가 다른 사람들에게 못되게 굴었는데도 혼내지 않았으니까요. 결국, 술에, 노름에, 뼛속까지 무뢰배가 돼버렸죠. 하지만 그런 아들의 모습을 외면하며 오히려 부채질하기만 했습니다. 해리가 과거를 청산하고 이 마을에 가게를 열고 싶다고 했었습니다. 근처에 살며 우리를 봉양하고 싶다고요.

어리석게도 저는 그 아이의 말을 믿었습니다. 그리고 그동안 모아온 재산을 전부 그 아이에게 줘버렸어요. 32년 전, 그러니까 1858년에 크림 전쟁 때 부상을 입어 받게 된 쥐꼬리만 한 연금을 받아 모은 돈이었죠. 그런데 며칠 밤 만에 룰렛으로 그 돈을 전부 탕진할 줄은 꿈에도 몰랐습니다. 이 사실도 며칠 전에서야 알게 됐죠. 이제는 아내가 허드렛일로 버는 돈과 남은 연금으로 먹고살 수밖에 없게 됐습니다. 집도 이렇게 낡았고요."

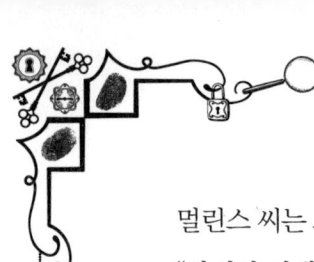

멀린스 씨는 그렇게 말하며 팔을 들어 주변을 가리켰다.

"하지만 이제 더 이상 상관없는 일이 됐습니다. 해리는 죽었고 주택 융자는 두 배로 늘어났어요. 해리가 마지막으로 여기 왔을 때 한껏 의기소침해져서는 탁자를 붙들고 이상한 조각을 해놓는 바람에 이젠 팔려고 내놓지도 못합니다. 눈치채셨겠지만 탁자에 조각하는 것도 모자라 의자 다리에까지 조각을 하다 말았죠. 덕분에 늘그막에 머리 위에 지붕이라도 있으면 다행인 신세가 됐어요."

멀린스 씨는 자리에서 일어나 벽난로에 넣을 장작을 가지러 갔고 멀린스 부인은 우리에게 차를 좀 더 따라주었다.

거실에 우리 두 사람만 남았을 때 홈스가 조용히 말했다.

"왓슨, 조슈아 씨 이야기에 이상한 점이 있네. 자네 의자 다리와 내 의자 다리를 비교해보게. 뭔가 보이는 게 있다면 말해주게. 탁자에 조각이 되어 있고 의자 다리가 맞지 않는 데는 좀 더 그럴듯한 이유가 있을 걸세."

홈스는 조슈아의 이야기에서 어떤 점이 이상하다고 생각할까?

홈스는 탁자와 의자에서 이상한 점을 찾지 못했다. 나는 홈스가 부탁한 대로 의자 다리를 비교하다가 어느 한 다리에만 밑바닥에 뚜껑이 있는 것을 발견했다. 뚜껑을 열자 안으로 파인 홈에서 종이 한 장이 나왔다. 나는 얼른 그 종이를 코트 속에 숨기고 뚜껑을 다시 달았다.

"알아봐야 할 일이 아주 많군. 그리고 32년 동안 모은 연금을 왜 넘겨줬을까? 매달 나오는 연금이 그리 많지 않다는 사실은 내

가 증명할 수 있네. 하지만 그렇게 오랜 시간 모아왔다면…….”

"바로 그 점일세, 왓슨. 조슈아 씨는 1858년 크림 전쟁에서 부상을 입었다고 했지만, 크림 전쟁은 1856년 초에 종결됐네. 아들에게는 아까 말했던 것보다 더 많은 돈을 넘겨줬든지, 해리 멀린스가 돈을 전부 가져가진 않았던 게지. 조슈아 씨는 부인에게 이를 알리고 싶어 하지 않는 듯하고.”

멀린스 부부가 일을 마치고 돌아오자 부인이 우리에게 차 한 잔을 더 따라줬고 내가 다시 이야기를 시작했다.

"해리는 브레이스웰 가문에서 마부 일은 물론 그 외의 여러 가지 일을 아주 잘하고 있었습니다.”

고인에 대한 칭찬을 들은 멀린스 부인이 말했다.

"예, 그 일이야말로 그 아이 인생의 전환점이 되지 않을까 생각했어요. 어쩌면 그랬을지도 모르죠. 하지만 해리는 결국 업보를 치르고 말았어요.”

"'M'에 대해 더 알아내신 게 있으십니까?"

"아니요, 하지만…….”

홈스의 질문에 멀린스 부인이 말끝을 흐리자 멀린스 씨가 부드럽게 다독였다.

"두 분한테 말해야 하오, 부인. 이젠 해가 될 일도 없잖소.”

멀린스 씨는 잠시 말을 멈추고 찻잔만 바라보고 있었다. 홈스와 나는 멀린스 씨가 다시 운을 떼길 기다리며 차를 한 모금 마셨다. 잠시 후 멀린스 씨가 입을 열었다.

"한 달 전이었나, 20대 초반의 젊은이가 찾아왔습니다. 해리가 자기와 자기 어머니를 버렸다고 하더군요. 자연스레 호기심이 동

했죠. 하지만 젊은이에게 갚을 돈의 액수 외에 그 청년의 인생에 대해 캐묻진 않았습니다. 젊은이가 목걸이를 보여줬는데 그 안에 해리의 사진과 함께 이상한 문양이 있더군요."

멀린스 씨가 벽난로 위 장식장에 있던 종이를 가져와 우리에게 내밀었다.

문양의 내용은 무슨 뜻일까?

"사진은 틀림없이 20년 전 해리였습니다. 그 후로 계속 문양의 뜻을 알아내려 애썼지만 소용없었습니다."

홈스는 잠시 문양을 쳐다봤다.

"무슨 뜻인지 알아냈습니다."

하지만 홈스는 문양의 뜻을 밝히지는 않고 멀린스 씨에게 계속하라고 손짓했다.

"젊은이가 해준 이야기는 끔찍했습니다. 해리가 젊은이 모친의 인생을 망가뜨렸더군요. 혼인하기도 전에 아이를 가진 게죠. 해리는 젊은이가 태어나자마자 젊은이와 그의 모친을 버렸고 젊은이의 모친은 하는 수 없이 구빈원救貧院에 가야 했다고 합니다. 그러다 다행히 그녀를 딱하게 여긴 사람과 결혼해 행복하게 살았다고 했죠. 젊은이는 수년간 어머니를 고통받게 한 해리에게 복

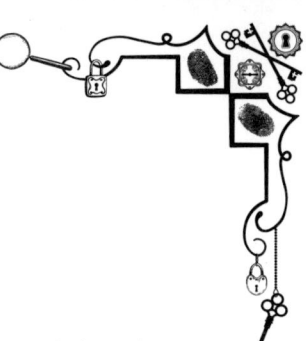

수를 다짐했고 반드시 복수하겠다고 하더군요."

"그래서 어떻게 하셨습니까?"

이야기를 듣던 홈스가 물었다.

"해리에게 편지를 써서 우리가 가진 돈을 젊은이에게 주라고 했습니다."

"조슈아 씨가 평생 모은 돈은 아드님이 노름으로 날렸다고 하지 않으셨습니까?"

멀린스 씨는 부인을 쳐다보더니 말했다.

"관찰력이 뛰어나시군요, 홈스 씨. 사실은 몇 년 치 연금으로 받은 돈을 숨겨뒀었습니다. 제가 크림반도에서 복무할 때도, 그리고 전쟁이 끝난 후 치안 관리 부대에서 월급을 받으며 생활할 때도, 연금은 아내 호프 앞으로 받고 있었습니다. 당시 기록을 제대로 관리하지 않아서 제가 월급과 연금을 동시에 받고 있단 사실을 아는 이는 아무도 없었죠. 전쟁 때문에 어린 아들과 아내를 두고 떠나게 됐으니 두 사람을 위해 최선을 다하고 싶었습니다. 그래서 부상이 심해져 완전히 전역하기 전까지 몇 년간 더 복무했습니다. 미안하오, 여보."

남편의 말을 들은 멀린스 부인이 애틋한 표정을 지으며 말했다.

"조슈아, 당신은 최선을 다했어요. 사과하지 않아도 돼요."

나는 다시 수사를 재개하기 위해 화제를 돌렸다.

"젊은이가 자기 이름을 밝히던가요?"

"그러지는 않았습니다. 게다가 우리가 돈을 준대도 한사코 거절하더군요. 상황이 그런데도 최대한 정중하게 저희를 대하려고

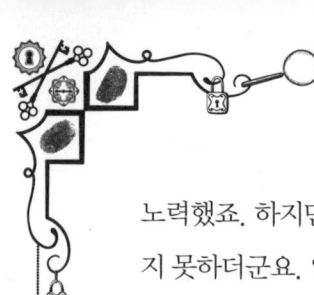

노력했죠. 하지만 해리의 주소를 알려주지 않겠다고 하자 화를 참지 못하더군요. 얼굴이 새빨갛게 달아올라선 여기 이 탁자를 내리쳤어요. 그제야 젊은이의 얼굴에서 아들의 얼굴이 보이더이다."

"젊은이가 어떤 식으로 복수할지 언급했습니까?"

"한마디도 하지 않았습니다. 하지만 돈을 바라지 않는다는 사실은 확실했습니다."

멀린스 씨는 그렇게 대답하고는 안타까운 표정을 지으며 말했다.

"그땐 갑작스럽게 손주를 만난 터라 더 머무르라고 말하지도 못했습니다. 어머니가 어떻게 지내는지 물어보려 했지만 그저 묵묵부답이었죠. 그래서 약속대로 해리에게 편지를 보내 이 비밀을 밝혀주길 바랐습니다."

"해리는 뭐라 답장했습니까?"

"편지를 완전히 무시하고 답장도 하지 않았어요."

멀린스 부인이 대답했다.

"지난 몇 달간 해리에게서 들은 소식이 있습니까?"

"여기로 온다는 계획 외엔 한마디도 듣지 못했어요. 최소한 그 말은 사실이었죠. 그래서 해리가 근처에 살게 되면 젊은이에 대해 다시 얘기해볼 생각이었고요."

"해리는 캔터베리로 오면 빚쟁이들이 쫓아오지 않으리라 생각했나 본데 이유가 뭐라 생각하십니까?"

"아, 해리는 여기 머물 생각이 없었습니다. 해리는 남미로 갈 생각이었습니다. 그래서 어디서 그런 돈을 구했는지 궁금하던 차였죠."

멀린스 씨의 말에 이미 알고 있다는 듯 홈스가 말했다.

"어디서 구했는지는 알고 있습니다. 아드님은 굉장히 교활하고 남을 잘 이용하는 사람이었습니다."

"우린 이제 돈이 하나도 남지 않았습니다. 게다가 해리가 빚을 갚고 남미로 가려면 아주 큰 돈이 있어야 했을 겁니다. 또 못된 짓을 하려던 게 아니길 바랄 뿐이에요."

멀린스 씨가 한숨을 쉬자 홈스가 안심하라는 듯 말했다.

"아드님의 고용주인 브레이스웰 경이 돈을 마련해줬을 겁니다. 아마 해리의 시신에서 나온 돈이 바로 그 돈일 겁니다."

"브레이스웰 경에 대해 알고 있어요. 그동안 친절하게 대해주신 데다 해리에게 좋은 영향을 주려 노력하셨죠. 브레이스웰 부인이 돌아가신 지 얼마 안 돼서 해리에게 일자리를 마련해주셨어요. 해리는 의외로 아이들을 잘 돌봐줬고요. 그래서 그렇게 말썽을 부리고 다녀도 아직 착한 면이 있다고 생각했어요."

멀린스 부인이 말을 마치자 홈스는 더 이상 물어볼 게 없어 보였다. 그래서 내가 끼어들었다.

"앞으로 어떻게 하실 생각입니까?"

"최선을 다해 살아가는 것 외에 별다른 계획은 없답니다."

멀린스 씨의 말에 홈스가 제안 한 가지를 했다.

"아직 희망이 있을지 모릅니다. 아까 말씀드렸듯 아드님의 시신에서 상당량의 돈이 발견됐습니다. 해리가 알아서 유용하라고 브레이스웰 경이 준 돈이지요. 해리의 유품과 함께 받으시게 될

겁니다."

멀린스 씨가 근엄하게 말했다.

"우리가 거렁뱅이는 아니오."

멀린스 부인도 끼어들었다.

"두 분의 호의는 감사하지만 다른 이에게 더 이상 돈을 받을 수도 없고, 그럴 생각도 없어요. 해리가 평생 그렇게 살았으니까요. 남편이 받는 연금과 허드렛일로 버는 돈이면 충분히 여생을 보낼 수 있어요."

"그럼 해리가 그러려고 했듯이 그 돈으로 작은 가게를 열고 여유가 되면 다른 이들을 도와주시죠."

내가 홈스의 말을 거들며 제안했다.

"손주가 언제 다시 올지 모르니 그 점도 생각하셔야죠."

홈스와 나는 찻잔을 비우고 두 사람께 감사 인사를 하며 자리에서 일어났다. 홈스가 바닥에 떨어진 냅킨을 주우려다 식탁에 난

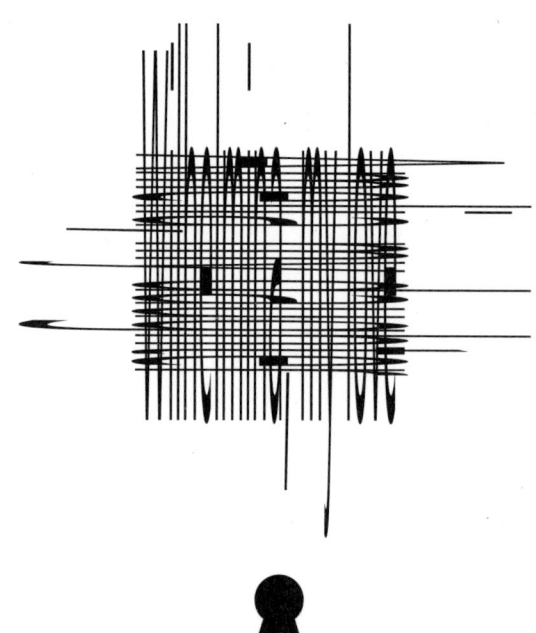

긁힌 자국들을 발견하고는 잠시 쳐다봤다. 멀린스 부부가 그릇을 치우는 사이 홈스가 내게도 긁힌 자국들을 보라고 손짓했다. 나도 그 자국들을 잠시 들여다봤다.

그러다 멀린스 부부가 돌아와서 나는 자리에서 다시 일어났다. 우리는 외투를 걸치고 두 분께 작별인사를 건넸다.

대문을 나설 때 멀린스 씨가 말했다.

"누가 한 짓인지 꼭 좀 밝혀주십시오. 그럼 저희도 어느 정도 마음의 평안을 얻게 될 테니까요. 아들과 사이가 좋진 않았지만 그렇다고 살인을 정당화할 수는 없습니다."

역으로 걸어가면서 나는 곰곰이 생각했다.

"탁자의 긁힌 자국은 대체 무언가? 일부러 낸 자국 같았네만."

"일부러 낸 자국이 맞네, 왓슨. 그리고 그 덕분에 멀린스 집안에 대해 더 많은 사실을 알 수 있게 됐지."

"한 사람한테 어떻게 이리 상반된 모습들이 공존할 수 있는가?"

"상반되는 모습이 아닐세. 해리 멀린스는 그저 각각의 사람마다 자기가 보이고 싶은 모습만 보였을 뿐일세."

내 말에 홈스가 무심히 대답했다.

"젊은이에 대해서는 어떻게 생각하나? 그자의 정체도 확인해야 하지 않겠나?"

"그자의 정체에 대해선 이미 추리가 끝났네. 젊은이의 정체

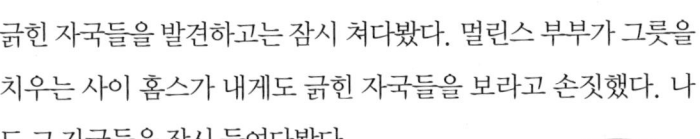

탁자에 긁힌 자국에는 어떠한 패턴이 있을까?

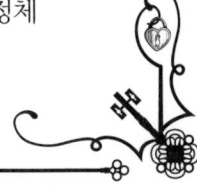

멀린스의 자식이라 주장하는 사람의 정체는 무엇일까?

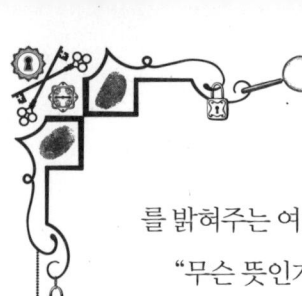

를 밝혀주는 여러 가지 단서가 있었지."

"무슨 뜻인가, 홈스? 우리가 만난 사람 중 젊은이의 인상착의와 비슷한 사람은 웨스트우드 저택에서 일하는 하인들뿐이네. 그 사람들이라면 당연히 멀린스의 부모에게 찾아오지 않아도 멀린스가 어디 있는지 잘 알지 않겠나?"

내 물음에 홈스는 아주 간단하게 대답했다.

"왓슨, 젊은이는 다름 아닌 아멜리아 포먼 양일세."

나는 너무 놀란 나머지 자리에 멈춰서고 말았다. 내가 홈스를 바라보자, 홈스는 매우 짜증 섞인 목소리로 내게 물었다.

"벽난로 위에 있던 사진을 보지 못했나? 레스트레이드 경감이 보여준 포먼 양의 구직 지원서에 있던 사진과 너무나도 닮지 않았나. 아니면 장식장을 보는데 정신이 팔려있던 겐가? 멀린스의 사진이 있던 목걸이는 또 어떻고? 멀린스의 시신에서 발견했던 목걸이와 비슷하지 않나? 멀린스의 정인 사진이 들어있던 목걸이 말일세. 마지막으로 멀린스의 사진이 들어있던 목걸이에 적힌 이상한 문양은 사실 날짜였네. 좌우대칭으로 써놓은 것이지. 날짜는 1870년 12월 13일로 포먼 양의 생일이라고 생각되네."

"아멜리아 포먼 양이 멀린스의 딸이었다니……."

나는 이 새로운 사실을 받아들이려고 노력하며 멍하니 중얼거렸다.

"그럼 일기는?"

홈스가 과장된 몸짓으로 곰곰이 생각하는 척했다.

"글쎄, 일기에 적힌 내용을 믿을 것인가, 말 것인가? 일기는 그저 일기일 뿐일세. 포먼 양이 일기에 쓴 내용이나 조사할 때 그녀

가 말한 내용이 진짜인지 가짜인지 따질 필요는 없네."

"포먼 양이 친부를 살해하려고 이런 상황을 꾸몄다고 생각하나?"

"그런 생각을 한 적은 없네. 포먼 양은 가정교사 자리를 제안받았고 그 덕에 자기 아버지에게 가까이 갈 수 있었지. 그리고 아버지는 죽어버렸고. 이 두 가지 사건은 서로 연관될 수도 있고 아닐 수도 있네. 아직은 모르는 일일세."

"포먼 양이 범인이라고 의심하나?"

"일기를 쓴 의도를 의심하고 있네. 일자리를 얻었는데 그 덕분에 자신이 싫어할 이유가 정말 많은 자와 만나게 됐다라. 우연치곤 너무 딱 들어맞지 않나? 일기 내용을 보면 포먼 양은 이상할 정도로 자기 의도를 숨기고 있네. 우리를 교란하려고 일부러 그렇게 쓴 것이 아니라면야 그러진 않을 텐데 말일세. 정황도 수상하니 다시 한 번 포먼 양을 만나봐야 범인인지 아닌지 알 수 있겠네."

"내가 의자 다리에서 찾아낸 종이는 어떻게 할 건가?"

"곧 무슨 내용인지 확인할 여유가 생길 걸세, 왓슨. 일단 지금은 켐프 부인과 포먼 양을 만나러 가세."

기차역으로 걸어가는 동안 나는 주머니에서 의자 다리에 숨겨져 있던 종이를 꺼냈다. 종이에는 불에 탄 자국이 있었다. 내가 꺼낸 종이를 힐끔 보더니 홈스가 물었다.

"그래, 왓슨. 뭐라고 적혀있나?"

나는 조심스럽게 종이를 펴보았다. 알아볼 수 있는 내용은 마지막 고작 몇 줄뿐이었다. 마치 불에 전부 타버리기 전에 건져낸 듯했다.

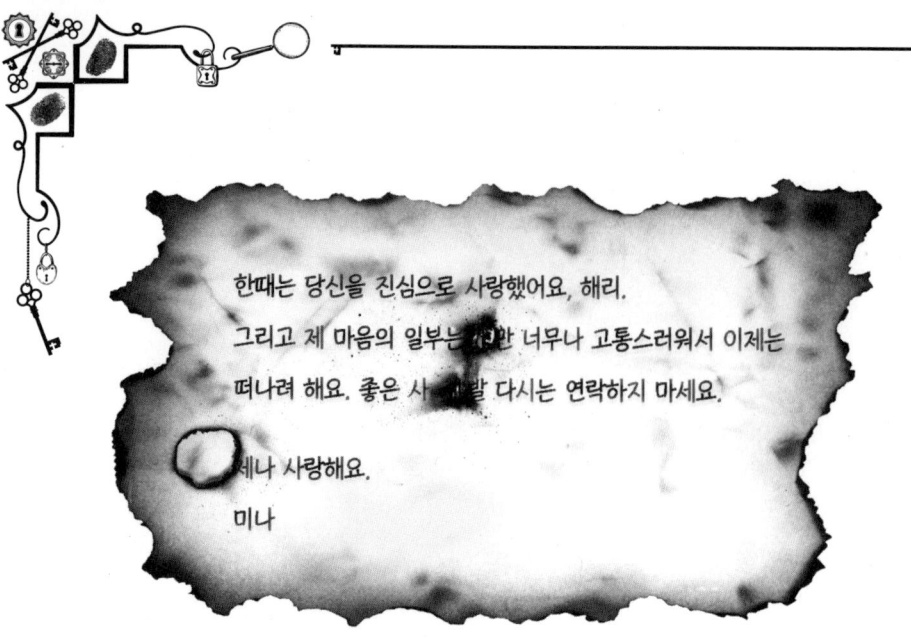

한때는 당신을 진심으로 사랑했어요, 해리.
그리고 제 마음의 일부는 아직 너무나 고통스러워서 이제는 떠나려 해요. 좋은 사람, 제발 다시는 연락하지 마세요.

언제나 사랑해요.
미나

이제 61쪽으로 가세요.

아멜리아 포먼의 진술

다음 날 아침 우리는 일찍 아침 식사를 마치고 덕망 높은 클레멘스 부인을 만났다. 부인은 45세 정도로 보였으며 가문에 우환이 닥쳤음에도 품위와 평상심을 유지했다. 부인은 하인들에 대한 질문에 모두 답해주었는데 브레이스웰 부인 사후에 하인들의 수를 줄였다고 했다. 답변이 끝나자 부인은 찰리와 마틸다의 방으로 우리를 안내했는데, 아이들의 방은 저택의 다른 곳과는 떨어져 있어 미로같이 얽힌 계단을 타고 내려가야 했다. 층계참마다 꽃병이 있고 부지에서 따온 꽃과 식물들이 꽂혀있었다. 계단을 내려가던 홈스는 허리를 숙여 티끌 하나 없이 깨끗한 계단에 떨어져있는 작고 부스러진 보라색 들꽃잎을 주워 주머니에 넣었다.

아이들 방은 아늑했는데 자주 노는 곳 같았다. 천장은 밤하늘 그림으로 가득했다. 내가 이 점을 언급하자 클레멘스 부인이 슬픈 표정으로 말했다.

"브레이스웰 당주 내외께서는 아이들을 낳고 무척 행복해하셨답니다. 특히 쌍둥이였기에 더욱 축복받았다고 생각하셨죠. 브레이스웰 당주께서는 근처 대학에 있는 인맥을 총동원해 이 방에 1881년 12월 12일 자의 천체를 그려 자제분들의 생일을 기념했지요. 그러면서 일부러 별자리 하나를 생략하게 하셨답니다. 브레이스웰 가문 또한 수 세대에 걸쳐 별자리를 이용해 바다를 항해했죠. 당주께서는 이제 두 자제분 덕에 브레이스웰 가문은 언제나 천체

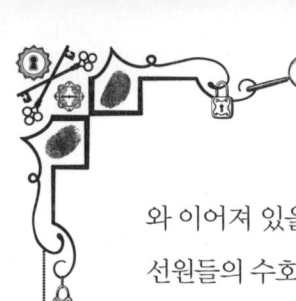

와 이어져 있을 거라 믿었죠. 거친 폭풍 속을 항해할 때도 더이상 선원들의 수호성인 '성 엘모의 불' Saint Elmo's Fire 뇌우가 일어날 때 배의 돛대 끝이나 탑 같은 뾰족한 물체 끝에 전기가 방전되면서 나타나는 불꽃 – 역주 을 길조로 삼을 필요가 없다고 하셨습니다."

어떤 별자리가 빠져있을까? 어째서 브레이스웰 가문은 이 별자리만 빼고 그렸을까?

목동자리	용자리
왕관자리	쌍둥이자리
헤르쿨레스자리	사자자리
천칭자리	땅꾼자리
큰곰자리	작은곰자리
	처녀자리

나는 천장의 밤하늘 그림을 올려다보며 어떤 별자리가 빠져있는지 찾아보려 했지만 바로 찾아내지는 못했다. 홈스는 뭐가 뭔지 전혀 알지 못했으니 빠진 별자리를 찾는 일은 내 몫이 되었다.

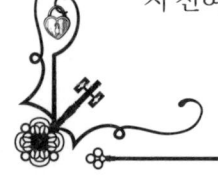

항상 그렇듯 홈스는 천체에 관해서는 문외한이었다.

홈스는 관심조차 없어 보였다. 나는 머릿속으로 어떤 별자리가 빠졌는지 계속 되새겼다. 별자리를 관찰하던 시절을 떠올린 후에야 마침내 쌍둥이자리가 없다는 사실을 알아냈다. 나는 정답을 알아내고 빙그레 미소를 지었다. 쌍둥이자리의 알파성인 카스토르와 베타성인 폴룩스는 쌍둥이자리에서 가장 밝게 빛나는 별임을 알기 때문이었다. 이 별자리에 성 엘모의 불이 나타나면 뱃사람들은 이를 길조로 여겼다. 쌍둥이자리만 생략한 밤하늘은 이 방에 정말 잘 어울렸다. 나는 홈스와 클레멘스 부인이 대화를 나누는 방의 반대편으로 갔다.

클레멘스 부인이 방에 대해 설명하고 있었다.

"이 방은 최근까지 창고에 가까웠답니다. 지난 몇 년간 브레이스웰 당주께서 소음에 극도로 민감해지셨지요. 자제분들은 얌전한 편이었지만 그래도 결국은 아이들이기에, 당주께서는 자제분들이 놀 때 나는 소리를 더 이상 견디지 못하셨습니다."

"포먼 양 이전에 가정교사가 있었소?"

"아니요. 브레이스웰 당주께서 직접 자제분들을 가르치셨습니다만 놀이시간에는 주로 자제분들끼리만 지냈습니다. 두 분 다 어머니의 정은 바라지도 않았어요."

부인은 잠시 말을 멈추더니 좀 더 조용히 말을 덧붙였다.

"공부시간 외에도 아이들을 돌볼 사람이 필요하다고 한 사람은 바로 저였습니다. 주인님께선 좋은 분이시지만 자제분들의 정서적인 부분을 방치하고 계셨지요. 자제분들에게 강아지를 주셨지만 그걸로는 부족했어요."

홈스는 방안을 돌아다니며 다양한 장난감과 책장을 가득 채운 수많은 책을 보고 있었다. 작은 탁자 위에 체커 판이 놓여 있었고 탁자 가장자리에 놓인 컵 안에 주사위 한 쌍이 들어있었다. 홈스는 컵 안을 살펴보다가 종이 한 장을 꺼냈는데 놀이 방법 설명서 같았다.

"이걸 어떻게 생각하시오?"

홈스의 물음에 클레멘스 부인이 대답했다.

"멀린스는 항상 자제분들과 함께 놀아주곤 했답니다. 주사위를 가지고 노는 법을 알려주는 건 탐탁지 않았지만, 멀린스는 그저 교육용일 뿐 도박과 관련된 놀이는 가르치지 않겠다고 약속했지요. 멀린스는 항상 자제분들이 열중할만한 새로운 놀이를 가르치고 말썽을 피우지 않게 잘 지도했어요. 멀린스가 부모님을 봉양하러 떠난다고 말하자 두 분 다 무척 슬퍼하셨죠. 멀린스는 자제분들에게 자신이 떠난 후라도 슬플 때면 자신이 가르쳐준 놀이를, 특히 주사위 놀이를 하라고 했지요. 그럼 함께했던 즐거운 시간을 기억할 수 있을 거라고요."

홈스는 종이를 펴보았다. 종이에는 주사위 두 개와 나침반이 그려져있었다. 나침반 위에 적힌 N에는 동그라미가, 아래쪽으로는 화살표가 그려져있었다. 그리고 놀랍게도 홈스의 이름이 종이에 적혀있었다.

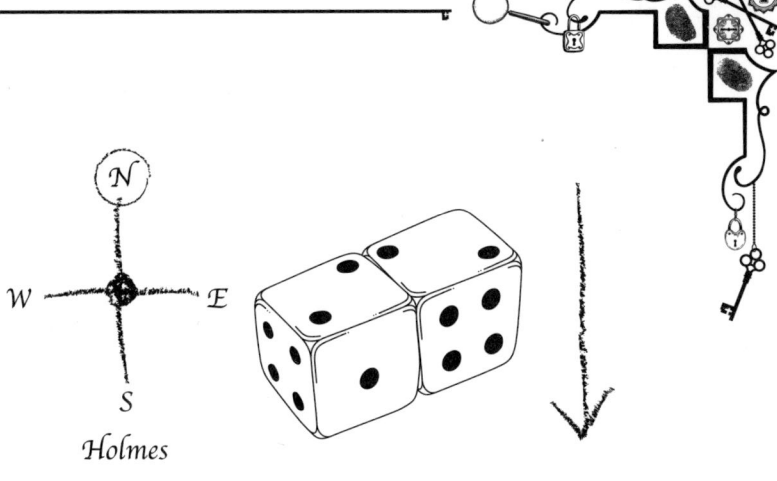

"부인, 어째서 내 이름이 종이에 있는지 당장 말해주시겠소? 어떻게 내가 사건을 맡기도 전에 내 이름이 여기 적혀있는 것이오?"

홈스가 소리치자 클레멘스 부인도 놀라 큰 소리로 말했다.

"홈스 씨! 맹세하건대 자제분들이 실종된 후 이 방은 누구도 건드리지 않았어요. 어째서 홈스 씨 이름이 종이에 적혀있는지 저도 모르겠습니다. 자제분들과 이 놀이를 했던 사람은 멀린스예요. 맹세해요!"

홈스는 눈에 띄게 동요했지만, 부인의 말을 믿고 종이의 메시지를 전부 자기 수첩에 적어 넣었다.

"아주 기이한 일이군, 왓슨. 이 또한 언젠가 풀어야 할 수수께끼일세."

홈스는 방안을 돌아다니며 엄청난 양의 책에 대해 적더니 물었다.

"아이들이 열렬한 독서광이었소?"

클레멘스 부인이 미소 지었다.

"당주님을 닮아 책을 무척 좋아한답니다."

홈스는 꽤 오랫동안 책장을 살펴보았다. 책 정리가 꽤 체계적이었다. 하지만 책들을 특정 순서에 따라 정렬한 듯하진 않았다. 홈스가 손가락으로 책장을 훑어봤는데 먼지 한 톨 없이 깨끗했다. 홈스는 '흠' 하는 소리를 냈다. 항상 그렇듯 홈스가 먼저 뭐라 설명하지 않았기에 내가 먼저 그를 추궁하며 재촉해야 했다.

"홈스, 뭔가 찾은 게 있나?"

"한 가지밖에 없네. 책장은 깨끗한 데 반해 책장 뒤쪽 면에 특이한 선들이 그려져있네. 일직선으로 그어진 것도 아니고. 어떻게 생각하나?"

"나도 처음에는 특이한 걸 발견하진 못했네, 홈스. 책장 하나에만 줄이 그어져있군. 그리고 자네가 말한 대로 일직선이 아니라는 점이 이상하군. 책 높이에 맞춰 선을 그렸다고밖에 생각할 수 없겠네."

"아주 잘 관찰했네, 왓슨. 자네가 본 게 맞네. 아이들이 책을 읽고 제자리에 갖다 놓도록 모친이 그려놨다고 생각되네만."

홈스가 클레멘스 부인 쪽을 돌아보며 물었다.

"이 놀이방은 정기적으로 청소하시오?"

"이틀에 한 번씩 환기한답니다. 하지만 자제분들이 책을 정렬하는 방식은 무척 까다로우세요. 아마 책장에서 책을 꺼내 읽어주던 브레이스웰 부인의 모습이 가장 생생하게 기억에 남아있기 때문이겠지요. 이 방은 자제분들이 실종됐을 당시와 똑같은 상태로 보존하고 있었습니다."

클레멘스 부인의 말에 홈스가 반색했다.

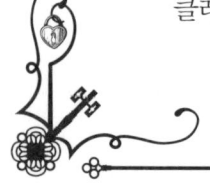

"그것참 다행이오."

홈스는 마지막으로 한 번 더 방을 둘러보더니 책장 앞에 멈춰서서 다시 책 제목과 책 높이를 유심히 살펴보고 말했다.

"저택에서 필요한 건 전부 다 봤다고 생각되오. 이제 왓슨과 함께 포먼 양을 만나러 가야겠소. 그럼 그 전에 포먼 양에 대해 말해주겠소?"

"구인 광고는 제가 직접 냈어요. 포먼 양은 아직 만나보지 못했지요. 포먼 양에 대한 인적 사항은 조금 읽어봤지만요. 사건이 일어난 후 몸 상태가 매우 좋지 않다고 하니 지금은 켐프 부인에게 맡겨두는 게 최선이라 생각했답니다."

"켐프 부인의 주소지와 멀린스의 부모님 댁 주소도 함께 알려주겠소?"

클레멘스 부인은 두 주소를 적어 건네주면서 멀린스의 부모가 사는 곳은 잘 알지 못한다고 했다. 멀린스의 부모는 캔터베리시市의 켄트 카운티에 있는 작고 아늑한 시골집에 살고 있었는데 캔터베리 대성당 근처라고 했다. 그 외에 정확한 주소지는 모른다고 했다.

홈스와 나는 곧바로 웨스트우드 저택에서 3마일 정도 떨어진 켐프 부인의 집으로 향했다. 오래 걸으면 몸에도 좋고 머릿속도 맑아지리라 확신했다. 이번에는 남문으로 브레이스웰 저택을 빠져나갔다. 나는 바깥의 공기와 촉촉한 흙냄새를 맡으며 앞으로 풀어야 할 수수께끼에 대해 고민했다. 저택 부지에는 봄꽃이 흐드러지게 피어있었다. 나무는 이파리가 무성했고 클레멘스 부인이 꾸민 정원에도 꽃들이 만발하였다. 풍성한 잔디가 저택 부지를 뒤덮

고 있었고 말들이 높게 자란 풀과 야생초를 뜯고 있었다. 사위가 조용한 가운데 가끔 새들이 지저귀는 소리가 들려왔다. 이곳은 평소의 런던 중심지와 완벽히 달랐다.

홈스는 내게 생각할 거리를 꽤 많이 던져줬지만 약속했던 것보다는 훨씬 적은 양이었다. 이쯤 되자 나도 홈스의 방식을 잘 알게 되었다. 홈스는 전부 알려주기보단 사람을 감질나도록 조금씩만 알려주는 경향이 있다. 그러면서도 홈스 자신은 이번 사건의 서로 다른 단서들을 어떻게 짜 맞출지 알고 있었다.

홈스는 발걸음이 빠른 편이라 나는 그를 쫓아가기 바빴다. 가는 동안 홈스는 쉴 새 없이 말을 했다. 비발디부터 귀뚜라미, 담배, 독에 대해서까지. 그러다 결국 내가 먼저 홈스에게 런던 자연사 박물관 사건에 대해 물어보았다.

"라이트 씨는 살해당한 걸세."

다행히 홈스가 설명하기 시작했다.

"어느 정도 범죄에 가담했겠지. 어쩌면 뭔가 봤을지도 모르고. 하지만 좀 더 직접적으로 연루되어 있다고 보는 쪽이네. 도난 사건 이후 불안해했다고 하니 의심할 수밖에. 사건의 범인은 라이트 씨 혼자가 아닐 걸세. 이미 범인들의 윤곽이 드러나고 있어. 내가 보낸 두 전보로 도난된 물건이 있다는 사실을 밝혀냈지만 정작 도난당한 물품이 아직도 제자리에 있는 듯하단 말이지. 그 신문 기사 기억하나? 마치 누군가 우리를 조롱하는 듯 훤히 보이는 곳에 단서를 숨겨두었네. 오타가 있는 기사를 그대로 낼 수 있었으니 분명 대단한 영향력을 지닌 사람일 걸세."

그렇게 말하며 홈스는 자기 입술에 손가락을 갖다 댔다.

"선수는 성급하게 자기 패를 보여주지 않는 법이지."

얼마 전까지 비가 내리더니 오늘은 화창한 날씨에 수풀까지 무성해서 아침부터 생기가 돌고 있었다. 실종된 아이들과 살인사건, 실의에 빠진 아버지가 연루된 큰 사건만 아니었다면 내 친구가 들려주는 음악에 대한 심도 있는 이야기도 즐겁게 들을 수 있었으리라.

한 시간 정도 걸어 켐프 부인의 하숙집에 도착할 수 있었다. 겉보기에도 집은 별난 모습이었다. 오래된 건물을 다양한 색과 양식으로 확장해놨고 건물의 최소 1/4은 여전히 수리 중이었다. 길을 따라 걷다 보니 집 옆에 있는 커다란 텃밭이 보였다. 켐프 부인이 하숙인들 식사를 준비할 때 필요한 식자재를 가져오는 텃밭인 듯했다.

우리가 도착했을 때 켐프 부인과 포먼 양은 점심을 먹고 있었다. 우리는 자기소개 후 기쁜 마음으로 식사 자리에 동참했다. 켐프 부인은 40대 중반이었으나 식탁에 앉아있을 때조차 몸가짐을 바르게 해서 나이를 잊게 했다. 켐프 부인은 바쁘게 편지를 쓰며 하녀에게 곧 있을 '박애주의 정신의 중요성'에 대한 강의에 대해 받아 적게 하고 있었다. 포먼 양은 설명할 필요도 없이 아주 사랑스러운 여인이었다. 켐프 부인의 하숙집은 보통 10~12명 정도의 여성 하숙인들이 산다고 했지만 현재는 부인과 포먼 양 외에는 아무도 살지 않고 있었다.

겉보기에 별나 보이던 하숙집은 그러나 내부는 무척 아름다웠다. 작은 거실에는 편안한 소파 여러 채와 찻잔을 올려두는 작은 탁자가 있었고 가구들을 둘러싼 벽은 책으로 가득했다. 전체적으

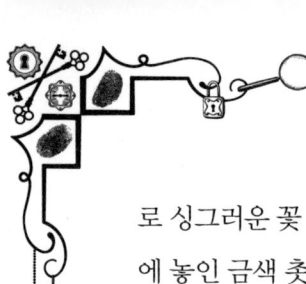

로 싱그러운 꽃 내음이 났다. 거실에서 주방으로 이어지는 문 옆에 놓인 금색 촛대가 햇볕에 반짝였다. 촛대에는 프시케 모습이 장식되어 있었다. 작은 계단을 따라 올라가면 하숙을 치는 방들이 나오는데 수리를 하느라 방문이 아예 가려져있었다.

아마도 곤경에 처한 이들을 그냥 지나치지 못하는 켐프 부인의 마음이 헤윗의 마음과 잘 맞아떨어진 듯싶었다. 그러니 포먼 양에게 이보다 더 요양하기 좋은 곳은 없었을 것이다. 잠깐 알게 된 사이일 뿐인데도 켐프 부인은 이제 막 안면을 익힌 포먼 양에게 정이 들었는지 정성껏 보살피려는 게 눈에 보일 정도였다. 켐프 부인은 구술口述을 잠시 멈추고 포먼 양에게 차를 따라줬다. 차에 아편 물약도 살짝 타서 심신의 안정을 도왔다. 아마 텃밭에서 키운 양귀비로 만든 물약일 것이다.

한편 포먼 양은 여전히 그때 그 사건으로 심란해 보였다. 나는 그녀에게 의사임을 밝히고 맥박과 체온을 재도 괜찮겠냐고 물었다. 포먼 양은 아직 열이 있지만 고비는 넘긴 듯했다. 포먼 양이 곧바로 우리에게 질문을 던졌다.

"홈스 씨, 당신이 해결해준 루시와 제퍼슨의 슬픈 사랑 이야기에 대해 잘 읽었어요."

"그랬다니 기쁘구려."

홈스가 정중히 대답했다. 홈스라면 제퍼슨 사건을 묘사할 때 그런 단어를 사용하지 않았겠지만, 속으로는 자신의 추리력에 대한 이야기가 널리 퍼졌다는 사실에 기뻐하는 것 같았다.

"솔직히 말씀해주세요, 홈스 씨. 사건에 대해 새로 밝혀진 사실이 있나요? 아이들이 어디 있는지 아시나요? 아이들의 부친은

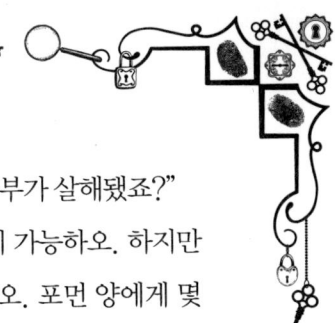

어떠세요? 살인범은 밝혀내셨나요? 어째서 마부가 살해됐죠?"

"포먼 양이 한 질문들은 대부분 바로 대답이 가능하오. 하지만 적당한 때가 되면 답할 테니 양해해주기 바라오. 포먼 양에게 몇 가지 질문을 하려고 찾아왔소."

"제 일기를 읽어보셨군요."

"그렇소."

"남에게 보여주려는 내용은 아니었어요."

"일기의 내용은 발설하지 않겠소. 기차역을 떠난 후 무슨 일이 있었는지 포먼 양이 직접 얘기해줬으면 하오."

이때 켐프 부인이 끼어들어 제지하려 했지만 포먼 양은 우리를 돕기로 마음먹은 것 같았다.

"궁금하신 건 뭐든 답해드릴게요."

포먼 양은 곧바로 사건 당시를 설명하기 시작했다.

"아이들과 스폿을 만난 후 기차역에서는 별일 없었어요. 비가 오기 시작했고요. 마차에 탈 때 마부가 우산을 씌워주고 스폿도 마차에 올라타게 했어요. 마부는 마차 문을 닫기 전에 제게 열쇠를 주면서 날씨가 험해지면 문이 열리지 않게 잠그라고 했어요. 일기에 적어놨듯이 저는 아이들과 얘기하면서 친해지려고 했어요. 아이들은 제 이야기에 관심을 갖고 귀 기울였지만, 아이들의 가족에 대해서는 물어봐도 답이 없었어요. 그래서 아이들에게 제가 가장 좋아하는 소설인《보물섬》에 대해 얘기해줬어요."

"아주 좋소. 이제 사건 현장에 대해 얘기해주겠소?"

"최선을 다해 대답할게요."

"마차가 갑자기 멈췄다고 알고 있소. 갑자기 멈췄을 때부터 총

성이 들릴 때까지 얼마나 오래 걸렸소?"

"거의 10분 정도 됐을 거예요. 홈스 씨, 사건이 벌어지는 와중에도 저는 일기를 쓰면서 아이들을 안심시키려고 했어요. 그래서 아이들에게 보물섬에 나오는 지도와 장소들에 대해 말해달라고 했어요."

"그렇소. 포먼 양이 말한 내용은 일기장에 매우 명확하게 나와 있었소. 그때 들은 소리에 대해 얘기해주겠소?"

"쿵 소리가 크게 나면서 마차가 조금 흔들렸어요."

"날카로운 소리였소?"

"잘은 모르겠어요."

포먼 양이 조금 머뭇거리며 말했다.

"일기에 거짓말을 쓸 생각은 없었지만 어떻게든 그 소리를 묘사해야 했어요."

"물론 그렇지. 그 소리에 말들이 놀랐소? 움찔하거나 말들이 겁에 질려 소리를 냈소?"

"아니요. 말들은 그리 동요하지 않았어요."

"마차 객실에서 나온 후 무슨 일이 있었소?"

"아이들에게는 계속 지도를 보라고 일러뒀어요. 아이들이 책에 관심이 팔려있는 동안 저는 마차 옆면에 있는 브레이스웰 가문 문장 뒤에 제 일기장을 숨겼어요. 마차 밖으로 나간 후 문을 잠갔고요. 제가 마차 앞으로 갔을 때 마부는 미동도 하지 않았어요. 불렀는데도 반응이 없었죠. 다가가서 다리를 흔들었더니 앞으로 고꾸라지더니 움직이지 않았어요."

"핏자국이 있었소?"

"핏자국은 보지 못했어요. 마부 옆자리로 올라가 마부의 상태를 확인했는데 맥박이 없었어요."

"그다음에는 어떻게 했소?"

"저는 비에 젖었고 또, 충격을 받은 상태였어요. 불쌍한 마부는 어떻게 할 수 없었으니 아이들과 함께 폭풍이 지나가기를 기다리기로 했죠. 하지만 마부석에서 내려오다가 미끄러지는 바람에 바닥에 넘어지고 말았어요. 그리고 무언가 단단한 것에 머리를 부딪쳐서 정신을 잃고 말았죠. 몇 분 후에야 정신이 들었고 급히 마차의 객실로 갔어요. 바람이 세게 불었고 비가 억수같이 쏟아졌어요. 객실을 봤을 때 이미 사달이 났다는 걸 알 수 있었어요. 아이들에게 문을 닫고 마차 안에서 기다리라고 했는데, 제가 돌아왔을 때는 문이 열린 채 바람에 흔들리고 있었으니까요. 마차 객실 열쇠를 찾으려고 주머니를 뒤졌는데 정작 열쇠는 객실 문에 꽂혀있었어요. 아마 제가 정신을 잃었을 때 누군가 제 주머니를 뒤져갔던 것 같아요. 객실 안으로 들어갔지만 아이들과 강아지는 사라진 뒤였어요. 《보물섬》책만 덩그러니 남아있었죠."

"몇 쪽이 펴진 상태였는지 기억하시오?"

홈스가 물었다.

"네, 지도가 나오는 부분이었어요. 아이들의 관심을 돌리려고 지도에 나오는 네 곳을 골라 어떻게 갈 수 있을지 이야기를 꾸며보라고 했거든요."

포먼 양은 잠시 자리에서 일어나더니 종이 한 장을 가져와 홈스에게 건네줬다. 종이에 적힌 내용은 다음과 같았다.

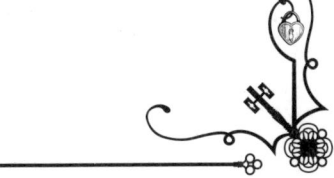

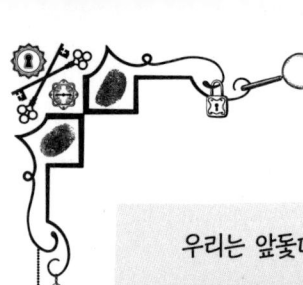

우리는 앞돛대 산 동쪽에서 시작해 세 번째 산맥이 나올 때까지 남쪽으로 이동했다. 그러다 너무 멀리 간 걸 깨닫고 숲을 뚫고 북동쪽으로 이동하다 작은 언덕에서 잠시 멈춰 휴식을 취했다. 그곳을 기준으로 남동쪽의 옹달샘을 최종 목표로 삼았다.

두 번째 탐험은 첫 탐험이 끝난 곳에서 시작했다. 우리는 서쪽으로 이동해 언덕을 넘고 숲을 지나갔다. 그 후 남동쪽으로 가다가 늪지대를 만나 멈춰야 했다. 거기서부터 남서쪽으로 X자가 표시된 곳으로 향했다. 그러나 그곳에서 보물을 찾지는 못해서 지칠 때까지 동쪽으로 이동했다.

다음 여정은 북동쪽 바다에서 시작했다. 우리는 남쪽으로 수 마일을 이동한 다음 다시 멈출 때까지 뒤도 돌아보지 않고 동쪽으로 이동했다.

마지막 여정은 해골섬에서 시작했다. 우리는 하얀 바위를 통과해 북쪽 후미까지 북쪽으로 쭉 올라갔다. 배에서 내려 말을 탄 뒤 망원경 산을 향해 남서쪽으로 달렸다. 길을 잘못 들었다는 사실을 깨닫고 동쪽으로 갔다. 하얀 바위 정상에서 내려다보니 우리가 타고 이동하던 배가 해골섬으로 돌아와 있었다.

"아주 흥미롭군. 아이들이 소설을 어디까지 읽었소?"

켐프 부인과 나는 의아한 얼굴로 홈스를 쳐다봤다.

"짐이 몰래 히스파뇰라호로 돌아가는 장면까지요."

"아주 좋소! 포먼 양도 열심히 한다면 훌륭한 탐정이 될 수 있을 거요!"

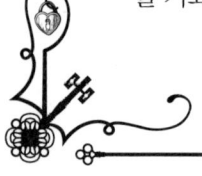

　우리는 너무 혼란스러운 나머지 홈스의 칭찬에 뭐라 반응하지 못했다. 홈스가 계속 물었다.
　"그다음에는 어떻게 했소?"
　"저는 사력을 다해 문을 닫고 열쇠로 잠갔어요. 그리고 또 정신을 잃었다가 깨어났을 때는 켐프 부인 댁이었죠. 그사이 잠깐 정신이 들었을 때 봤던 사람의 얼굴이 희미하게 기억나요. 절 우편마차에 태우고 있던 모습이 기억나는데 나중에야 조지 헤윗 씨의 이름을 알게 됐어요."
　"아주 훌륭한 분이죠. 헤윗 씨가 찾아와 문을 두들겼었죠. 포먼 양이 끔찍한 사고를 당했으니 데리고 들어가도 되냐고 물었어요. 헤윗 씨는 우편배달을 하던 분이라 얼굴을 알아봤고요. 덕분에 이제는 더욱 헤윗 씨를 믿고 우편물을 맡길 수 있게 됐답니다."
　켐프 부인이 거들었다.
　"솔직히 조금 부끄럽네요. 의식을 잃었을 때 뭐라고 중얼거렸을지 모르잖아요? 저한테 무슨 일이 일어났을 때를 대비해 일기장을 버리고 갈 순 없었어요. 마지막 일기에 앤한테 남기는 말이 있었거든요. 제가 일어나지 못할 경우 가족들 생계를 해결할 수 있도록 말이에요."
　"옳은 일을 한 거요, 포먼 양. 아주 용감했소."
　포먼 양이 고개 숙여 인사했다.
　"질문이 더 있으신가요?"
　"더는 없소. 그보다 혹시 《보물섬》 책을 좀 빌려도 되겠소?"
　켐프 부인이 허락하자 홈스는 책장에서 책을 꺼내 잠시 살펴보았다.

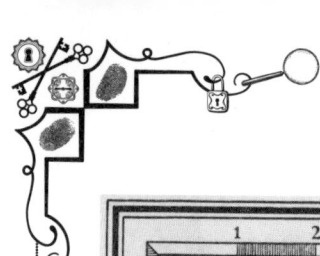

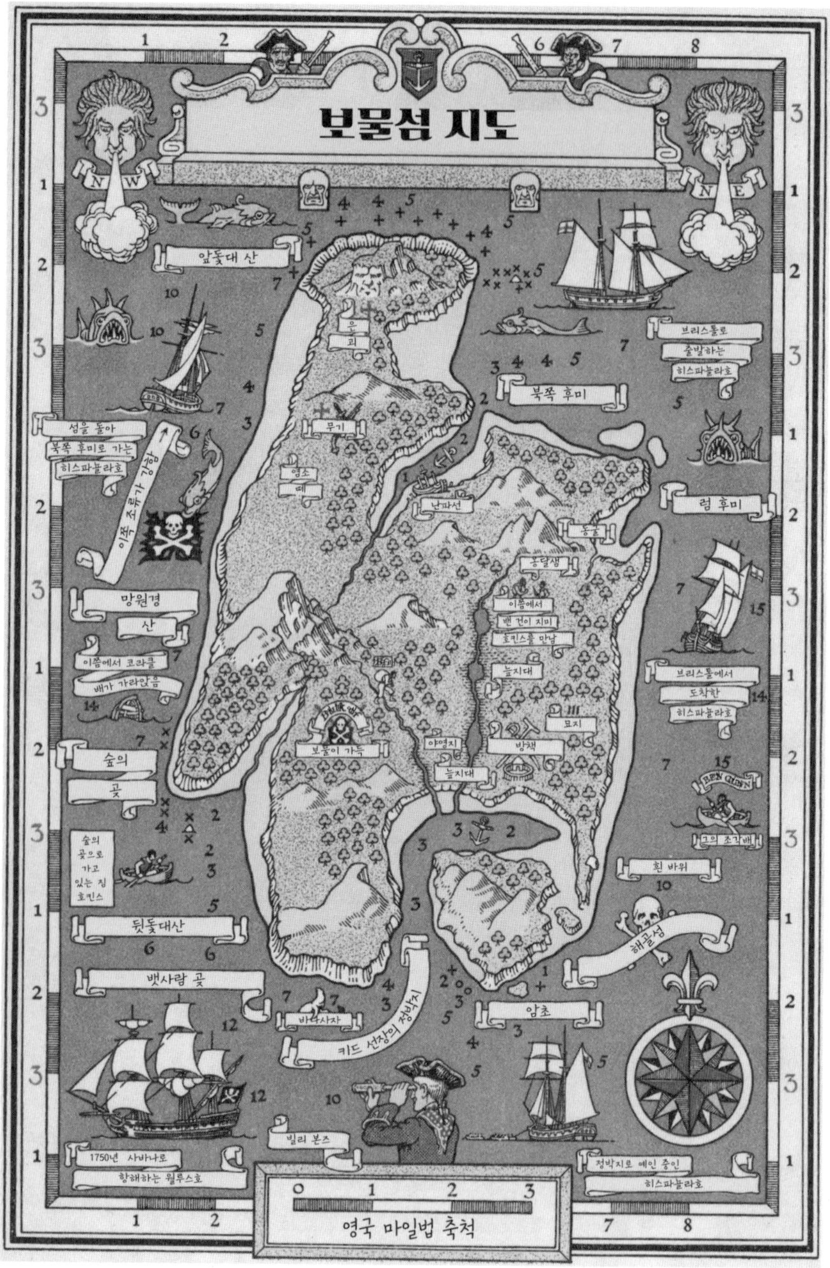
보물섬 지도
앞돛대 산
은괴
북쪽 후미
브리스톨로 출발하는 히스파놀라호
섬을 돌아 북쪽 후미로 가는 히스파놀라호
이쪽 조류가 강함
무기
염소 떼
난파선
럼 후미
동굴
옹달샘
이쯤에서 밴 건이 지미 호킨스를 만남
늪지대
묘지
방책
야영지
늪지대
보물이 가득
망원경 산
이쯤에서 코라클 배가 가라앉음
숲의 곶
숲의 곶으로 가고 있는 짐 호킨스
뒷돛대산
뱃사람 곶
바다사자
키드 선장의 정박지
암초
해골섬
흰 바위
BEN GUNN
그의 조각배
브리스톨에서 도착한 히스파놀라호
1750년 사바나로 항해하는 월루스호
빌리 본즈
정박지로 예인 중인 히스파놀라호
영국 마일법 축척

홈스는 나를 보고 고개를 끄덕이더니 지체 없이 두 숙녀에게 작별을 고했다. 나는 곧바로 홈스를 따라나섰다. 얼마 가지 않아 홈스가 말했다.

"최소한 어느 한쪽은 거짓말을 하고 있네, 왓슨. 그렇다 해도 사건을 끝까지 파고들어 실종된 아이들을 되찾을 걸세. 포먼 양이 내게 준 종이 기억하나? 아이들이 쓴 글 말일세. 아이들이 아무 글이나 생각나는 대로 쓴 게 아니야. 지도에서 아이들이 가리키는 지점을 살펴보게. 뭐가 보이나?"

홈스가 책을 건네줘서 나는 지도를 펴고 아이들이 쓴 이야기를 다시 읽었다. 그리고 지도상에서 이야기에 나온 지점을 따라갔다. 나는 지도를 본 후에야 이야기 속 여정에 일정한 규칙이 있음을 깨달았다. 그래서 처음부터 다시 이야기를 읽기 시작했고 마침내 메시지를 발견했다.

지도와 종이의 내용을 보고 아이들이 무슨 말을 하려 했는지 찾아보세요.

"맙소사, 아이들은 사라지기 전에 '도와주세요HELP'란 단어를 적은 거로군."

내가 놀라 탄성을 질렀다.

"하지만 '무엇'을, 혹은 '어떻게' 도와달라는 뜻일까? 아니면 '누구로부터' 도와달라는 것일까? 어쩌면 소설 속 등장인물들에 대한 배경 지식이 좀 더 필요할지 모르겠군."

홈스가 의문점을 날카롭게 지적하더니 이내 내게 물었다.

"왓슨, 크롬웰 직업소개소로 가서 포먼 양의 배경에 대해 정보를 얻어야 하겠나, 아니면 멀린스의 부모를 만나봐야 하겠나?"

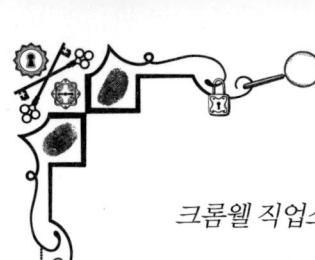

크롬웰 직업소개소를 방문하고 싶다면 99쪽으로 가세요.

캔터베리에 있는 멀린스의 부모를 만나고 싶다면 136쪽으로 가세요.

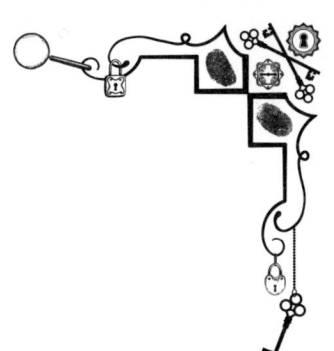

그물을 치다

"호주라고?"

스토퍼 씨가 체포된 후 크롬웰 직업소개소를 나오면서 내가 물었다.

"서류철 도난 사건의 공범임이 밝혀진 마당에 어째서 스토퍼 씨를 믿어야 하지? 자네가 추리했듯이 브레이스웰 경은 그녀의 사업을 도와주기로 했네. 자신은 무고한 척해서 수사에 혼선을 주려는 걸까? 만약 스토퍼 씨 말이 거짓이 아니라면 웨스트우드 저택에서 우리를 맞이한 사람은 대체 누구란 말인가?"

내 말에 홈스가 대답했다.

"브레이스웰 경과 호주 사이에는 확실한 연관성이 있네. 브레이스웰 경은 일생의 절반을 호주에서 보냈고 그건 이미 잘 알려진 사실이지. 스토퍼 씨가 그럴듯한 거짓말을 해 수사를 지연하려는지도 모르겠네. 호주에 사람을 보내 진실을 확인하려면 시간이 아주 오래 걸릴 테니까. 하지만 나는 이미 답을 알고 있다는 확신이 드는군. 그래도 내 추리가 진짜 맞다는 확신이 들 때 알려주겠네. 표지만 보고 책 내용을 판단할 수 없지 않나. 진짜 이야기는 책 속에 있으니 말일세."

나는 이번 수수께끼의 진실이 점점 더 궁금해져서 더 이상은 참기 힘들어졌다. 홈스가 어떤 생각을 하고 있는지 캐묻기 시작하려는 찰나 베이커가 특공대 한 명이 불쑥 찾아와 고개를 조아렸

다. 부랑아가 전보를 건네주자 홈스가 내용을 확인했다.

"그물이 준비됐네, 왓슨. 곧 박물관 사건의 범인을 잡을 수 있을 걸세. 꽤 똑똑한 친구지만 겁에 질린 모양이군."

"겁에 질려?"

내가 의아해서 물었다.

"벌써 한 명을 살해하지 않았나?"

"그렇네, 하지만 보이는 게 전부는 아닐세, 왓슨. 수수께끼의 배후에 있는 가장 위험한 존재는 우리 눈에 보이지 않는 존재거든."

홈스는 수첩을 꺼내 연필로 짧은 메시지를 쓰더니 수첩에서 뜯어내 1파운드 금화와 함께 아이에게 주며 말했다.

"허드슨 부인 외에 아무에게도 이 쪽지를 보여주면 안 된단다. 쪽지를 전달할 때는 반드시 문밖에서 전달해드리고, 절대 허드슨 부인의 심기를 거스르지 말거라. 아니면 다른 아이한테 메시지를 전달하게 할 게다."

아이는 인상을 찌푸렸지만 다시 한 번 홈스에게 인사하고 사람들이 붐비는 길거리 속으로 사라져갔다.

"왓슨, 런던 북부로 돌아가야 하네. 서두르게. 레스트레이드 경감이 우리와 함께 핀칠리로 돌아가려고 역에서 기다리고 있네. 다음 조사 단계로 넘어가기 전에 어제 알아낸 사실들을 경감과 함께 의논해야 해."

"허드슨 부인은 대체 왜 사건에 연루시키는 건가? 부인을 위험에 빠트릴 순 없는 노릇 아닌가."

성큼성큼 걸어가는 홈스와 발걸음을 맞추며 내가 물었다. 그

러자 홈스가 대답했다.

"자네 말대로일세. 왓슨. 불가피하게 늦어질 터라 부인에게 오늘 밤 열리는 심포니 오케스트라를 즐기고 오시라고 표를 사드렸네. 그렉슨 경감이 우리보다 먼저 도착할지도 모르니 경감을 위해 쪽지 하나를 문 앞에 남겨놓으라 부탁했네."

기차역에 도착했을 때 아직 레스트레이드 경감의 모습은 보이지 않았다. 경감을 기다리며 내가 비꼬듯이 말했다.

"이번엔 기차 문을 두 번 확인해야겠네. 저번처럼 문을 억지로 열고 나가야 하는 상황은 피해야지."

기다린 지 얼마 되지 않아 레스트레이드 경감이 나타났고 우리는 곧바로 기차에 올랐다. 나는 홈스와 레스트레이드 경감의 반대편에 앉아 홈스를 뚫어져라 쳐다봤다. 지난 며칠간 호기심을 겨우겨우 참아왔던 터라 더 이상 견딜 수가 없었다. 더 많은 사실을 알기 전까진 홈스를 따라가지 않을 요량이었다. 홈스는 내 속을 정확히 꿰뚫어보고 있었다.

"이제 속에 쌓인 질문들을 전부 내놓을 준비가 됐나?"

"당연한 것 아니겠나, 홈스. 자네는 어째서 그렇게 모든 걸 속에 담아두기만 하는지 모르겠네."

"내 성격이 원래 그렇네, 왓슨. 여러 해에 걸쳐 이 일을 해왔지만 항상 홀로 사건을 수사해왔네. 최근까진 말일세. 어쨌든 당장 눈앞의 문제에 집중하세. 처음부터 나는 우리가 만났던 브레이스웰 경이 진짜 필립 브레이스웰 경이 아닌 다른 사람이라는 사실을 어렴풋이 눈치 채고 있었네. 스토퍼 씨의 말로 그 의심은 확신이 되었고."

이 말을 들었을 때 내 표정이 어땠는지 확실친 않지만, 레스트레이드 경감의 표정과 비슷했다면 아마 놀라움과 경악 그 사이 어딘가였을 것이다.

"이번 사건이 어떻게 된 일인지 내 생각하는 바를 말해주겠네."

홈스가 모자를 고쳐 쓰며 말했다.

"나중에 알게 되겠지만 필립 브레이스웰 경은 몇 달 전 호주로 출장을 갔네……. 어쩌면 브레이스웰 경이 겨우겨우 재건한 가업에 위기가 닥쳤는지도 모르지. 브레이스웰 경은 영국을 떠나면서 얼마나 오래 자리를 비울지도 알지 못했네. 그래서 클레멘스 부인과 멀린스를 위시한 나머지 하인들에게 아이들을 맡겼지. 브레이스웰 경이 떠난 지 얼마 지나지 않아 누군가 다수의 하인을 다른 사람으로 교체했네. 아이들은 이미 낯익은 해리 멀린스를 아버지처럼 따랐을 걸세. 그러다 멀린스가 떠난다고 하자 가정교사를 고용해 그의 자리를 대신하려 했네. 그럼 제 입장에서 사건을 바라볼 수 있도록 경감님과 왓슨, 두 사람에게 몇 가지 문제를 내겠습니다. 최근 브레이스웰 경의 인생을 송두리째 바꾼 사건은 무엇입니까? 그리고 그 사건으로 브레이스웰 경의 행동에 어떤 변화가 있었죠?"

레스트레이드 경감과 나는 마주보며 서로 눈만 껌뻑거렸고 결국 문제의 답변은 내가 해야만 했다.

"브레이스웰 경은 몇 년 전 그토록 사랑하던 부인과 사별했네.

부인이 죽고 브레이스웰 경은 서재에 은둔한 채 잘 나오지 않았다고 했지. 하인이 그렇게 말한 게 기억나는군.”

“바로 그걸세, 왓슨!”

내가 말을 계속 이어갔다.

“나라도 한동안은 그 누구도 보고 싶지 않았을 걸세. 브레이스웰 경이 갑작스레 아이들의 소리를 견딜 수 없어 한 이유가 설명되겠군. 어째서 아이들이 저택의 아래층에 머물렀는지도 설명할 수 있네.”

홈스가 말했다.

“그러니 우리가 처음 웨스트우드 저택을 방문했을 때는 전과 많이 달라진 상태였을 걸세. 기억하는지 모르겠네만, 만찬장에서 지난 4대 브레이스웰 경들의 초상화를 봤을 때 나는 곧 만날 인물의 초상화를 면밀히 살펴보았네. 브레이스웰 경이 초상화와 달라 보였던 점은 사실이나 10년 정도면 사람 외모가 변할 수도 있고 특히나 일련의 비극을 겪었다면 더더욱 그렇겠지. 부친이 사망하면서 브레이스웰 경은 저택과 가업을 동시에 책임져야 했네. 둘 다 가문 대대로 내려오는 재산이었으니 중압감은 더했겠지. 하지만 나는 이미 의심을 하고 있던 터라 우리가 만난 자를 세심히 관찰했네. 일이 있어 런던에 들른다는 브레이스웰 경의 편지를 받기 전까지 확신이 서진 않았지. 브레이스웰 경이 남긴 편지를 보면 일부 글자가 번진 걸 볼 수 있네. 그래서 그가 왼손잡이라 추측할 수 있었네. 브레이스웰 당주의 초상화를 기억해보게. 당주는 칼자루를 오른손에 쥐고 있었네. 초상화 속의 당주는 오른손잡이였지만 우리가 만난 당주는 왼손잡이였네.”

 레스트레이드 경감과 나는 방금 들은 이야기를 믿을 수 없어 멍한 얼굴로 홈스를 쳐다보았다.
 "이웃들과 세입자들은 브레이스웰 경의 얼굴을 알지 않겠나?"
 레스트레이드 경감이 말했다.
 "하인들은 또 어떻고?"
 나도 거들었다.
 "하인 중 몇 명이 이 사기극에 가담한 듯하네. 일단 브레이스웰 경을 사칭한 자를 가짜 당주라고 부르겠네. 가짜 당주는 진짜 브레이스웰 경이 갑자기 자리를 비운 지 얼마 되지 않아 저택에 자리를 잡았네. 아마 올해 저택을 떠났을 걸세. 아이들은 그자가 자기들의 부친이 아니란 걸 잘 알고 있을 테지만 포먼 양을 만났을 때 언급하지 않았네. 아이들은 가짜 당주의 정체를 알지 못하고 그저 저택을 관리하는 사람 중 한 명이라 생각하고 있었겠지.
 하지만 영특한 아이들이니 무언가 이상하다고 생각했을 걸세. 그래서 포먼 양에게 보내는 메시지를 《보물섬》 지도 안에 숨겨놨을 테고. 클레멘스 부인과 해리 멀린스가 아이들을 가짜 당주에게서 떨어뜨려 놓았을 걸세. 내 생각에 가짜 당주는 매우 교묘한 계획을 세우고 있었네. 그저 저택에 머물며 부지를 관리하고 꽤 편안한 인생을 살 수 있었을지도 모르네. 진실을 알지 못하는 아이들은 볼모로 잡아 두고 말일세. 아이들이 납치되었다는 사실을 몰랐을 테니 제거할 필요도 없었고 경찰이 개입할 여지도 훨씬 적었겠지."
 기차가 덜컹덜컹 소리를 내며 빠르게 달리고 있었다. 레스트레이드 경감과 나는 홈스가 풀어내는 사건의 비밀에 더욱 귀를 기

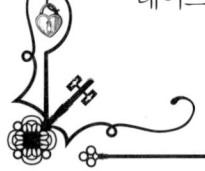

울었다.

"지금 가장 중요한 질문은 어째서 클레멘스 부인과 해리 멀린스가 이 계획에 동참했냐는 걸세. 가짜 당주는 오랫동안 가문을 섬겨온 하인들을 새 하인들로 교체하기 시작했는데 이때 스토퍼 씨의 도움이 필요했네. 그래서 가짜 당주는 그녀에게 새 사무소를 차릴 자금을 지원해준 것이지. 스토퍼 씨를 통해 고용한 포먼 양도 가짜 당주를 구분하지 못할 테고 아이들과의 접점 역할을 수행할 테지. 하지만 알다시피 모든 일이 계획대로 흘러가진 않았네. 알 수 없는 이유로 마차가 습격당해 멀린스는 살해당했고 아이들은 납치됐지. 가짜 당주는 자신이 숨겨야 할 아이들을 오히려 되찾아와야 하는 곤란한 상황에 빠지게 된 걸세. 그렇지 않으면 자신이 꾸민 음모가 전부 탄로 날 테니 말일세."

"홈스 씨의 추리는 황당하기 그지없구려. 그런 추리를 한 증거가 뭐요?"

레스트레이드 경감이 끼어들며 말했다. 경감은 담뱃갑에서 담배를 꺼내 내게도 한 대 건네주었다. 홈스는 우리 둘의 담뱃불을 먼저 붙여주고는 자신의 파이프에도 불을 붙였다.

"왓슨은 잘 알겠지만, 런던 중심지로 돌아오면서 저는 이번 일이 어떻게 돌아가는지 대강 눈치를 채고 있었습니다. 처음부터 몇 가지 의문이 들었죠. 포먼 양의 연봉이 일반적인 가정교사 봉급과 상이하다는 점은 사실이지만 포먼 양은 전혀 의문을 품지 않았습니다. 크롬웰 직업소개소 도난 사건이 오히려 제 심증을 굳혀주었죠. 누군가 스토퍼 씨의 서류철을 노린다면, 이유가 무엇이겠습니까?

"가짜 당주가 침입했다고 의심하는가?"

창문 밖의 스쳐 지나가는 경치를 보며 내가 물었다.

"어느 정도 확신은 하고 있네. 가짜 당주는 어제부터 모습을 감추지 않았나. 무척이나 철저한 스토퍼 씨는 브레이스웰 당주의 배경을 조사해 어떤 부류의 고객인지 알아보고자 했고 곧 진짜 당주가 호주에 있다는 사실을 발견했을 걸세. 그녀가 가짜 당주에게 보낸 편지는 사무소를 차려주지 않으면 정체를 밝히겠다는 협박이었겠지. 가짜 당주는 선택의 여지가 없었을 테고. 그게 아니라면 한 번도 만나본 적 없는 사람에게 그런 엄청난 자금을 줄 리가 있겠나? 우리가 말하고 있는 지금도 가짜 당주는 서류철들을 없애려고 할 게 분명하네. 자신을 협박한 스토퍼 씨에게 앙갚음 하려고 서류철을 훔쳤겠지. 하지만 동시에 스토퍼 씨의 사무소도 마련해주고 있을 걸세. 크롬웰 씨가 은퇴하기로 하자 스토퍼 씨는 이에 분노해 그의 직업소개소를 망치려고 한 듯하네. 이를 반증할만한 증거가 없기도 하고."

"하지만 그런 사실은 해리 멀린스의 죽음과 납치 사건을 해결하는 데 전혀 도움이 되질 않지 않나. 이 사건들은 서로 상관없는 것인가, 아니면 가짜 당주와 연관이 있는 것인가?"

내 질문에 홈스가 답했다

"우리가 만난 사람 중 다른 한 사람을 이 사건의 주인공이라 의심하고 있네. 그리고 아주 사소한 점 하나 때문에 그 의심은 확신이 되었네."

레스트레이드 경감이 말했다.

홈스가 이번 사건에 연루되었다고 의심하는 사람은 누구일까?

"홈스 씨, 이 사건에는 제대로 조사하지 못한 요소가 아직 많이 있소. 지금 혐의를 제기하는 것이오, 아니면 그저 의심일 뿐이오?"

나는 굉장한 사실이 밝혀질지도 모른다는 기대감을 안고 홈스의 대답을 기다렸다.

"저는 헤윗 씨가 범인이 아닌가 의심하고 있습니다. 조금은 비약이 있지만 그럴만한 이유가 있습니다."

역시 홈스는 내 기대를 저버리지 않았다. 레스트레이드 경감이 놀라 말했다.

"잠깐, 이보시오, 홈스 씨. 헤윗 씨는 이번 사건의 영웅이요! 포먼 양을 구해 도움을 받을 수 있게 해줬단 말이오. 게다가 헤윗 씨는 우체부요. 아주 명예로운 직업이지. 게다가 우리가 아는 한 헤윗 씨는 범죄를 저지른 적도 없소. 여러 번 반복해서 헤윗 씨를 면담했지만 그의 진술은 토씨 하나 틀리지 않았소. 어떻게 사람이 눈 깜짝할 사이에 모범 시민에서 잔인한 살인마가 될 수 있겠소?"

홈스가 설명하기 시작했다.

"사건 현장은 이렇게 된 겁니다. 어떠한 이유에서든 헤윗은 멀린스를 그날 오전에 죽였습니다. 그리고 포먼 양과 아이들을 태운 마차를 몬 사람도 헤윗이었죠. 그리고 어느 시점에 마차를 멈추고 포먼 양이 일기에 적어놓았던 상황을 꾸몄습니다."

"하지만 어째서?"

레스트레이드 경감의 물음에 홈스가 말을 이었다.

"헤윗은 포먼 양을 해할 생각이 없었습니다. 사실 헤윗이 포먼 양에게 친절을 베푼 탓에 그가 이 사건의 어두운 면과 관계되어

 있을지 모른다는 가능성을 배제하기까지 했죠. 거기에 폭우가 쏟아졌는데도 젖어있지 않은 시체와 같은 기묘하고 부자연스러운 일들이 더해져서 더욱 그랬었고요. 이 증거가 완전히 확실한 건 아니라는 점도 이해하셔야 합니다. 포먼 양은 뒤에서 오는 마차를 본 적도 없었습니다. 기차역에서 아이들과 자신이 마차에 오르도록 도와준 마부, 즉 헤윗에 대해 묘사하지도, 할 수도 없었습니다. 모자와 옷깃으로 얼굴을 가리고 있다고만 언급했죠. 아이들은 마부의 정체를 아는지 드러내지 않았지만, 포먼 양이 가족에 대해 묻자 아이들은 입을 다물었습니다.

 어쩌면 아이들이 《보물섬》 지도에 남긴 메시지는 자신들이 아닌 멀린스를 도와달라는 뜻일 수도 있습니다. 멀린스가 은퇴하기 전에 사라졌다면 말이죠. 이 상황에서 가장 사소한 점이 하나 있는데, 바로 스폿이 마부에게 으르렁대지 않았다는 사실입니다. 스폿이 멀린스를 좋아하지 않는다는 사실은 다들 알고 있고요. 그래서 스폿은 헤윗의 정체를 알고 있었다고 생각합니다. 우편물을 전달하러 정기적으로 저택을 들른 우체부이니 말입니다. 헤윗은 이번 범죄를 저지를 수단과 기회가 모두 있었습니다. 이제 동기가 있는지도 찾아봐야겠죠."

 홈스의 추리를 전부 듣고 나서 내가 물었다.

 "홈스, 자네 말이 사실이라면 아이들은 지금 어디 있겠나?"

 "아이들이 어디 있는지는 잘 알고 있네. 하지만 이번 사건은 내 방식대로 해결했으면 좋겠군."

 "무슨 뜻인가?"

 레스트레이드 경감이 눈썹을 치켜뜨며 물었다.

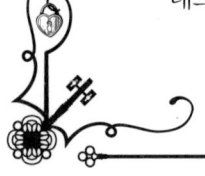

"도와줄 사람을 구하려 합니다."

"누구의 도움을 원하는 겐가?"

내가 혼란스러워하며 물었다.

"가짜 당주일세."

홈스의 말에 레스트레이드 경감과 나는 깜짝 놀라고 말았다. 경감이 어이가 없다는 듯 소리쳤다.

"가짜 당주를 체포하러 가는 줄 알았는데 아니었나?"

"가짜 당주는 우릴 도와줄 수 있는 아주 독특한 위치에 있습니다."

"무슨 뜻인가?"

홈스의 말에 내가 물었다.

"헤윗은 브레이스웰 경이 가짜라는 사실을 모르네. 그 점을 이용할 수 있을 걸세."

우리는 정보를 좀 더 얻어내려고 온갖 방법을 동원했지만 홈스는 더 이상 입을 열지 않았다.

핀칠리 역에 도착한 우리는 웨스트우드 저택으로 향했다. 저택에 다다르자 저번과 똑같은 하인이 우리를 곧장 서재로 안내했다. 서재에는 브레이스웰 당주라 주장하는 자가 있었다. 가짜 당주는 활활 타는 벽난로 불 앞에 서서 '그'의 부지를 내려다보며 생각에 잠겨있었다. 하인이 서재 문을 닫자마자 레스트레이드 경감은 당장이라도 따질 듯 완고한 표정에 팔짱까지 끼고 곧장 가짜 당주에게 다가갔다.

"그래, 내 비밀을 알아냈나 보구려, 홈스 씨."

가짜 당주의 목소리는 차분했지만 창백해진 얼굴을 보아하니

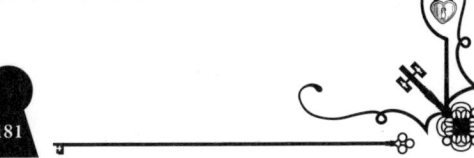

우리가 갑자기 들이닥쳐 적잖게 놀란 기색이었다.

"그럼 당신도 아직 내게 혐의가 전혀 없다는 사실을 알겠군. 나는 절대 아이들을 납치하지 않았소."

"당신 말이 옳소. 당신이 그런 음모를 꾸몄다고 해도 체포할 수는 없지. 하지만 크롬웰 직업소개소에서 벌인 절도 행각을 명목으로 체포할 수 있을게요."

"정확히 내가 무엇을 훔쳤단 말이오?"

홈스의 말에 가짜 당주가 물었다.

"저택을 수색해보시오. 어떠한 증거도 찾을 수 없겠지만."

"곧 그리할 것이오."

홈스의 말에 가짜 당주가 자신만만하게 말했다.

홈스는 가짜 브레이스웰 당주가 서류철을 어떻게 했으리라 의심하고 있을까?

"마음대로 하시오. 수색을 시작하고 싶은 곳이 있으면 말해주시오. 안내해드리리다."

"당신이 누구든 그럴 필요는 없소. 들킬 게 뻔한데 훔친 물건을 저택에 놔뒀을 리 없지. 그런데 5월 중순 치고 벽난로 불이 꽤 거세군. 왓슨, 서류철이라면 꽤나 좋은 불쏘시개가 되지 않겠나?"

"또 근거 없는 소리를 하는군."

홈스에 말에 가짜 당주가 벽난로를 슬쩍 보더니 씨익 웃으며 말했다. 홈스는 아랑곳하지 않고 말했다.

"그럴지도 모르지. 왓슨, 괜찮다면 벽난로를 확인해주겠나?"

나는 타닥타닥 소리를 내며 타오르는 벽 난롯불과 그 주변을

살펴보았다. 벽난로 구석에 타다 남은 종잇조각들이 남아있었다. 종잇조각 하나에 'ㅋ'이 적혀있었고 다른 하나에는 반쯤 탄 'ㄴ'이 적혀있었다.

"이거면 충분하겠군."

"봤소? 증거가 전혀 없지 않소."

가짜 당주의 말에 내가 맞받아쳤다.

"그렇지 않소. 'ㅋ'은 스토퍼 씨가 들고 있던 문서에 있던 크롬웰 직업소개소의 장식문자와 일치하오."

가짜 당주가 더 자신만만하게 말했다.

"크롬웰에는 'ㄴ'이 없잖소. 당신네의 주장과 어긋나는군."

"크롬웰의 'ㄹ' 일부가 타버려서 'ㄴ'처럼 보이는 거요."

가짜 당주의 말에 나는 다시 한 번 반박했다. 레스트레이드 경감은 타버린 종잇조각을 주머니에 넣어 증거로 보존하였다.

"당신의 도움이 필요하오."

홈스가 단도직입적으로 말했다. 이번에는 가짜 당주가 놀랄 차례였다. 그는 홈스의 말을 반복했다.

"도움이라고?"

"아이들에게 해가 갈 원치 않을 것 아니오? 내가 완전히 틀린 게 아니라면 아이들은 당신의 친척일지도 모를 텐데. 아이들을 찾게 도와주시오. 술을 한잔하면 마음이 진정될지도 모르겠군."

홈스는 마치 베이커가에 있는 자기 집에라도 온 듯 가운데에 줄이 그어진 커다란 지구본을 향해 천천히 걸어갔다. 홈스는 가

> 왓슨이 종잇조각에서 알아본 글자는 무엇일까?

짜 당주에게서 눈을 떼지 않은 채로 지구본을 돌리더니 그 아래 손을 뻗어 무언가를 눌렀다. 그러자 딸깍하는 소리가 들렸다. 홈스는 지구본의 북반구를 위로 열더니 그 안에서 디캔터와 유리잔 몇 개를 꺼내 우리에게 한 잔씩 따라주었다. 홈스가 술잔을 나눠줄 때 가짜 당주가 어떤 손으로 받는지 지켜보았다.

홈스는 어떻게 지구본이 열릴 줄 알고 있었을까? 여는 방법은 어떻게 알았을까?

아니나 다를까 가짜 당주는 왼손으로 술잔을 단단히 쥐는 게 아닌가. 나는 홈스가 어떻게 지구본에 술병 세트가 있는 걸 알았는지도 궁금해졌다. 내가 본 것이라곤 지구본의 어딘가를 누르더니 지구본을 위로 여는 홈스의 모습뿐이었다.

홈스가 내 표정을 읽었는지 설명을 시작했다.

"서재에서 두 가지가 눈에 띄더군. 바로 지구본에 이음새가 있다는 점과 술병과 술잔이 보이지 않는다는 점이었네. 어찌 됐건 이 방은 서재이지 않나. 브레이스웰 가문이 국제 무역과 연관이 있는 데다 지구본 크기가 디캔터를 넣어두기 적절해 보여서 미리 알고 있던 사실을 토대로 호주 대륙을 눌러보았지."

홈스는 가짜 당주에게 몸을 돌려 물었다.

"당신 사연을 얘기해주겠소?"

홈스의 말에 가짜 당주는 차분히 자기 사연을 털어놓기 시작했다.

"나는 피터 브룩스요. 나도 필립 브레이스웰과 마찬가지로 이 저택을 소유할 권리가 있소. 내 어머니 플로렌스가 가출하자 필립의 조부는 내 어머니를 버렸소. 나는 가난밖에 모르고 자랐지.

필립에게 원한은 없소. 내가 만나본 사람들의 얘기를 들어보니 좋은 사람이더군. 필립의 아내가 죽었다는 소문을 듣고 수소문해 보았소. 필립을 처음 봤을 때 큰 충격을 받았소. 마치 기울어진 거울을 들여다보는 듯했으니 말이오. 우리 둘의 얼굴은 기괴할 정도로 닮았었소. 필립이 호주 사무소에서 사업에 위기가 닥쳤으니 장기간 저택을 비운다는 사실을 깨달았소.

나는 웨스트우드 저택의 하인들을 조사하기 시작했소. 먼저 해리 멀린스에게 접근했지. 멀린스를 따라 술집으로 가서 내가 필립 브레이스웰의 자리를 꿰차고 저택을 관리하도록 돕는다면 빚을 어느 정도 대신 갚아주겠다고 했소. 거래는 성사되었고 나는 첫 글자가 새겨진 필립의 담뱃갑을 멀린스에게 주기로 약속했소. 원래는 그 담뱃갑을 내가 브레이스웰 당주라는 '증거'로 삼으려 했소. 필립과 첫 글자가 같으니 말이오. 우리 둘은 클레멘스 부인을 설득해 비밀 연금을 만들어 주는 조건으로 내 계획에 동참시켰소. 모든 게 잘 돌아가던 중 멀린스가 갑자기 일을 그만두게 되었고, 대신 내 조카들을 맡아줄 사람이 필요했소. 가정교사를 고용하는 것이 최선일 듯해 클레멘스 부인에게 일을 맡겼소. 하지만 스토퍼 씨가 내 정체를 파악하고는 이 일을 경찰에 알리겠다고 했소. 다시 한 번 브레이스웰 가문의 재산에 손을 대 스토퍼 씨에게 사무소를 차려주기로 했지. 그렇게 해야 하인들을 새로 고용해 내가 진짜 브레이스웰 경인 줄 알게 할 테니 말이오. 물론 그 후 멀린스가 살해당하고 아이들이 납치되자 당신들이 내 집 앞에 나타났지."

가만히 이야기를 듣던 홈스가 물었다.

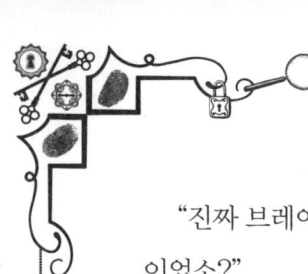

"진짜 브레이스웰 경이 돌아오고 나면 어떻게 빠져나갈 생각이었소?"

"내 어머니께서 말씀하시길 이 집은 내가 받을 유산의 일부라 했소. 그리고 1층의 괘종시계가 그 열쇠라고 하셨지. 내가 필립의 사촌이라는 사실을 밝힐 때 이 저택을 유산으로 나눠 받을 증거를 찾길 바랐소만, 아무리 그 괘종시계를 뒤져봐도 열쇠는 보이지 않았소. 그저 그 시계가 망가져 제대로 작동하지 않는다는 사실만 알게 됐을 뿐이었지. 하지만 덕분에 꽤 거칠게 다뤘는데도 티가 나지 않았소."

"이제 아이들을 되찾을 시간이오."

홈스가 우리 모두에게 당면한 문제를 상기시켰다.

"당신 조카들을 찾게 도와주겠소? 마지막에 아이들이 있던 곳은 잠긴 마차 객실이었소. 두 가지 가능성이 있소. 아이들은 납치되어 감금되었거나, 실종됐지만 위험에 처하진 않았을 수도 있소."

홈스의 말을 들은 브룩스가 대답했다.

"홈스 씨, 이 가문에 대한 조사를 그만둔다는 조건으로 당신들을 돕겠소. 내 명령 하에 하인들이 저지른 일은 전부 내가 책임지겠소. 내 그릇된 결정을 했을 수도 있으나, 나도 그리 나쁜 사람은 아니오. 당신 말을 따를 테니 어떻게 해야 할지 말해주시오."

홈스가 단호한 어조로 말했다.

"결정하시오. 당신 조카들을 찾으러 가는 데 동참할지, 아니면 여기 머무를지. 아이들을 찾는다면 아이들의 보호자 역할을 계속할 수 있을 것이오. 혹여 몸값을 요구해온다면 브레이스웰 경으로

서 몸값을 지불하고 아이들을 돌려받을 수 있을 것이오."

홈스가 내게 말했다.

"이제 가세. 어쩌면 가는 길에 포먼 양을 만나 이전 진술에 대해 확인도 하고 사건을 어느 정도 마무리할 수 있을지도 모르겠군."

아이들이 납치되어 감금되었다고 생각하면 82쪽으로 가세요.

아이들이 실종됐지만 위험에 처하지 않았다고 생각하면 188쪽으로 가세요.

아멜리아 포먼의 진술서에서 발췌한 내용

지금까지 내 기억을 토대로 이 이야기를 구성하였다. 물론 칭찬보다 비판에 더 솔직한 홈스가 간간이 핀잔을 주기도 했고 전보, 신문, 일기와 같은 자료도 사용했다. 그러나 때가 무르익은 만큼 이야기의 진행을 전혀 다른 사람에게 맡기고자 한다. 그 이유는 곧바로 알 수 있을 것이다. 포먼 양은 다음과 같은 진술서를 남겼다.

나의 진술서: 아멜리아 포먼

셜록 홈스 씨, 당신이 이 편지를 읽는다면 깜짝 놀라겠지요. 당신이라면 제가 말한 내용 전부를, 아니면 일부분이라도 추측했겠지만, 제가 무엇을 했고 하지 않았는지에 대해 당신이 오해하길 바라지 않아요. 홈스 씨가 읽은 제 일기 내용은 전부 사실이에요. 저는 가난한 집안의 장녀로 태어났어요. 우리 가족은 종종 허기진 배를 안고 잠자리에 들어야 했고요. 이건 제가 아주 어릴 때 모든 것이 바뀌었기 때문이에요.

어머니가 양아버지와 혼인하셨을 때 두 분이 아이를 가지며 가족이 늘어났어요. 그리고 양아버지가 돌아가실 때까지 오래오래 행복하게 살았답

진술서의 날짜는 며칠일까?

니다. 양아버지가 돌아가신 후 저는 제 친부에 대해 알게 됐어요. 제가 태어난 지 얼마 안 됐을 때 불쌍한 우리 어머니를 버리고 간 사람이었죠. 어머니는 그 이상은 말씀하지 않으시며 이미 지나간 일이니 잊고 사는 게 낫다고 하셨어요. 저는 어머니와 의붓동생들의 생계를 돕기 위해 일자리를 찾아야 했어요. 크롬웰 직업소개소에 찾아가자 바로 한 가정에 파견되어 짧은 기간 동안 일할 수 있었어요. 그 가족이 프랑스에 이민을 가자 저는 경력을 쌓고 크롬웰 직업소개소로 돌아올 수 있었죠. 그 후 제가 상상할 수 없는 연봉의 일자리를 제안받은 것도 사실이에요.

마지막 일기를 쓴 후 무슨 일이 일어났는지 당연히 궁금하시겠죠. 그때 일어난 일부터 다시 말씀드릴게요. 마차 안에서 저는 아이들을 조용히 시키고 지도 퍼즐을 풀게 했어요. 저는 일기를 다 쓴 후 마음을 다잡고 객실 문을 열고 나갔어요. 그리고 아이들을 보호하기 위해 문을 다시 잠갔죠. 제 거짓말은 이때부터 시작됐어요.

마차 밖에는 비가 억수같이 쏟아지고 있었어요. 저는 문 앞에 멈춰 서서 주변을 둘러봤어요. 앞으로 무슨 일이 닥칠지 몰랐지만, 저는 무엇 때문에 마차가 멈췄는지 확인하기로 마음먹었어요. 그때 마차 뒤쪽의 짐칸에서 이상한 소리가 났어요. 그래서 무슨 일인지 보려고 뒤쪽으로 가보니 마부가 어떤 사람의 시신을 짐칸에서 꺼내려고 애쓰고 있었어요. 제가 다가가자 예상대로 마부는 저를 쳐다봤죠.

저는 비위가 약하지 않답니다. 제가 겁을 먹지 않자 오히려 마부가 더 놀랐던 것 같았어요. 하지만 반대로 마부의 침착함에 안심할 수 있었어요. 그가 저나 아이들을 해할 인물이 아니라는 확신이 들었으니까요.

"아이들을 내버려 두고 객실을 나올 줄은 몰랐소, 아가씨."

"아이들의 안전을 책임지려고 나왔어요. 객실 문을 잠가뒀으니 당장은 안전해요. 그 사람 다쳤나요?"

제가 시체 쪽으로 고개를 돌리며 묻자 마부가 말했어요.

"죽은 지 좀 됐소. 괴물 한 마리가 지옥에 떨어졌으니 사탄이 좋아라 하겠지."

세찬 빗소리에 우리는 서로의 말을 거의 알아듣지 못했어요. 마부는 우리가 탄 마차 뒤쪽으로 그리 멀리 떨어지지 않은 곳에 세워둔 마차로 저를 안내했고 저는 마부를 따라갔어요. 마부가 객실 문을 열어줘서 우리는 객실 안으로 들어갔어요. 서로 마주 보고 앉았고 마부는 떨리는 손으로 시가에 불을 붙였어요.

마부는 볼리바르 시가를 몇 번 피우더니 매우 차분해졌어요. 향기로운 담배 향에 진정한 듯 싶었죠. 잠시 후 마부는 용기를 끌어모으려는 듯 자세를 고쳐 앉았어요.

"내 이름은 조지 헤윗이요. 아가씨는 모든 걸 봤으니 묻고 싶은 게 있다면 뭐든지 물어보시오. 거짓말은 하지 않겠소. 약속하오. 그자를 죽인 게 바로 나요. 아마 교수형을 피하진 못하겠지. 하지만 나는 이미 다 받아들였소. 실상은 보는 것과 많이 다르오. 내가 처벌을 받게 된다면 누군가는 이 일의 전말을 알아야 편히 눈을 감을 것 같소."

심각한 상황이었지만 저는 바로 호기심이 동해 조지 씨에게 물었어요.

"살해당한 사람은 누구죠?"

"지난 몇 년 일해온 브레이스웰 경의 마부요. 그리고 아주 막돼먹은 자요. 아가씨는 브레이스웰 경의 마부를 만난 적이 없으니 내가 그자인 척했소. 당신을 이용해 확실한 알리바이를 꾸미려 했소."

"하지만 어째서요?"

"나는 그자가 죽길 바랐소. 하지만 사고사처럼 보이게 해야 했소. 브레이스웰 경은 좋은 사람이요. 오랫동안 우리 집안은 브레이스웰 가문에서 관리인으로 일해왔소. 하지만 지난 두 세대 동안은 그저 세입자에 불과했소. 내 조부는 브레이스웰 당주의 조부인 에드워드 브레이스웰 경과 마

시가의 브랜드는 무엇일까?

찰이 있었소. 그래서 일자리를 잃고 쫓겨났지. 세실 브레이스웰이 호주로 가버린 후 내 부친과의 관계도 끊어져버렸소. 현 브레이스웰 경이 당주가 된 이후에야 겨우 조상 대대로 내려오는 부지 관리인으로서의 관계를 어느 정도 회복할 수 있게 됐소."

조지 씨는 손가락에 낀 커다란 반지를 돌리며 말했어요. 반지에는 장식이 된 'H'가 새겨져 있었죠.

"하지만 필립 브레이스웰 경은 멀린스에게 너무 많은 일을 맡겼소. 세입자의 집세를 받는 일까지 말이요. 그 불한당은 상상할 수 있는 모든 방법을 동원해 자기 권력을 휘둘렀소. 그래서 놈이 브레이스웰 경의 비호 아래 돈을 갈취했지만 어찌할 도리가 없었소. 웨스트우드 저택으로 가 브레이스웰 경을 설득해보려 했으나 접견조차 거부당했소. 결국, 당주의 부하인 멀린스와 문제를 해결해야만 했소. 그래서 어느 날 밤 동네 술집에서 도박이 끝난 뒤 멀린스를 설득하려 했소. 술에 취한 멀린스는 내 면전에 대고 비웃더니 이젠 서로 얼굴 볼일도 얼마 남지 않았다고 했소. 내가 집세를 늦게 냈으니 내 집을 뺏어갈 거라 했지. 나는 폭력과는 담을 쌓고 지냈으나 그때는 어쩔 수 없었소. 마을 사람들 모두가 그렇듯 나도 그자가 다니는 길을 잘 알고 있었소. 그래서 어젯밤 그자를 따라 동네 술집으로 들어갔소. 그리고 멀린스가 극악무도한 자에게 큰 액수의 돈을 빌렸다는 사실을 알게 됐소. 누구인지는 이름조차 입에 올리고 싶지 않소. 그때 사람들의 시선을 피해 멀린스를 제거할 방법이 떠올랐소. 그래서 멀린스의 술에 몰래 약을 탔소. 약은 친구에게서 얻었소. 약방에서 약을 사면 흔적이 너무 많이 남았을 테니까."

헤윗은 어디서 약물을 구했을까?

누구에게서 약을 얻었을지는 지금에서야 생각해보니 자연스레 답이 떠올랐어요.

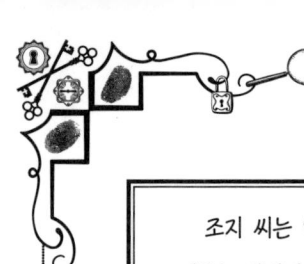

조지 씨는 약물을 켐프 부인한테서 얻은 게 틀림없었어요. 텃밭에서 키우는 양귀비로 만든 아편 물약이었겠죠. 저 또한 그 약물을 차에 조금 타 마시며 치료를 받았으니까요. 이야기가 잠시 샜네요. 다시 조지 씨가 자기 이야기를 계속 털어놓는 마차 안으로 돌아갈게요.

"친구 둘과 함께 멀린스를 술집 밖으로 끌어냈소. 그 친구들의 이름은 절대 밝히지 않을 생각이오. 멀린스는 그저 술에 많이 취해 있어 보였기에 그리 의심받지는 않았소. 아편 약물을 마신 멀린스는 얌전히 있었소. 그래서 사람들 눈에서 벗어난 후…… 멀린스를 살해했소……. 놈의 검은 심장에 총을 쐈소."

저는 잠시 시간을 들여 사실을 받아들인 뒤 조지 씨에게 물었어요.

"하지만 어째서 멀린스인 척하셨나요? 어째서 아이들과 저를 역에서 데려가셨어요?"

"멀린스의 시신이 지금과 같은 불가사의한 상황에서 발견되면 용의선상에서 벗어나리라 생각했소. 멀린스가 그자에게 빚을 졌으니 더더욱 날 의심하지 않을 테고. 아가씨는 내 알리바이가 되어주리라 생각했소. 아가씨는 아이들의 안전만 신경 쓸 테니 말이오. 멀린스는 제 업보를 받은 듯 보였을 거요. 멀린스의 시신에서 꽤 큰 금액을 발견했지만 그 돈을 가져가진 않았소. 그동안 멀린스가 우리 돈을 착취했는데도 말이오. 내가 유일하게 죄책감을 느끼는 사람은 멀린스의 애인이오. 결국, 멀린스가 어떻게 죽었는지 알지 못할 테니 말이오."

"멀린스에게 정인이 있었나요?"

제가 묻자 조지 씨는 제게 목걸이를 넘겨줬어요.

"멀린스의 시신에서 이걸 발견했소."

저는 목걸이를 열어 그 안에 있는 초상화를 보고는 큰 충격을 받고 말아 손까지 떨리기 시작했어요.

"왜 그러시오?"

　　조지 씨가 놀라 소리쳤어요. 조지 씨는 손을 뻗어 떨리는 제 손을 잡아 주셨어요. 제 목소리는 떨렸고 말까지 더듬거렸어요.
　　"초상화에 있는 사람이 저의 어머니예요. 그럼……. 조지 씨가 말한 그 끔찍한 사람이…… 제 친부인 거예요!"
　　"해리 멀린스가 아가씨의 부친이란 말이오?"
　　조지 씨의 얼굴에 죄책감과 당황스러움이 스쳐 지나가는 게 보였어요. 다른 사람도 아니고 피해자의 핏줄한테 살인을 실토했다는 사실을 깨달았을 테니까요.
　　충격이 가시자 저는 정신을 차렸어요.
　　"전 멀린스에 대해 전혀 알지도 못했고 오늘이 될 때까지 직접 본 적도 없었어요. 저도 멀린스가 나쁜 사람이란 말에 동의해요. 멀린스가 어머니를 버리고 가버리는 바람에 어머니는 홀로 저를 키우셔야만 했어요. 그리고 제 양아버지를 만나실 때까지 끔찍한 환경에서 일해야만 하셨죠."
　　저는 이 말을 하면서 조지 헤윗 씨의 눈을 똑바로 바라봤어요.
　　"멀린스는 죗값을 치른 거예요. 이젠 어떻게 하실 건가요?"
　　제 말에 안심한 조지 씨는 다시 입을 열었어요.
　　"그렇다 한들 변하는 건 아무것도 없소. 브레이스웰 마차로 돌아가서 날 본 적 없는 척해주시오. 약속하시겠소?"
　　"약속할게요. 그런데 제가 도와드릴 수 있지 않을까요?"
　　저는 조지 씨의 상황을 동정했어요. 마차 짐칸에 있던 시신이 제 가족과 연관되어 있다는 사실에 충격을 받았지만 멀린스를 동정하진 않았어요. 저 또한 집주인의 횡포를 겪어봐서 조지 씨의 마음을 잘 알고 있었고요.
　　"어떻게 도울 생각이오?"
　　"아이들이 잠시 사라지면 어떨까요? 그럼 수사 방향이 아이들을 안전하게 되찾는 쪽으로 기울 거예요."

그렇게 말했지만 제 머릿속은 빙빙 도는 것 같았어요. 조지 씨는 제 말에 반대했어요.

"아이들을 해칠 생각은 없소. 아이들은 이 일과 무관하오."

"저도 마찬가지예요. 하지만 아이들을 집에 숨기면 어떨까요? 웨스트우드 저택에요. 아무도 알지 못할 거예요. 조지 씨가 도망칠 시간을 벌어 줄지도 모르고요. 안전한 곳으로 도망친 후 아이들이 어디 있는지 경찰에 알리면 되잖아요."

제 말에 조지 씨는 흥분해 눈을 반짝였어요.

"저택의 어디에 아이들을 숨기면 좋을지 알고 있소. 우릴 도와줄 사람도 있고."

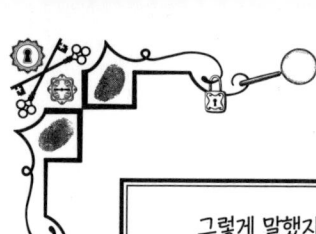

헤윗은 누구의 도움을 받으려는 걸까?

이번엔 제가 놀랄 차례였어요. 이 상황에서 다른 누군가가 도와줄 수 있으리라 생각지 못했거든요.

"기억하는지 모르겠소만, 우리 집안은 대대로 브레이스웰 저택의 관리인이었소. 그래서 전해져 내려오는 이야기들도 있소. 현 브레이스웰 당주의 조부가 죽고 몇 년 후 당주의 부친이 호주에서 돌아왔을 때, 우리 집안 사람 중 몇 명이 관리인으로 돌아가고자 했소. 하녀장인 클레멘스 부인이 내 누이오. 클레멘스라면 아이들을 감출 수 있게 도와줄 거요."

조지 씨가 흥분하며 말했어요.

클레멘스 부인은 친절하신 분이라 소개장과 지원서만 보고 저를 고용하셨어요. 그런 친절한 분을 범죄에 가담시킬 생각은 추호도 없었지만 다른 방도가 없었어요. 하지만 솔직히 말해서 클레멘스 부인은 끝내 우리가 무슨 일을 했는지 전혀 알지도 못했고, 아이들을 숨기는 일에 전혀 가담하지도 않았어요.

우리는 브레이스웰 경의 마차로 돌아왔어요. 조지 씨는 다 피운 시가를 버리고 멀린스의 시신이 들어있는 짐칸을 닫았어요. 하지만 그전에 제

어머니의 초상화가 들어있는 목걸이를 멀린스의 주머니에 되돌려 놓았죠. 우리는 아이들을 데리고 웨스트우드 저택으로 향했어요.

그날 저녁 클레멘스 부인이 편찮으셨기 때문에 다행히 아무도 마주치지 않고 집안으로 숨어 들어갈 수 있었어요. 그리고 다른 사람들은 존재조차 모르는 비밀 장소에 아이들을 숨겼어요. 홈스 씨, 저택에 있는 괘종시계는 망가진 이유가 있어요. 괘종시계의 퍼즐을 풀면 비밀 문이 열리고 숨겨진 방들이 나오죠. 오래된 저택들은 비밀을 숨기고 있기도 해요. 이 저택의 경우, 그 비밀이 조지 씨의 집안 대대로 전해져 내려왔고 괘종시계 뒤에 있는 문을 열 수 있는 시도 같이 전해졌어요.

**얘들아, 저녁 시간이란다. 그네를 멈추렴.
아가씨의 가슴은 뱃사람을 위해 뛰고, 새들이 노래하기 시작하는구나.
검은 새 파이가 준비됐으니 저녁 먹을 시각이 됐단다.
한 시간 안에 먹으면 놀 시간이 더 늘어나겠지.**

아이들에게는 놀이를 할 거라고 말해줬고, 아이들은 저택의 비밀을 알게 되어 신이 났어요. 아이들에게 먹고 마실 식량을 충분히 주고 난 후 괘종시계 문을 잠갔어요. 홈스 씨도 실종 사건을 조사할 때 다른 곳보다 저택 자체에 주목하셨겠죠.

아이들을 잘 숨긴 뒤 마차를 타고 원래 멈췄던 곳으로 되돌아가 사건 현장을 꾸몄어요. 진흙탕에 떨어져 있는 시가 꽁초를 보고 정확한 자리를 찾을 수 있었죠. 이제 멀린스의 시신을 어떻게 마부석에 올려놨을지 궁금하시겠죠?

비가 내리는 데다 땅은 진창이 되어 움직이기 무척 힘들었어요. 조지 씨가 마차 뒤쪽 짐칸에서 시신을 꺼내 어깨에 들쳐업고 마차 앞까지 옮겼

어요. 그리고 마차 옆에 있던 밧줄을 시신의 겨드랑이에 둘러 묶은 뒤 마부석 근처에 있는 철제 고리에 밧줄을 넣고 잡아당겼어요. 조지 씨는 이렇게 급조한 도르래로 밧줄을 당겨 멀린스의 시신을 위로 끌어 올렸고, 저는 시신을 마부석으로 밀어 넣었어요.

한번은 조지 씨가 진창에 미끄러질 뻔했어요. 마차를 손으로 짚어 다행히 넘어지지는 않았죠. 하지만 조지 씨 손에 낀 커다란 반지가 마차의 옆면을 긁으며 자국을 남겼어요. 그리고 멀린스의 시신이 제 머리를 덮치는 바람에 저는 대낮에 별을 봐야 했고요. 그 덕분에 어지러워서 밧줄을 꼭 잡아야 했어요. 조지 씨가 다시 제대로 일어서더니 마부석으로 올라가 멀린스의 시신을 옮겨 마차 바퀴 쪽으로 고꾸라지게 했어요. 그 뒤 밧줄을 풀러 마차 옆에 되돌려 놓고 마차 객실 문을 잠갔어요.

저는 신경이 온통 곤두서 있었어요. 끔찍한 날씨 속에 너무 오랜 시간 동안 있었던 데다 머리까지 한 대 맞아서 몸 상태가 좋지 못했어요. 조지 씨는 저를 우편 마차에 태워 켐프 부인 댁으로 데려다주셨어요. 켐프 부인이 직접 만든 안정제를 주신 덕에 긴장도 풀리고 현기증도 금세 가셨어요. 조지 씨는 그 직후 경찰서로 가서 신고를 하셨죠.

저는 이번 범죄에 너무 깊이 연루되어 더 이상 방조자가 아니게 됐어요. 특히나 제 친부가 누군지 밝혀졌으니까요. 조지 씨가 먼저 그랬듯 저도 이만 떠나야 해요. 제 가족은 제가 한 일에 대해 전혀 모르니 안심하세요. 일자리 하나 얻었다가 범죄자가 될 줄 누가 알았을까요? 하지만 조지 씨의 절박한 표정을 보셨더라면 홈스 씨도 똑같이 했을 거라 확신해요.

다음에는 좀 더 나은 상황에서 만나길 바라요.

아멜리아 포먼

아멜리아의 진술서를 다 읽은 뒤 홈스는 잠시 파이프 담배를 피웠다. 그러다 마침내 운을 뗐다.

"내가 틀렸네. 확실한 증거를 얻을 생각만 했네. 포먼 양과 조지 헤윗의 증언을 비교하기만 했다는 말일세. 하지만 두 사람이 공범일 가능성은 빠뜨리고 말았군."

"너무 자책하진 말게."

레스트레이드 경감이 위로의 말을 건넸다. 하지만 동료이자 경쟁자인 홈스가 완벽한 패배를 맞이한 모습에 경감은 기쁨을 감추지 못했다. 경감은 모자를 만지작거리더니 이내 웃음이 새어 나오는 걸 감추느라 헛기침까지 했다. 나는 홈스에게 장담하듯 말했다.

"홈스, 자네 없이는 여기까지 오지도 못했을 걸세."

웨스트우드 저택으로 돌아온 우리는 클레멘스 부인을 찾아 자초지종을 설명해줬다. 부인은 우리를 괘종시계로 안내했고, 비밀 열쇠인 시구를 따라 괘종시계를 움직이자 비밀의 방이 나타났다.

괘종시계 뒤의 문을 열려면 어떤 순서로 시계를 움직여야 할까?

얘들아, 저녁 시간이란다. 그네를 멈추렴.

먼저 괘종시계의 추를 멈췄다.

아가씨의 가슴은 뱃사람을 위해 뛰고, 새들이 노래하기 시작하는구나.

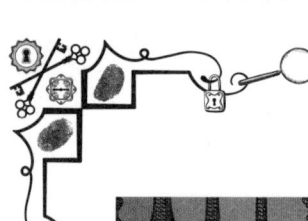
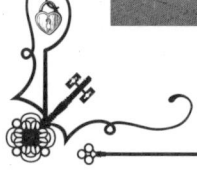

그다음 아가씨 조각상이 서 있는 곳에 있는 하트 모양 돌을 눌렀다. 아니나 다를까 그 위에 있는 새들이 지저귀기 시작하더니 기계로 된 부리를 움직이며 노래를 하지 않겠는가.

검은 새 파이《마더구스》에 나오는 〈검은 새 파이〉라는 노래 – 역주**가 준비됐으니 저녁 먹을 시각이 됐단다.**

네 마리와 스무 마리의 검은 새를 파이에 넣고 구웠으니 시침과 분침을 4시 20분으로 맞췄다.

한 시간 안에 먹으면 놀 시간이 더 늘어나겠지.

한 시간을 더 돌려 5시 20분으로 만들었다.
우리는 아이들과 함께 편지도 하나 발견했다. 좀 더 정확하게 말하자면 아이들이 숨겨진 방에 있는 많은 상자 중 하나에서 편지를 발견하였다. 아이들이 이미 편지 내용을 해독해놓았다. 이 편지는 브레이스웰 당주의 조부가 쓴 것으로, 아무도 예상치 못한 물건이었다.

나의 후손들에게

파란만장한 일생을 보내며 나는 여러 해에 걸쳐 내가 우리 가문의 영광을 되찾고, 내가 망친 아들과의 관계는 물론 우리 가문에 의지하는 이 마을과의 관계 또한 회복하기 위해 부단히 노력하였다.

으레 사람이 그렇듯 이제는 임종을 맞게 되어 너무 오랫동안 비밀로 간직하던 일을 말하고자 한다. 20년도 더 되기 전 나에게는 딸아이가 있었다.

로즈메리처럼 고운 그 아이는 내가 본 아이 중 가장 아름다웠다.

라일락 꽃 같은 그 아이는 어릴 때부터 무척 착해서 나는 그 아이를 무척 사랑하였다. 딸아이가 커갈수록 자연스레 구혼자들이 생기기 시작했다.

오래지 않아 딸에게 어울리는 사회적 지위를 가진 남자를 찾아줘야 한다는 걸 알게 되었다.

루비콘강을 건넌 것은 그때였다. 어느 날 딸아이가 내게 허락을 구하기는커녕, 내게 알리지도 않고 덜컥 혼인했다는 사실을 알게 되었다.

에돌아 가는 성격이 아닌 나는 결국 분을 이기지 못해 오늘날까지 깊이 후회할 일을 저지르고 말았다. 그 아이를 집에서 내쫓으며 의절까지 해버렸던 것이다.

나는 어리석게도 그 이후 딸아이를 한 번도 보지 못하였다.

수십 년이 흐른 지금이라도 딸아이나 그 자손이 살아있다면 나는 그러지 못한 만큼 내 아들과 그 자손들은 이들을 보살펴주었으면 한다.

으레 하는 말이나 만약 이러한 지독한 운명이 아니었다면, 내게 좀 더 인내심이 있었다면, 오늘날 아주 다른 모습이었으리라.

에드워드 브레이스웰 경

편지를 다 읽은 홈스가 말했다.

"아, 왓슨. 고인이 남긴 이 편지에 매우 관심을 가질 사람들이 있지 않겠나. 그 사람들에게 꼭 전해줘야겠네."

"고인은 임종 직전에서야 진심으로 후회했군. 브레이스웰 가문이 플로렌스 씨를 찾을 수 있길 바랄 수밖에."

내가 씁쓸하게 말하자 홈스는 분위기를 전환하려는 듯 기운차게 말했다.

"이곳에서의 볼일은 이제 끝이 났지만 우리 일은 아직 끝나지 않았네. 풀어야 할 수수께끼가 또 하나 있으니 말일세. 런던 자연사 박물관 침입 사건을 잊으면 안 되지 않겠나. 그러니 베이커가로 돌아가서 그렉슨 경감을 만나보세."

에드워드 브레이스웰 경이 편지에 숨겨놓은 메시지는 무엇일까?

이제 *235쪽*으로 가세요.

"브레이스웰 경부터 만나보세."

홈스가 대답했다.

"브레이스웰 경이 멀린스에 대해 말해줄 수도 있고 웨스트우드 저택으로 가는 길에 남아있는 범죄 현장도 조사해볼 수 있을 테니. 브레이스웰 경을 만난 후에는 경찰서에 들러 마차도 조사해볼 수 있고. 시간은 금일세, 왓슨. 범죄 현장이 더 훼손되기 전에 출발하세."

홈스는 손을 흔들어 마차를 잡더니 마부에게 어디로 갈지 알려 줬다.

이제 18쪽으로 가세요.

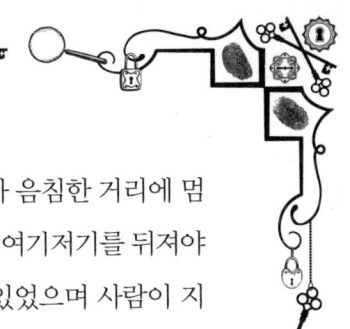

조지 헤윗은 허름한 동네에 살았다. 마차가 음침한 거리에 멈춰 섰고 우리는 헤윗의 집을 찾아 어두운 골목 여기저기를 뒤져야 했다. 길바닥에 쥐가 다니고 쓰레기가 널려 있었으며 사람이 지나갈 때마다 떠돌이 개들이 으르렁거리고 짖어댔다. 레스트레이드 경감이 준 주소는 비에 젖어 잉크가 번지는 바람에 거의 무용지물이나 다름없었다.

게다가 주소가 적힌 대문이 하나도 보이지 않았다. 표지판도 없고 지나가는 주민조차 없었다. 홈스와 나는 주변을 돌아다니다 차양이 있는 대문 앞에서 비를 피하며 젖어서 번진 주소를 알아내려 애썼다. 잠시 후 홈스가 가벼운 탄성을 내질렀다.

"아, 드디어 알겠군. 헤윗은 로럴로路 136번지에 살고 있네. 아마도 여기 근처 어딘가일 걸세."

우리는 길을 따라 가봤지만 136번지라고 적힌 문은 찾을 수가 없었다. 그때 홈스가 골목 끝에서 어떤 문을 발견했는데 가득 찬 우편함에서 우편물들이 삐져나와 있었다.

"유일하게 우편물이 있는 대문이 우리가 찾는 우체부의 집 대문이라면 굉장하지 않겠나?"

"정말 그렇겠군, 홈스!"

조지 헤윗의 주소는 무엇일까?

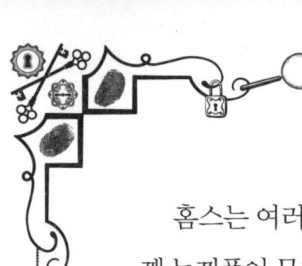

홈스는 여러 차례 대문을 두들겼다. 한참이 지나서야 잠이 덜 깨 눈꺼풀이 무거운 우체부가 문을 열었다.

우체부 헤윗은 중년 남성으로 짙은 구레나룻과 두꺼운 콧수염이 서로 이어져 있었다. 그는 자다 깨서 짜증이 잔뜩 났지만 동시에 누가 왔는지도 궁금한 표정이었다. 홈스가 우리를 소개하고 사건에 대해 몇 가지 물어도 괜찮겠냐고 묻자 헤윗은 짧게 대답했다.

"진술서는 이미 제출했소."

"잘 알고 있소만 당사자에게 직접 듣고 싶어서 왔소. 간밤에 보고 들은 것이 무엇인지 말해준다면 금화 1파운드를 주겠소."

"난 가난한 사람이오. 하지만 나도 자긍심이 있소. 금화는 넣어두시오. 살인마를 잡아 동네를 안전하게 만든다는데 기꺼이 도와야지."

홈스가 고개 숙여 인사했다.

"최선을 다하겠소."

헤윗은 우리를 집안으로 들였다. 집안에는 가구가 거의 없었다. 탁자나 의자조차 없었다. 가구라곤 뒤집어 놓은 오렌지 상자뿐이었다. 방안은 지저분하기 짝이 없었고 창문도 전부 막혀 있었다. 헤윗은 초에 불을 붙였다. 금색 촛대는 화살을 쏘려는 큐피드의 모습이 조각되어 있었다. 깜빡이는 촛불은 집안을 아주 약간 밝힐 뿐이었다. 내부는 엉망일지라도 집 자체는 튼튼해 보였다. 벽과 문들도 두껍고 단단해 보였다. 밖에서 개 한 마리가 울부짖자 다른 개들이 연이어 짖어댔다. 헤윗은 웃옷을 걸치고 눈을 비비며 말했다.

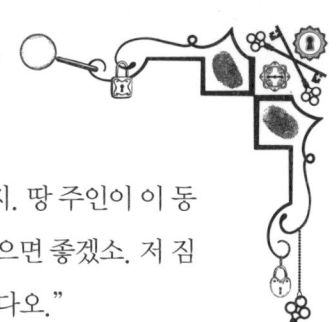

"망할 짐승들 같으니! 사람이 잠을 자야 살지. 땅 주인이 이 동네에 좀 더 관심을 가져서 저 개들도 좀 쫓아줬으면 좋겠소. 저 짐승들은 배달하는 우체부한테도 위험 요소가 된다오."

홈스가 헤윗의 말에 맞장구를 쳤다.

"그렇군요. 협조해주셔서 감사하오."

"물론이오. 가정교사는 어떻소? 이름이 포먼 양이랬던가?"

"아직 켐프 부인의 집에 있는 포먼 양은 만나보지 않았소."

"켐프 부인도 나처럼 그리 까다롭지 않은 사람이오. 하지만 켐프 부인의 집은 상류층 집들처럼 훌륭하오. 어쩌면 그보다 훨씬 훌륭할지도 모르지."

"다행이군요. 어제 근무 중 무슨 일이 일어났는지 말해주시겠소?"

홈스의 물음에 헤윗이 차분하게 대답하기 시작했다.

"처음에는 평소와 다름없었소. 우편물을 수거해 오후에 배달을 하러 갔소. 비가 내려서 말들이 힘들어했고 나는 머리부터 발끝까지 홀딱 젖었지만 늘 있는 일이었소. 이 동네 길로 다닌 지도 꽤 오래됐고."

"뭔가 이상하단 사실을 알아차린 건 언제였소?"

헤윗이 나를 가리키며 말했다.

"나는 그리 멀리까지 보지 못하오. 딱 당신이 서 있는 데까지밖에 보이지 않는데 며칠 전에 안경을 잃어버렸기 때문이오. 말들이 먼저 앞에 있는 마차를 발견했소. 하마터면 들이받을 뻔했지. 마차에서 내려 말들을 진정시키고 있는데 총소리가 들렸소. 정확히는 말들과 내가 동시에 들었고 우린 함께 겁에 질렸소. 길에서 여

우를 보는 건 흔한 일이지만 총소리는 처음 들어봤거든. 말들이 다시 움직일 때까지 얼마나 걸렸는지 모르겠소. 한 10분쯤? 한참이 지나서야 앞으로 조금씩 다가갔고 마침내 비극적인 사건 현장을 맞닥뜨리고 만 거요. 우편 마차에서 내려 현장을 살펴봤소. 포먼 양은 마차 안에 갇혀있었고 마부는 살해당했더군. 자물쇠 따는 법을 좀 알아서 마차 자물쇠를 쉽게 열 수 있었소. 내 의사는 아니지만 마부는 죽은 게 확실해서 더는 어떻게 할 수 없었소. 하지만 포먼 양은 도울 수 있어서 그리했소."

"마부를 발견했을 때 마부는 어떤 자세였소?"

"자리에서 앞으로 고꾸라져 있었소. 처음에는 바닥에 뭐가 떨어져서 그걸 찾나 싶었다가 아니면 술에 취했나 했소. 내가 마부의 어깨를 건드리자마자 쓰러져서 그제야 죽었다는 사실을 알게 됐고."

"마부의 옷은 젖어있지 않았겠지, 안 그렇소?"

헤윗이 흥분하여 소리쳤다.

"당신이 그 자리에 있었소? 아니고서야 어떻게 아시오? 내 그 점을 이해하지 못하겠소. 경관들에게 그에 대한 의문을 제기했더니 나보고 충격을 받아서 잘못 봤다고 하지 뭐요. 어쩌면 그랬을지도 모르지만 그래도 내가 아예 장님은 아닌데. 나는 홀딱 젖어 있었는데 마부는 비교적 옷이 안 젖어있었소."

홈스가 뭐라 답하기도 전에 누가 문을 두드렸다. 헤윗이 아까보다는 빠르게 문을 열어주었고 문 앞엔 부랑아가 서있었다.

"셜록 홈스 씨 앞으로 메시지가 왔어요."

작은 아이가 소리쳤다. 아이는 홈스를 알아보더니 헤윗은 무

시한 채 홈스에게만 고개를 숙여 인사했다. 그리고 홈스에게 전보 두 장을 건네줬다.

"베이커가 특공대요."

홈스가 헤윗에게 자랑스럽게 말했다.

"전보보다 훨씬 효율적이지! 잘했어, 위긴스!"

홈스는 봉투를 찢고 전보 내용을 빠르게 읽어 내려갔다. 곧 코트에서 연필과 종이 한 장을 꺼내 힘찬 필치로 짧은 메시지 두 개를 써 내려갔다. 홈스가 두 번째 메시지를 쓸 때 그의 어깨너머로 슬쩍 봤는데 나로서는 전혀 알아들을 수 없는 말이었다.

> 밝은 날 저녁 시간 길거리 빵 여섯

홈스는 아이에게 메시지가 적힌 종이 두 장을 건네주었다.

"여기 1실링을 주마, 위긴스. 그리고 1파운드도 있고. 너와 다른 특공대원들은 여기 적힌 신문사 열두 곳으로 가서 각 신문사에 이 짧은 광고를 싣거라. 광고비는 한 곳에 1실링밖에 하지 않을 게다. 남은 돈은 네가 갖도록 하고. 두 번째 메시지는 경시청에 있는 친구에게 전달해주거라."

위긴스가 갖게 될 돈은 얼마일까?

위긴스가 떠나자 홈스는 아무 일도 없었다는 듯 헤윗에 대한 조사를 이어갔다. 방금 무슨 일이 있었는지조차 설명해주지 않았다.

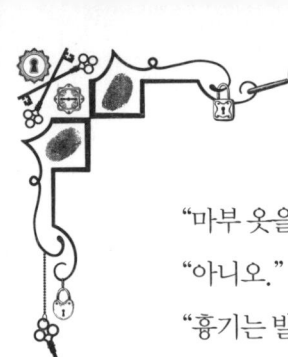

"마부 옷을 뒤져보았소?"

"아니오."

"흉기는 발견했소?"

"아니오. 마부를 살해한 사람이 누구든 간에 흉기도 챙겨간 게 분명하오. 나는 앞이 잘 보이지 않았소. 비 때문에 마부의 코트조차 잘 보이지 않았으니 어디에 총을 맞았는지도 알 수 없었소. 상처를 보지도 못했고."

"포먼 양에 대해 말해주시겠소?"

"아가씨는 마차 안에 갇혀있는 채로 발견했소."

"문은 안에서 잠겨있었소, 아니면 밖에서 잠겨있었소?"

"안에서 잠겨있었소. 포먼 양은 마차 안에 엎드린 채 쓰러져있었소. 아까 말했듯 문의 자물쇠를 따는 데는 그리 어렵지 않았소."

헤윗은 손가락에 있는 반지를 돌리며 말했다.

"참으로 감탄스러운 기술이오! 포먼 양의 옷은 젖어있었소, 말라있었소?"

"마부 옷보다는 젖어있었지만 나만큼 젖은 건 아니었소."

"마차 안에서 뭔가 더 발견한 것이 있었소?"

"그렇소. 《보물섬》 책 한 권이 있었지."

"책이 펴져있었소, 덮여있었소?"

"펴져있었소. 그래서 내가 책을 덮어 포먼 양의 가방에 넣었소."

"책이 펴진 게 몇 쪽인지 봤소?"

"아니오. 하지만 책 모서리를 접어 몇 쪽이었는지 표시해놨소. 책의 내용은 보진 않았소. 책장 사이로 뭔가 삐져나와 있었지만

그 또한 보지 않았소."

"포먼 양의 가방 안은 확인해봤소?"

"그런 실례는 저지르지 않았소."

"마차 안에 다른 건 더 없었소?"

"없었소."

"당신 진술서에 따르면 포먼 양은 우편 마차로 옮기고 멀린스의 시신은 마차 안으로 옮겼다고 하던데."

"그렇소. 최대한 증거를 보존하고자 했소. 포먼 양도 도움이 필요했고. 다른 사람이 언제 또 그 장소를 지나갈지 누가 알겠소? 그래서 포먼 양을 데려갔소. 내가 한 행동이 옳은 행동이길 바라오."

"아주 바람직한 행동이었소. 내가 당신 입장이었다 한들 그 이상은 못 했을 거요. 한 가지만 더 묻겠소. 포먼 양과 멀린스를 옮길 때 끌고 갔소, 아니면 들고 갔소?"

"둘 다 들어서 옮겼소. 중요한 증거들이 지워질까 걱정되어 그리했지."

"우체부가 아니었다면 아주 훌륭한 경찰이 됐을 거요. 정말 잘하셨소."

헤윗의 표정이 밝아지더니 활짝 웃었다. 홈스가 헤윗에게 1파운드 금화를 준 뒤 우리는 헤윗의 집을 나섰다. 헤윗의 집을 빠져나오면서 나는 위긴스와 아이들에게 9실링을 준 건 잘한 일이라고 홈스를 칭찬해줬다. 하지만 이내 호기심을 참지 못하고 홈스가 쓴 두 번째 메시지가 무슨 뜻인지 물었다. 홈스가 대답했다.

"그렉슨 경감에게 다음 행동을 알려주는 암호문일세. 간단한

말장난이니 그렉슨 경감이 알아차릴 거라 믿네. 내일 오후 6시 베이커가에서 만나자는 메시지였네."

헤윗의 증언에 따르면 마차 안에 아이들의 흔적은 전혀 없었다. 홈스는 그 점을 지적했다. 그리고 아이들이 어디 있을지, 우리가 조사 중에 무언가를 놓친 게 아닐지 의문을 품었다.

"왓슨, 헤윗이 마차 문을 땄다고 말할 때 반지를 만지작거리던 걸 보았나? 이로 인해 두 가지를 알게 됐네. 첫째, 반지에 문양이 있었네. 언젠가 본 적 있는 문양인데 기억이 잘 나지 않는군. 두 번째, 반지 주변에 멍 자국이 있었네."

"자네가 착각했을지도 모르잖나, 홈스."

내가 이렇게 말하면 홈스가 더 골똘히 생각하리라는 점을 나는 잘 알고 있었다. 홈스는 《보물섬》 책에 대해 포먼 양에게 물어볼 것이라고 수첩에 적었다.

대로로 나오자 신문팔이들이 지나가는 사람들에게 신문을 나눠주고 있었다. 홈스는 《데일리 텔레그래프》 신문을 사서 한번 훑어보더니 신문 하단에 있는 짧은 기사를 내게 보여주었다.

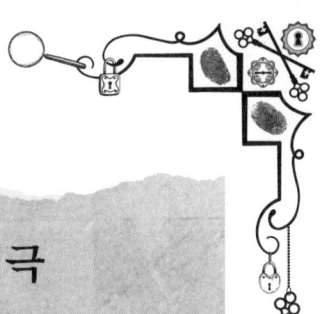

계속되는 박물관의 비극

런던 자연사 박물관에 두 번째 비극이 일어났다. 최근 박물관 침입 사건의 피해자였던 찰스 라이트 씨(58세)가 뇌졸중으로 사망하였다. 타살의 흔적은 발견되지 않았다. 라이트 씨는 런던 자연사 박물관의 경비원이었다. 전날 박물관 침입 사건 당시 라이트 씨는 머리 뒤쪽을 둔기로 강타당했다. 지난 기사에 언급했듯 라이트 씨가 경비를 돌던 광물 전시관에서 도난당한 물건은 없었다. 이에 대해 아직 새로운 정보는 들어오지 않았다.

라이트 씨는 사망 당시 자택에서 부인과 함께 있었다. 라이트 부인은 최근 남편이 씸하게 불안해했다고 언급했다. 이는 의심의 여지없이 박물관에서 있었던 안타까운 사건으로 인한 것이다. 박물관 직원들은 지난 40년간 근무를 섰던 라이트 씨를 매우 그리워할 것이다. 박물관 직원들은 라이트 씨가 따뜻하고 상냥한 사람이었다고 입을 모아 말했다.

"딱한 사람이로군."

충격적이고 비극적인 내용 덕분에 기사에 수두룩한 오타로 생긴 짜증이 다소 누그러졌다.

"편집자들이 이런 기사를 통과시켰다는 사실도 놀랍군."

"정말 그렇군! 이 불쌍한 사람은 살해당한 걸세!"

"어떻게? 기사에는 라이트 씨의 사인이 자연사였다지 않나?"

"독이네, 왓슨. 독살당한 게야. 기사를 자세히 보게. 영향력을 가진 누군가가 기사를 통해 암호문을 보내지 않았나. 라이트 씨의 죽음은 틀림없이 박물관 강도 사건과 관련이 있을 걸세. 이렇게 빨리 사건이 벌어지다니 의외군. 우리도 곧 살인범을 잡기 위한 그물을 칠 걸세."

홈스는 왜 경비원이 살해당했다고 의심할까?

홈스는 아마 가장 이해하기 힘든 친구일 것이다. 홈스는 아리송한 말을 던지고는 이내 입을 굳게 다물었다. 짧은 시간 동안이나마 홈스를 겪어봤기에 더 이상 추궁하지는 않았다. 때가 되면 홈스가 알아서 더 많은 사실을 알려줄 것이다. 하지만 홈스가 남긴 아리송한 말에 나의 호기심은 더해만 갔다.

아직 브레이스웰 경을 만나지 않았다면 *18쪽으로 가세요.*

브레이스웰 경을 만났다면 *41쪽으로 가세요.*

아멜리아 포먼의 진술서에서 발췌한 내용

지금까지 내 기억을 토대로 이 이야기를 구성하였다. 물론 칭찬보다 비판에 더 솔직한 홈스가 간간이 핀잔을 주기도 했고 전보, 신문, 일기와 같은 자료도 사용했다. 그러나 때가 무르익은 만큼 이야기의 진행을 전혀 다른 사람에게 맡기고자 한다. 그 이유는 곧바로 알 수 있을 것이다.

나의 진술서: 아멜리아 포먼

홈스 씨가 이 편지를 읽으실 때면 저는 런던을 떠나 아주 멀리 있을 거예요. 아마 멀린스의 부모님을 찾아 뵙고 '손자'가 찾아왔다는 이야기를 들으셨겠죠. 지금쯤이면 제가 죽은 멀린스와 혈연관계란 사실도 추리해 내셨겠네요. 이런 사실을 아신다면 멀린스가 죽은 마차에 제가 있었던 일도 우연이 아니라 생각하실 테고요. 하지만 맹세컨대 순전히 우연이었어요. 멀린스가 제 어머니를 버리고 떠나는 바람에 비참한 상황에 빠졌던 일도, 제 친부가 누구인지 평생 궁금해했던 일도 사실이에요.

어렸을 때는 제 친부가 누군지 이런저런 상상을 했었어요. 누구한테도 얘기하진 않았지만요. 오해하지 마시길 바라요. 제 어머니의 새 남편은

진술서의 날짜는 며칠일까?

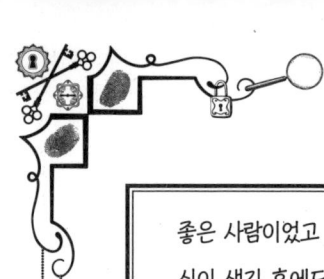

좋은 사람이었고 좋은 의붓아버지셨어요. 저를 친딸처럼 대해주셨고 친자식이 생긴 후에도 계속 동등하게 대해주셨어요. 앤을 비롯해 다른 동생들과도 친자매처럼 친한 사이고요. 의붓아버지는 정말 좋은 분이셨기에 돌아가셨을 때도 제 친아버지가 돌아가신 것처럼 슬펐어요.

그렇지만 여전히 제 친부가 누군지는 궁금했어요. 롱 존 실버 같은 사람이었을까요? 아니면 장발장이라던가? 그래도 어머니 마음을 아프게 하고 싶지 않아서 한 번도 여쭤보진 않았어요. 그러던 어느 날 우연히 어머니의 일기장을 발견하고 제 친부의 성을 알게 됐어요. 멀린스였죠.

이름을 알고 나니 그리 어렵지 않게 찾을 수 있었어요. 의붓아버지가 돌아가시고 나자 어머니는 제 친부에 대해 얘기해줄 때가 됐다고 생각하셨나 봐요. 두 사람이 같이 보낸 행복했던 나날들에 대해 이야기해주셨지만 멀린스가 술집에서 보낸 세월과 돈 문제, 그리고 자신을 버린 이야기를 하실 때는 분노를 감추지 못하셨었죠. 저는 기억력이 좋았던 터라 어머니가 해주신 이야기를 하나하나 짜 맞춰봤어요.

어머니는 멀린스의 가족에 대해서도 여러 번 얘기해주셨는데 특히 크림 전쟁 때 부상당하신 할아버지에 대해 많이 얘기해주셨어요. 어느 날 우연히 한 군인에 대한 기사를 읽게 됐는데 전쟁 당시 할아버지와 나이가 딱 들어맞았어요.

하루는 저녁에 어머니가 저를 부르시더니 이상한 문양이 있는 목걸이를 주셨어요. 그 목걸이는 멀린스가 가지고 있는 목걸이와 똑같은 물건이었고, 멀린스의 목걸이에는 어머니의 사진이 들어있다고 하셨어요. 목걸이의 이상한 문양은 좌우대칭으로 쓴 제 생일이라고 하셨어요. 당시 두 사람은 아주 깊게 사랑하는 사이였는데 무슨 일이 있은 후 결국 해리 멀린스가 돌아오지 않았다

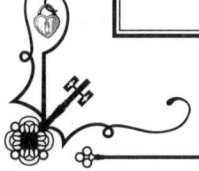

이와 비슷한 물건을 전에 어디서 들어봤을까?

고 했어요. 아마 곧 돌아오마 약속했다가 돌아오지 않았겠죠.

그런 걸 본 이상 멀린스가 어째서 우릴 버렸는지 알아야만 했어요. 한 달 전쯤 캔터베리에 제 조부모가 계신다는 사실을 알았어요. 두 분은 아들에게 자식이 있는지 모르실 수도 있어서 젊은 남자로 변장한 채 찾아갔어요. 해리가 우릴 버렸듯 두 분마저 저를 멸시한다면 그 집안과는 조금도 연관되고 싶지 않았거든요. 그렇게 되면 다시는 저를 알아보게 하고 싶지도 않았고요.

다행히 두 분은 제가 오랫동안 상상했던 대로 자상한 분들이셨어요. 두 분께 목걸이를 보여드리며 손주라는 사실을 밝히자 없는 살림에도 제게 금전적인 지원을 해주려 하셨어요. 그리고 두 분은 아들 성격에 대해서도 알려주셨어요……. 어쩌면 제가 해리의 손에 놀아나지 않도록 경고하신 걸지도 몰라요. 대체 어떤 사람이 자기 여자와 자식은 물론 부모까지 그런 식으로 대할까요? 해리는 주변에 있는 모든 사람을 속이고 이용한 듯했어요.

해리의 주소를 물었더니 가르쳐주지 않으려 하셨어요. 여기까지 어떻게 왔는데 예상 밖의 난관에 부딪힐 줄은 상상도 못 했죠. 저는 너무 화가 치밀어서 그 집을 박차고 나왔어요. 두 분께는 실은 손자가 아니라 손녀가 있다는 사실도 밝히지 못한 채 말이에요.

집에 돌아와서 두 분이 왜 그러셨는지 생각해봤어요. 조금 진정하고 나니 두 분은 저를 보호하려고 그러셨다는 생각이 들었어요. 그래서 해리 멀린스에 대해 그만 알아보기로 했죠. 그런 사람을 만나봐야 좋을 게 하나도 없을 테니까요.

과거를 뒤로하고 크롬웰 직업소개소를 통해 일자리를 알아봤어요. 다행히 금세 일자리를 소개받았는데 심지어 무척 좋은 자리였어요. 하지만 결국 저는 제 친아버지를 만날 운명이었나 봐요. 조부모님 댁에 있을 때

본 사진을 통해 해리 멀린스가 브레이스웰 경과 친분이 있다는 사실을 알게 됐어요. 그때까진 브레이스웰 경에 대해 잘 알지 못했어요. 조부모님께서 말씀하시길 브레이스웰 경은 핀칠리에 있는 관대한 귀족이시고 해리 멀린스를 몇 번 도와주셨다고 했어요. 그리고 크롬웰 사무소에서 저를 고용한 새 가문의 이름과 저택의 위치를 듣고 나서야 두 사람의 연결점을 깨닫게 됐어요.

저는 기회가 온 김에 해리 멀린스를 만나보기로 했지만 우리가 어떤 관계인지는 알리지 않기로 했어요. 해리 본인한테도 말이죠. 저택에서 일하는 동안 멀리서 지켜보며 해리 멀린스가 어떤 사람인지, 제가 들은 그대로인지 알아보려 했어요. 그리고 처음 일하러 간 날, 역으로 마중 나온 마부가 멀린스란 사실을 알게 됐어요. 제가 어떤 기분이었는지 알지 못하실 거예요. 아직 마음의 준비도 하지 못했는데 그렇게 일찍 멀린스를 만날 줄은 꿈에도 몰랐어요. 마차에 올라설 때 멀린스를 힐끔 쳐다봤지만 모자와 옷깃에 얼굴 대부분이 가려져있어 제대로 보지 못했어요. 게다가 멀린스는 저나 아이들한테 한마디도 하지 않았어요.

멀린스의 살인사건에 대해서 말씀드릴 수 있는 점은 그리 많진 않지만 사라진 아이들을 찾는 데 도움이 되길 바라요, 홈스 씨. 제 일기에 쓰여 있던 내용은 대부분 사실이에요. 마차가 멈춘 뒤 총소리가 들렸고, 그 후 마차에서 쿵 하고 큰 소리가 나더니 이윽고 고요해졌어요. 한참 후 저는 마차에서 내려 무슨 일이 일어났는지 알아보려 했어요. 마차 앞으로 가보니 마부가 자신과 똑같은 옷을 입은 시신을 마부석에 올려놓고 있었어요. 마부는 저를 보더니 놀라서 움찔했어요. 그러고는 제 쪽으로 돌아서며 엄한 목소리로 명령하듯 말했어요.

"마차 안으로 들어가시오! 아가씨는 아무것도 보지도 듣지도 못한 거요."

세차게 부는 바람에 모자와 옷깃이 뒤로 젖혀지고 마부의 얼굴이 드러

났어요. 마부석에 서있는 그 사람은 제 친부가 아니었어요! 저는 애원하기 시작했어요.

"제발 아이들과 저는 해치지 마세요. 저흰 아무런 잘못도 하지 않았어요."

비바람이 어찌나 세차게 몰아치던지 저는 모자조차 제대로 쓰지 못하고 있었어요.

"당신 말이 맞소. 하지만 이 자는 죄가 아주 많지."

정체불명의 남자가 시체를 내려다보며 말했어요.

"멀린스는 심기를 거스르면 안 될 사람을 화나게 했소. 그러다 결국 그 대가를 치렀고. 이 일은 강력한……를 거스른 자들에게 주는 경고가 될 거요."

그 사람이 하는 말을 전부 알아듣지는 못했어요. '모런'이나 '마틴', 혹은 '말라키'라고 했던 것 같았어요. 그 사람이 말을 계속 이어서 했어요.

"멀린스는 경고를 절대로 무시하지 말았어야 했소……. 아가씨도 마찬가지고."

아무리 혈연관계라 하더라도 죽은 멀린스를 더 이상 어찌할 수는 없었어요. 하지만 아이들만큼은 지켜야 했어요.

"저희는 어떻게 되는 거죠?"

제 물음에 그 사람이 대답했어요.

"아가씨를 해칠 생각은 없소. 이 일 외에는 따로 지시받은 게 없소. 그러니 마차 안으로 돌아가시오. 오늘 본 일은 모두 잊고 아무에게도 말하지 마시오. 이런 대화를 나눴다는 사실을 그분이 알게 되면 우리 둘 다 살아남지 못할 테니까."

'그분'이라 말할 때 그 사람의 억양과 목소리에서 느껴지는 두려움에 등줄기를 타고 한기가 내려갔어요. 그 말에 저는 주변을 둘러봤어요. 잘

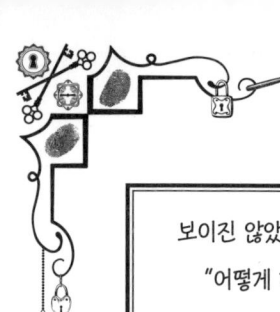

보이진 않았지만 우리 외에 아무도 없는 듯했어요.

"어떻게 다른 사람이 우리 대화를 알 수 있겠어요?"

저는 위험을 감수하고 다시 물어봤어요. 저의 눈동자는 갈 곳을 잃고 흔들렸어요.

"그분은 모든 것을 알고 사람을 속속들이 꿰뚫어 볼 수 있소. 지금도 어디선가 지켜보고 있을지 모르오. 만약 그분과 마주치게 된다면 아가씨가 말 한마디 하지 않아도 눈 속을 꿰뚫어 볼 테고, 아가씨가 여기서 일어난 일을 안다는 사실도 금방 알아챌 거요. 너무 늦기 전에 마차 안으로 돌아가시오, 어리석은 아가씨!"

그 사람은 그렇게 말하며 마부석에서 뛰어내렸어요. 하지만 땅에 착지할 때 미끄러지면서 마차 옆을 손으로 짚었고, 그때 그 사람이 끼고 있던 인장 반지가 마차에 긁히며 기다란 자국을 남겼어요. 그 사람은 제대로 서자마자 길섶을 지나 나무들 사이로 사라졌고 저와 아이들, 그리고 시체만이 남았죠. 아니, 그렇다고 생각했었어요.

그 사람 말대로 마차 안으로 들어가려고 돌아섰더니 아이들과 강아지가 사라진 후였어요. 서둘러 마차 밖으로 나오느라 깜빡하고 문을 잠그지 않았던 거죠. 그리 멀리 가진 않았을 테니 나무 사이를 둘러보면 금방 아이들을 찾을 수 있으리라는 생각이 들었지만, 제 친부의 얼굴을 확인할 기회를 놓칠 순 없었어요. 그래서 마부석으로 올라가 시신의 모자를 벗겨 보았어요. 멀린스의 얼굴은 분노와 공포로 점철된 채 굳어있었지만 거울에 제 얼굴을 비춰보듯 그의 이목구비가 낯설지 않았어요. 저는 충격에 뒷걸음질치다 마부석에서 떨어져 땅에 머리를 부딪치고 말았어요.

그 이후 일어난 일은 일기에 쓰여있는 그대로예요. 잠깐 정신이 들었을 때 마차 안으로 기어 들어가 문을 잠갔어요. 다음 날 아침 켐프 부인 댁에서 눈을 떴고 그때부터 쭉 이곳에서 지냈어요. 우체부인 헤윗 씨가 저를 이곳으로 데려오셨는데 친절하시게도 나중에 제 안부를 물으러 찾

아오기까지 하셨어요.

　이제 켐프 부인 댁을 떠나려 해요. 경찰이 제 이야기를 믿지 않으리란 사실을 잘 알아요. 홈스 씨가 제 이야기를 믿는다고 하더라도 경찰들은 생각을 바꾸지 않겠죠.

　제가 돌봐야 했던 아이들을 잃어버려서 죄송해요. 아이들을 최대한 빨리, 그리고 무사히 찾으시길 진심으로 바라요. 아이들을 찾도록 도와드리지 못한 점은 안타깝게 생각하고 있어요. 가능하시다면 켐프 부인도 위로해드렸으면 해요. 정말 좋은 분이셨는데 저는 부인의 호의를 이용하기만 했어요. 그 정체불명의 남자가 한 말이 사실이라면 저는 이미 베일에 감춰진 '모런', '마틴', 혹은 '말라키'의 눈길을 끌었을지도 몰라요. 어쩌면 평생 등 뒤를 조심하며 살아야 할지도 모르죠. 마음을 쉽게 읽을 수 있는 자에 대한 악몽도 계속 꾸게 될 테고요. 가족들에게도 화가 미칠지 몰라서 집으로 돌아가진 않을 거예요. 좀 더 좋은 상황에서 홈스 씨를 만났으면 좋았을 텐데. 언젠가 다시 만나길 빌게요.

아멜리아 포먼

"이 불쌍한 아가씨를 꼭 찾아야만 해요."

　홈스가 포먼 양의 진술서를 다 읽자 켐프 부인이 말했다.

"소용없습니다. 포먼 양이 숨고자 한다면 찾기는 어려울 겁니다. 포먼 양의 말이 맞다면 해리 멀린스의 적이 이제는 포먼 양의 적이 됐을 테고요. 포먼 양을 찾으려다가 되려 우리가 포먼 양을 위험에 빠뜨릴지도 모릅니다. 이 진술서로 제가 의심하던 헤윗 씨의 무죄를 입증하게 됐군요. 그 정체불명의 사내가 헤윗 씨였다면 나중에라도 포먼 양이 알아봤겠죠. 제가 무례를 저질렀습니다,

부인."

홈스가 켐프 부인에게 공손히 말했다.

"이젠 어떻게 하나? 멀린스를 살해한 범인을 찾으러 갈 건가?"

내 질문에 홈스가 답했다.

"범인이 누군지는 당연히 알아볼 걸세. 물론 그때도 조심해야 겠지. 하지만 그 전에 켐프 부인을 조금 안심시켜드릴 순 있을 듯 하네. 빈방을 빌린 자가 누군지 알아냈거든."

"누가 빌렸길래?"

켐프 부인과 내가 동시에 물어봤다.

"당연히 멀린스였습니다. 멀린스는 빚쟁이들에게서 돈을 숨기려고 방을 빌렸을 겁니다. 켐프 부인과는 연고가 없으니 빚쟁이들이 여길 찾아올 이유가 전혀 없죠. 여자들만 사는 하숙집이라면

더더욱 그렇고요. 멀린스는 여러 잡일을 하는 사람이니 방에 비밀 문을 설치하는 일도 어렵지 않았을 겁니다. 그리고 비밀 문을 통해 남들의 눈을 피해 하숙집을 드나들 수 있었겠죠. 멀린스가 자주 가는 술집과 멀지 않으니 시가를 피우러 나간다는 핑계를 대고 술집에서 나와 사람들을 속여 번 돈을 이곳에 숨겼을 겁니다. 멀린스가 피우던 담배는 필시 사건 현장에서 발견했던 시가 꽁초와 동일한 상표였을 테고요."

"모든 연결고리가 사라져버렸군."

나는 절망에 가까운 감정을 느끼며 홈스에게 말했다.

"포먼 양이 아이들을 찾을 수 있는 마지막 희망이었는데."

"아닐세. 아이들이 어디 있는지는 처음부터 알고 있었네. 아이들은 《보물섬》 책에 자신들이 어디 있는지 확실하게 남겨두었네. 지도를 이용해 '도와주세요 Help'라고 적었지 않나. 아이들이 알만한 다른 지도를 우리가 어디서 봤겠나? 아이들은 무심코 자신들의 위치에 대한 작은 단서를 남겨두었네."

"아이들은 납치된 적이 없단 말씀이신가요?"

켐프 부인이 놀라 소리쳤다.

"맞습니다. 포먼 양은 마차 문을 열어뒀습니다. 그러자 으레 강아지들이 그렇듯 스폿이 밖으로 뛰쳐나갔겠죠. 아이들은 스폿을 따라갔고요. 아이들은 이곳에서 자란 만큼 이곳 지리에 밝을 겁니다. 하지만 두 번째 아버지처럼 사랑하던 이는 물론 새로 온 가정교사한테서도 멀리 떨어진다면 필시 나중에 혼난다는 것도

알았을 겁니다. 아이들은 마차를 모는 사람이 멀린스라고 생각했을 테니까요. 그럼 아이들은 집에 가는 대신 어디로 갔겠습니까? 저택은 사건 현장에서 그리 멀지 않기도 했죠.

아이들은 저택 부지에 있는 동굴에 몸을 숨겼습니다. 술집 주인 웰시 씨도 언급했던 곳이죠. 웰시 씨도 어린 시절 놀곤 했다더군요. 아이들은 필시 아버지가 자신들을 직접 찾아주길 바랄 겁니다. 너무 오랫동안 소원하게 지낸 터라 아버지의 관심을 받고 싶은 것이죠. 이해합니다. 왓슨, 잠깐 운동 삼아 같이 다녀오지 않겠나? 저녁 식사 때까지 아이들을 집으로 데려오고 싶은데, 어떤가?"

켐프 부인 댁을 뒤로하고 나오며 나는 한 가지 의문이 들어 홈스에게 물었다.

"홈스, 어째서 지금까지 아이들을 찾지 않다가 이제야 찾으러 가는 겐가?"

"두 가지 이유가 있네. 먼저 동굴 안이라면 아이들이 안전하고 편히 지낼 수 있으리란 점을 알고 있었네. 아이들은 집 안을 몰래 드나드는 데 익숙하니 알아서 음식을 챙겨 먹었을 걸세. 문제가 생긴다면 쉽게 집으로 돌아올 수도 있었을 테고."

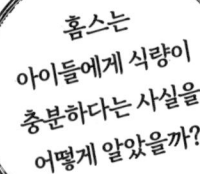

홈스는 아이들에게 식량이 충분하다는 사실을 어떻게 알았을까?

"하지만 홈스, 아이들이 굶지 않는다는 것이나 뭘 원하는지까지 어떻게 다 아는 겐가?"

내 질문에 홈스는 주머니에 손을 넣더니 부스러진 보라색 들꽃잎을 꺼내 들었다. 저택 부지를 걸어 다닐 때 부지 동쪽에 이 꽃

이 피어있었다는 사실이 기억났다. 홈스는 아이들의 놀이방으로 내려가던 중 계단에서 이 들꽃잎을 주웠었다. 내가 놀란 얼굴로 쳐다보자 홈스가 말했다.

"왓슨, 자네는 잠을 참 잘 자더군. 웨스트우드 저택에서 묵던 밤, 근래에 개축한 곳을 둘러볼 수 있었네. 그리고 다음 날 아침 자네가 깨기 전에 식당에서 커피를 마시다가 저택 부지 어디에 동굴이 있는지 발견했지. 동굴을 발견하고 아이들을 만나 직접 이야기를 들었네. 아이들은 아버지가 직접 오기 전까지 계속 숨어 있겠다고 고집을 부리더군. 지난 몇 달간 아버지가 자신들을 방치했다고 느꼈거든. 그래서 아이들이 있는 곳을 조금만 더 오래 비밀로 해주겠다고 안심시키고는 이렇게 사라지는 대신 나중에라도 아버지에게 직접 얘기해야 한다고 말해줬네. 이번 사건으로 브레이스웰 경이 아이들에게 마음을 열었으면 좋겠군. 브레이스웰 경이 그동안 심하게 이기적이긴 했네. 이제 아이들의 어머니도, 가정교사도, 멀린스도 없으니 브레이스웰 경 본인이 아이들과 더 많은 시간을 보내야 하지 않겠나."

"포먼 양을 다시 만날 수 있을까?"

"누가 알겠나?"

홈스는 내 질문에 그렇게 대답하고는 휘파람을 불며 계단을 내려갔고 나는 그 뒤를 쫓기 바빴다.

웨스트우드 저택으로 돌아오자 홈스는 내게 만찬장에 있는 장식들을 살펴보라고 했다. 십여 분 정도 여러 브레이스웰 경들의 초상화와 내가 베낀 저택 부지 지도를 들여다보

고 나니 동굴의 위치를 알 수 있었다.

부지를 가로질러 동굴로 가는 길에 필립 브레이스웰 경과 대화를 나눴다. 나는 동굴로 가는 길을 뻔히 보이는 곳에 숨겨놓은 방식이 기발하다고 당주를 칭찬했다.

"내 항상 아이들에게 가문의 역사에 대해 좀 더 많이 가르쳐주길 원했소. 그러니 숨겨진 동굴로 가는 길을 알려주는데 선조들의 초상화보다 더 좋은 소재가 어디 있겠소? 증조부의 초상화는 만찬장에 있는 초상화 중 가장 오래되었는데 남쪽에 걸려 있소. 내 조부의 초상화는 동쪽에, 부친의 초상화는 북쪽 벽 북극성이 그려진 스테인드글라스 아래 있고 내 초상화는 서쪽에 있소. 집을 시작으로 부지의 남쪽으로 갔다가 동쪽, 북쪽, 서쪽으로 차례대로 가면 숲속 골짜기에 아이들이 있는 동굴이 나올 거요."

브레이스웰 경은 장담하듯 말했다.

"내 아이들에게 더 좋은 아버지가 되리라 약조하겠소, 홈스 씨. 해리 멀린스의 부모도 돌볼 것이고 포먼 양이 돌아온다면 그녀 또한 도우리다."

우리는 아이들과 강아지를 찾아 브레이스웰 경에게 맡기고 저택을 나섰다. 집으로 돌아오는 길에 홈스가 말했다.

"이곳에서 볼일은 이제 끝이 났지만 우리 일은 아직 끝나지 않았네. 풀어야 할 수수께끼가 또 하나 있으니 말일세. 런던 자연사 박물관 침입 사건을 잊으면 안 되지 않겠나. 그러니 베이커가로 돌아가서 그렉슨 경감을 만나보세."

이제 235쪽으로 가세요.

"여행 끝에 고귀함이 온다."

홈스가 즐거운 듯 말했다.

"한 공동체를 책임지는 유지이자 여행자인 가문에 참 어울리는 가훈일세. 잠시 이야기가 샜군. 계속하시오."

"브레이스웰 당주의 조부는 포커를 너무 좋아해서 하룻밤 만에 거액의 돈을 잃기도 했수. 그때는 우리 아버지가 이곳을 운영했지. 아버지는 에드워드 영감님을 위해 술집에 궤짝을 보관했는데, 에드워드 영감님이 주문한 설계대로 지역 목수가 만든 물건이유. 도박에 쓸 자금을 보관하는 용도로 썼지. 지금도 저기 구석 벽과 바닥에 고정해놓았으니 보고 싶다면 가서 보시우. 에드워드 영감님만이 비밀번호를 알고 있었수. 못해도 지난 40년간은 아무도 열지 못했지. 커피를 좀 더 가져오는 김에 다른 손님도 둘러봐야겠수."

웰시가 방을 나가자 홈스와 나는 커다란 나무 궤짝 쪽으로 다가갔다.

"정말 비어있을지 궁금하군."

"확인할 방법은 하나뿐이겠지."

홈스는 대답과 함께 복잡한 무늬가 그려진 궤짝의 윗면을 손가락으로 쓸었다. 궤짝 뚜껑에는 트럼프 카드 다섯 장이 그려져 있었는데, 클럽 잭, 스페이드 2, 클럽 6, 다이아몬드 7, 하트 킹이 두 줄로 나열되었다. 카드 그림들의 좌측 상단, 즉 클럽 잭 옆에 하트 무늬가 두 개 있었는데 하트 킹에 있는 하트 무늬와 크기가 거의 비슷했다. 카드 그림들의 우측 상단, 스페이드 2의 옆에도 스페이드 한 개가 보였다. 카드 그림들의 좌측 하단, 클럽 6 옆에는 클럽

세 개가, 마지막으로 하트 킹 옆에는 다이아몬드 네 개가 있었다.

궤짝 앞에는 나무판 다섯 개가 뚜껑의 잠금장치 역할을 했다. 각 나무판에는 0에서 9까지 숫자가 나열되었다. 맨 왼쪽에 있는 나무판 끝에는 작은 점 하나가 보였고 그 옆에 있는 나무판에는 점 두 개가, 그렇게 점이 하나씩 늘어나 오른쪽 끝에 있는 나무판에는 점이 다섯 개가 되었다.

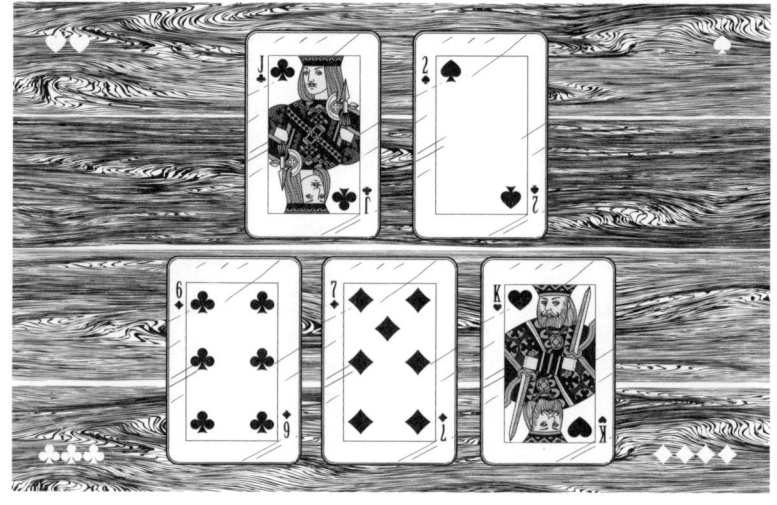

"딱 봐도 나무판에 있는 숫자들을 조작해서 상자의 비밀번호를 맞히는 방식이군."

홈스가 말했다.

"내 계산에 의하면 0에서 9까지 숫자를 조합한 다섯 자리 비밀번호는 십만 개네. 추측해 맞히기에는 너무 많지. 그러니 정확한 비밀번호에 대한 단서가 어딘가에 있을 걸세."

홈스는 얼마간 궤짝을 면밀히 살펴보고는 나무판으로 몇 가지

비밀번호를 시도해보더니 말했다.

"각 카드에 있는 숫자는 아닐걸세. 그건 너무 뻔한 데다 잭과 킹은 0에서 9까지의 숫자로 치환되지 않으니 말일세. 트럼프 카드를 어떻게 숫자로 치환하는지 아는가?"

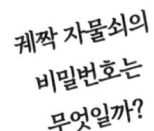
왜 잭과 킹은 0에서 9까지의 숫자로 치환할 수 없을까?

홈스의 질문에 나는 코웃음을 쳤다. 내가 카드 게임에 문외한은 아니었기 때문이다.

"왜 모르겠는가. 잭은 11이고 킹은 13이지 않나. 낮은 패에서 높은 패로 나열하면 퀸은 12일 테고. 에이스는 2보다 낮은 패라면 1이고 킹보다 높은 패일 경우 13이지."

"바로 맞혔네."

홈스는 궤짝에 있는 문양들을 다시 한 번 손가락으로 훑더니 다음 순간 몸을 굽혀 빠르게 나무판자들을 밀고 당겨 새로운 비밀번호를 입력했다. 그러자 궤짝 뚜껑이 3/4인치 정도 열리는 게 아닌가.

나는 놀라서 홈스를 뚫어지게 쳐다봤다.

"세상에, 어떻게 비밀번호를 알아냈나?"

"이런 독특한 자물쇠가 달린 상자까지 주문하다니 그 영감님도 어지간히 카드 게임에 빠져있었나 보군."

궤짝 자물쇠의 비밀번호는 무엇일까?

홈스는 여유롭게 말했다.

"아까 말했듯이 비밀번호는 카드 그림에 있는 숫자가 아닐세. 잭과 킹에 맞는 숫자가 없기 때문이지. 그래서 자연스레 카드에

그려져 있는 다른 요소들을 이용했네."

"카드 무늬 말인가?"

"바로 그걸세. 카드의 숫자와 무늬를 모두 사용해야 수수께끼를 풀 수 있지. 카드 그림에서 뭐가 또 보이나?"

홈스의 물음에 내가 머리를 긁적이며 대답했다.

"카드 그림 옆에 작은 무늬들이 그려져 있네. 하지만 저게 무슨 의미인지는 잘 모르겠군."

"곧 알게 될걸세, 왓슨. 작은 무늬들의 의미는 이러하네. 스페이드는 꼭짓점이 하나 있고, 하트는 둥근 면이 두 개가 있고, 클럽은 둥근 면이 세 개, 다이아몬드에는 꼭짓점이 네 개 있다는 뜻이지. 그러니 카드 그림의 순서에 따라 꼭짓점과 둥근 면의 숫자를 계산해보면 무엇이 나오는가?"

"3, 1, 4, 4, 2로군."

"거의 다 맞혔네, 왓슨."

내 말에 홈스가 미소지으며 말했다.

"이제 각 나무판에 있는 작은 점들이 무슨 뜻인지만 알아내면 되네. 맨 왼쪽에 있는 나무판부터 점이 한 개씩 늘어서 가장 오른쪽에는 다섯 개가 찍혀있지. 이는 카드를 먼저 낮은 패에서 높은 패로 나열해야 한다는 뜻이네. 그러고 나서 무늬의 꼭짓점과 둥근 면 숫자를 적용해야 하네. 비밀번호는 1, 4, 4, 3, 2일세."

"정말 기발한 퍼즐 함이로군."

나는 놀라움에 탄성을 질렀다. 웰시도 때맞춰 새 커피를 가지고 돌아왔다.

"하느님 맙소사."

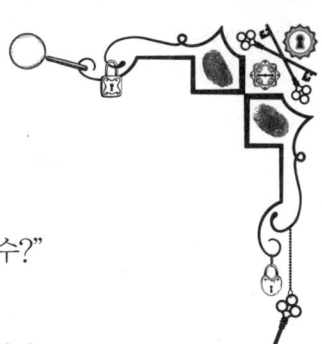

웰시가 감탄하며 말했다.

"드디어 상자를 열었구먼! 안에 뭔가 들어 있수?"

"청구서와 영수증 몇 장뿐이로군."

레스트레이드 경감이 종이들을 훑어보며 말했다.

"그럴 만도 하지. 에드워드 영감님은 돈밖에 모르던 양반이었으니."

홈스와 나는 웰시 쪽을 돌아봤다. 웰시가 말을 이었다.

"영감님은 심술궂은 양반이었수. 심심할 때마다 어린 우리를 매타작하던 위인이었지. 그때 억울하게 맞아 생긴 흉터가 오늘날까지 남아 있수. 영감이 주사를 부릴 때마다 세실과 나는 저택 부지에 있는 비밀 동굴에 숨어있었수. 저택에서 멀리 떨어져있던 곳이었거든.

어느 날 밤, 평소보다 더 거나하게 취한 영감이 자기 말을 심하게 채찍질하다 머리에 뒷발질을 제대로 당해버렸지 뭐유. 그 후 영감은 걸을 수 없는 몸이 되었지만 오히려 전보다 훨씬 독해졌지. 일 년 후에 영감이 세상을 떠나서 모두 안도했수. 당시 세실은 거의 열여덟 살이었는데 호주에서 살면서 거기서 부를 쌓았수. 세실은 부인과 장성한 아들을 데리고 영국에 돌아왔는데, 그 아들이 브레이스웰 당주인 필립이유. 필립은 열아홉 살이 되기 전까지 조상 대대로 내려온 저택을 구경도 못 해봤던 게유. 세실은 호주에서 얻은 재산으로 방치됐던 저택을 수리했고, 이전만큼은 아니지만 가문의 명성도 되살렸수. 필립 브레이스웰도 부친의 뒤를 이어 잘하고 있고. 머리도 잘 돌아가고 부지런하지. 브레이스웰 경의 친구라면 누구라도 그를 자랑스럽게 여길 거유."

브레이스웰 일가가 영국으로 돌아온 지 5년이 지난 후 다시금 우리 작은 마을의 유지가 되었수. 브레이스웰 경도 정인을 만났는데 그 또한 막대한 재산을 상속받았다고 하더군. 브레이스웰 경은 2년 동안 청혼하고 또 1년간 약혼한 끝에 혼인을 할 수 있었수. 내 말 했듯이 그 두 사람만큼 금실 좋은 부부는 본적이 없수. 2년 후 아이들도 생기고 한동안 행복하게 다들 지냈지.

부인이 죽고 나서 브레이스웰 경은 모습을 잘 드러내지 않았수. 나도 한두 번밖에 보질 못했으니. 하지만 많은 이에게 선뜻 돈을 내주었수. 이 술집 지붕을 새로 해야 했을 때도 망설임 없이 내게 돈을 주더이다.

거기 가게 된다면 브레이스웰 경에게 안부 좀 전해주시우. 너무 가까이만 가지 않으면 좋은 양반이라오. 너무 급격하게 늙어버려서 안 된 사람이지."

"젊은 사람이 참 딱하게 됐구려."

내가 혀를 찼다.

"고작 서른여덟에 그렇게 되다니. 안부는 꼭 전해주겠소."

술집 주인이 돌아가자 홈스가 말했다.

"지금까지 세 가지 수수께끼가 있네. 서로 연관되었을 수도 그렇지 않을 수도 있지."

홈스는 인상을 찌푸린 채 턱을 만지작거리며 추리를 시작했다.

"납치 사건이 있기 전 살해된 마부가 첫 번째 수수께끼일세. 마부에 대해서 아는 게 뭐가 있지요?"

홈스의 물음에 레스트레이드 경감이 답했다.

"멀린스는 거의 5년 동안 브레이스웰 가문에서 일했다고 하네. 주민들 말에 따르면 꽤 믿을만한 친구였다더군. 나 같은 전문 형사들은 의심할만한 사항은 전부 조사한다네."

"주민 몇 명을 탐문했습니까?"

레스트레이드 경감이 잠시 멈칫했다.

"두 명이네."

홈스는 레스트레이드 경감을 비웃으며 말했다.

"시신에서 나온 물건은 있습니까?"

"강도 사건이 아닌 건 분명하네. 멀린스는 주머니에 거액의 돈을 가지고 있었거든. 여기 소지품 목록이네."

레스트레이드 경감이 수첩에 적어놓은 멀린스의 소지품 목록은 다음과 같았다.

- 브레이스웰 문장이 있는 금색 담뱃갑. 성냥 5개비와 담배 4개비가 들어있음
- 멀린스의 약혼자 사진이 있는 목걸이
- 알 수 없는 부호가 적힌 메시지. 'M'이라는 서명이 있음
- 금반지
- 손수건으로 감싼 각설탕 몇 개

"검시관의 부검 결과를 기다리고 있는데 며칠 걸릴 걸세. 하지만 사인은 총상이 분명하네. 그리 멀리 떨어지지 않은 곳에서 쐈겠지."

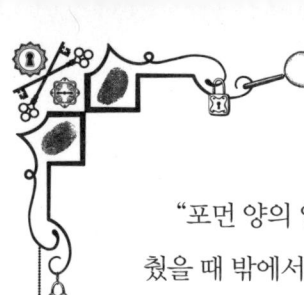

"포먼 양의 일기로 인해 다른 의문들도 생겼습니다. 마차가 멈췄을 때 밖에서는 무슨 일이 벌어졌을까요? 멀린스 씨가 죽기 전에 포먼 양과 대화를 했을까요? 아이들이 납치되기 전에 포먼 양은 납치범의 얼굴을 봤을까요? 포먼 양의 일기는 이런 이야기들을 담기 전에 끝이 났습니다. 포먼 양과 일기의 내용을 완전히 신뢰할 수 있다는 전제하에 말이지만요. 마지막으로 아이들은 어디 있을까요?"

"마부의 죽음, 마차 밖에서 일어난 일, 아이들의 행방, 이 세 가지 수수께끼들은 연관되어 있는 게 분명하네."

홈스의 물음에 레스트레이드 경감이 말했다. 그러자 홈스는 천천히 고개를 가로저었다.

"좀 더 확실한 증거가 있을 때까지 그런 추정은 하지 말아야 합니다. 우리가 알고 있는 사실들은 결과지 원인이 아니에요. 수수께끼들이 연관되어 있다면 어째서 한 명의, 혹은 다수의 범인이 포먼 양과 아이들에게 바로 접근하지 않았을까요? 범인들이 노리는 목표가 진정 아이들일까요? 다수의 세력이 연관되어 있는 걸까요?"

"당신이 와줘서 다행이오, 홈스 씨. 이렇게 침착하게 추리를 하니 안심이 되는군. 앞으로의 계획은 어떻게 되시오?"

레스트레이드 경감이 홈스의 추리에 만족하며 물었다.

"당연히 먼저 브레이스웰 경, 헤윗 씨, 포먼 양을 만나보는 것이 수순이겠죠. 포먼 양은 아직 몸이 좋지 않으니 나중에 만나도 되겠지요. 우체부 헤윗 씨와 켐프 부인의 주소를 알고 있습니까?"

"물론일세."

　레스트레이드 경감은 수첩에 주소를 적어 홈스에게 건네주었다.

　"이제 가세, 왓슨. 해가 지기 전까지 이 불행한 사건의 전말을 밝혀낼 수 있을지 한번 보자고."

　우리는 레스트레이드 경감과 헤어져 술집을 나왔다. 차갑고 습하지만 상쾌한 공기 덕에 기분이 아주 좋았다. 덕분에 나는 활기를 되찾았고 내 친구 또한 그래 보였다. 나는 홈스에게 목적지를 물었다.

　"누굴 먼저 만나러 가볼 텐가?"

　홈스와 왓슨이 브레이스웰 경을 먼저 만나야 한다고 생각한다면 *202쪽으로 가세요.*

　홈스와 왓슨이 우체부인 헤윗을 먼저 만나야 한다고 생각한다면 *40쪽으로 가세요.*

"고귀함이여, 영원하리라?"
"아닐세."
내 물음에 홈스가 답했다.
"그럴 리 없지. 귀족 작위는 영원할 수 없네. 물론 귀족들은 그러길 바라지만. 귀족 작위를 물려받을 수는 있지만 귀족 가문 자체가 쇠퇴하거나 왕권을 쥔 군주에 따라 흥망이 결정되기도 하네."

이제 *123쪽으로 가세요.*

다이아몬드의 원석

홈스와 나는 베이커가 211B에 있는 우리 집으로 돌아왔다. 집 안으로 들어가 보니 스코틀랜드 야드 소속인 토비아스 그렉슨 경감이 서재에서 저녁 신문을 읽고 있었다.

"홈스 씨, 당신이 설명한 대로 해봤소."

그렉슨 경감은 홈스에게 허드슨 부인이 문에 남겨둔 쪽지를 건네줬다.

"우리가 같이 있는 모습을 보이면 안 되니 사람들 눈을 피해 만나고자 하는 건 알겠소. 솔직히 홈스 씨가 낸 수수께끼를 푸는데 조금 시간이 걸렸지만 어쨌든 풀어냈소!"

그렉슨 경감은 영문을 모르겠다는 내 얼굴을 보더니 내게 쪽지를 내밀었다. 쪽지 내용은 다음과 같았다.

그렉슨 경감님께

왓슨과 저는 부득이하게 다른 일에 묶여있습니다. 저번에 보내드린 간단한 말장난 수수께끼를 풀지 못하셨으니 이번 기회에 만회하시기 바랍니다. 머리 위쪽을 쳐다보시면 처마 아래 열쇠 10개가 있을 겁니다.

머리가 둥근 검은색 열쇠 1개　　머리가 둥근 은색 열쇠 1개
머리가 삼각형인 검은색 열쇠 1개　머리가 삼각형인 은색 열쇠 1개
머리가 네모난 검은색 열쇠 1개　　머리가 네모난 은색 열쇠 1개
머리가 오각형인 검은색 열쇠 1개　머리가 오각형인 은색 열쇠 1개
머리가 육각형인 검은색 열쇠 1개　머리가 육각형인 은색 열쇠 1개

문을 열 수 있는 열쇠는 오직 하나뿐입니다. 이곳 주소를 찾아와 문밖에 서 계신다면 어떤 열쇠가 맞는지 추리할 단서를 전부 갖고 계신 셈입니다. 하지만 주의하십시오. 기회는 단 한 번뿐입니다. 열쇠를 열쇠 구멍에 넣는 순간 강력한 자석에 붙잡혀서 빼낼 수 없을 겁니다. 맞는 열쇠를 넣었을 때만 문을 열고 다시 빼낼 수 있지요.

이번엔 실망시키지 말아주시기 바랍니다, 그렉슨 경감님. 안으로 들어가시면 제 서재에서 편히 기다리십시오.

홈스

나는 그렉슨 경감이 수수께끼를 풀었다는 사실에 감탄했다. 내가 이 집에 올 때는 맞는 열쇠를 바로 받았던 터라 지금까지 이 수수께끼가 무엇인지 이해하지 못했었다. 그렉슨 경감이 의기양양하게 외쳤다.

> 베이커가 221B 번지의 문을 열 수 있는 열쇠는 어느 것일까?

"꽤나 기발한 자물쇠였소, 홈스 씨. 베이커가에 도착해보니 문 위에 열쇠 10개가 걸려 있더군. 홈스 씨가 남긴 설명이라곤 '이곳 주소를 찾아왔다면 맞는 열쇠를 추리해낼 단서를 전부 갖고 있다'가 전부였으니 단서는 주소에 있다고 생각했소. 베이커가 221B 번지. 221 숫자를 전부 더하면 다섯이니 열쇠 머리는 오각형일 테고, B니까 은색이 아닌 검은색Black 열쇠가 맞으리라 답을 내렸소. 어쨌든 문은 쉽게 열 수 있었소. 그 뒤 집안으로 들어와서 열쇠를 원래 자리에 되돌려 놓고 편히 쉬고 있었소. 꽤 흥미롭고 기묘한 물건들을 수집하고 계셨소, 홈스 씨. 그럼 이제 왜 여기로 불렀는지 말해주시겠소? 홈스 씨가 보낸 쪽지에는 무슨 일인지 아무런 언급이 없었소."

그렉슨 경감의 말에 홈스가 차분하게 대답했다.

"곧 알게 될 겁니다, 그렉슨 경감님. 운이 좋다면 오늘 밤 런던 자연사 박물관 사건의 진상을 규명할 수 있을 겁니다. 곧 꽤 재미있는 사건의 전말을 듣게 되실 거고요. 다음 단계를 논의하기 전에 왓슨과 제가 외투를 정리하는 동안 벽난로에 장작도 좀 넣어주시고 부엌에서 커피도 가져다주시겠습니까?"

그렉슨 경감은 곧 쟁반에 커피잔을 담아 서재로 돌아왔다. 커피로 몸을 녹이면서 홈스가 입을 열었다.

"박물관의 수수께끼는 사실만 구분해내면 무척 간단합니다. 박물관 직원들이 깨진 유리 조각들을 치웠다는 사실을 기억하십니까? 누군가 유리창을 깨뜨리고 안으로 침입했거나 밖으로 나간 사실을 감추기 위한 행동이었습니다. 하지만 바로 여기서 도둑은 치명적인 실수를 합니다. 그 점은 곧 설명해드리겠습니다. 경비원인 라이트 씨가 머리 뒤쪽을 맞고 쓰러졌을 때, 도난 사건이 폭행 사건으로 전환되었습니다. 이제 라이트 씨가 죽었으니 과실치사나 심지어 살인죄까지도 적용되겠죠."

홈스가 말을 이었다.

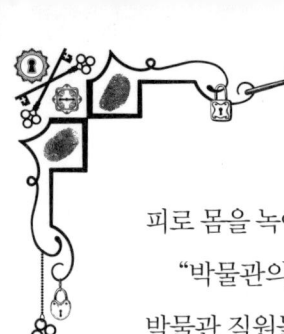

홈스는 라이트 씨가 부상당했다는 텔레그레프지 기사 내용에서 무엇을 추리했을까?

"라이트 씨는 분명 범죄에 가담했을 겁니다. 라이트 씨는 뒤에서 머리를 가격당했습니다. 유리창을 깬 뒤라면 이목이 집중될 테니 가해자가 라이트 몰래 뒤로 접근할 수 없었겠죠. 또한, 라이트와 같이 있던 사람이 누군지 몰라도 라이트는 그자에게 등을 보였습니다. 아마 공범이겠죠. 계속해볼까요? 기사에는 아무것도 도난당하지 않은 듯하다고 나와 있었습니다. 사라진 물건이 없는 듯했죠. 하지만 광물 전시관에 있던 물건 하나가 다른 물건으로 교체되었다면? 그리고 그 물건이 전혀 수상해 보이지 않는다면? 만일 그렇다면 어째서 광물 전시회를 노렸을까요? 분명 전시회에 있는 수많은 광석이나 보석처럼 주변 환경에 자연스럽게 녹아드는 물건으로 바꿔치기했을 겁니다. 좀 더 자세히 얘기해보도록 하죠. 도둑이 침입한 정황이 기이해 당국을 혼란스럽게 했

지만, 나라가 소유한 전시품은 전문가들이 셀 수 없이 많이 봐왔을 테고 잘 알려진 물건들일 겁니다. 그러니 아마도 뒤바뀐 보석은 개인 소장품일 겁니다."

홈스의 말에 그렉슨 경감이 의아해했다.

"그렇다면 왜 주인이 나서지 않는 것이오? 그런 값진 물건의 주인이라면 도둑이 들었다는 소식을 접하자마자 자기 물건을 확인하러 오지 않았겠소?"

"좋은 지적입니다, 그렉슨 경감님. 박물관 당국은 도난당한 물건이 없다고 믿었으니 개인 소장품 주인들에게도 그렇게 말했을 겁니다. '모든 전시품이 그대로 있다'고 했으니 '도난당한 물건은 없다'고 받아들인 것이죠."

홈스가 마지막 말을 강조했다.

"어쩌면 도난당한 보석의 주인이 수상한 경로로 물건을 손에 넣어서 스코틀랜드 야드 경찰서의 공식 조사를 피하려고 할 수도 있습니다."

말을 마친 홈스는 이내 사건의 화제를 돌렸다.

"사건 현장에는 어떤 단서가 있을까요? 진흙이 묻은 발자국이 없는 걸 봐서 범인은 폐관 시간 이후 박물관 안에 몸을 숨기고 있다가 경비원을 공격하고 창문을 통해 도망갔을 겁니다. 어쩌면 범인은 사건 현장을 한 번도 떠나지 않았을지도 모릅니다. 깨진 유리창 외에 유리창을 통해 지나갔다는 증거가 전혀 없으니까요. 하지만 박물관 바닥에 기이한 자국이 남아있었죠. 누군가 침입하려고 했다면 경비원들이 유리창 깨는 소리를 듣지 않았을까요? 현장에 있던 경비원은 머튼 씨와 라이트 씨 두 명이었습니다. 두 사람은 다른 전시관을 드나들듯 아무 의심도 받지 않고 사건 현장을 들어갈 수 있을 겁니다. 아마 낮에 근무를 돌 때 다시 찾아갔겠죠. 두 사람은 언제라도 쉽게 전시품을 바꿔치기할 수 있는 이상적인 위치에 있었습니다. 물론 이러한 정황들이 있다고 두 사람이 무조건 범인이라는 뜻은 아닙니다."

홈스의 말을 듣던 내가 끼어들었다.

"잠깐만, 홈스! 자네 추리는 이해하겠네만 두 사람이 사건 직후 있었던 검사마저 통과할 만한 모조품을 어떻게 구했겠나? 특히나 광물 전문가들이 검사했을 텐데."

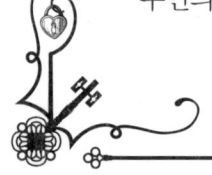

두 경비원은 가짜 보석을 어디서 구했을까?

"아주 좋은 질문이네. 나도 그 문제에 대해 오랫동안 고민했었지. 아마 또 다른 사람이 사건에 연루되어 있을 걸세. 알 수 없는 제삼자가 가짜 보석을 두 사람에게 준 거지. 사건 이후 박물관의 경비가 강화됐네. 도난 미수 사건이 발생했으니 당연한 일이지. 도난 사실이 밝혀지는 건 시간문제였을 걸세. 정기적인 전시품 세척이나 보험을 목적으로 전시품들을 검사할 때 탄로 날 수도 있겠지. 그전까지는 사건을 일으킨 한 명 혹은 다수의 도둑이 보석을 처리할 약간의 시간이 있었네. 특히나 경찰 당국은 물론 보석의 주인을 피해 다녀야 할 테니 말일세. 보석 주인이 부정한 방법으로 보석을 손에 넣었다면, 극단적인 방법을 써서라도 보석을 되찾으려 할지도 모르네. 그리고 사건 현장에 있던 사람들부터 조사하기 시작할걸세. 그럼 우리의 정체를 알 수 없는 제삼자, 가짜 보석을 준 사람이자 도난 사건의 진범은 보석 주인의 눈에 띄지 않고 안전하게 빠져나갈 수 있겠지. 이 사건의

배후에 있는 주모자는 경비원들을 희생양으로 삼았던 걸세. 보석 주인의 눈을 돌리기 위해 미끼를 던진 셈이지."

그렉슨 경감과 나는 서로의 얼굴을 쳐다봤다. 모든 정황이 맞아 들어가기 시작했다. 하지만 이 사건의 배후는 대체 누구란 말인가?

"검증 없이 이 이상 추리한다면 어리석은 짓이겠지. 그래서 내 개인 소식통인 베이커가 특공대를 통해 전보 두 개를 보냈네. 나는 런던과 그 주변에서 활동하는 가장 유명한 보석 도둑 일고여덟 명에 대해 조금 알고 있네. 베이커가 특공대가 신문에 내 광고를 올린 뒤 위긴스에게 부탁해 그 보석 도둑들의 동향을 살피라고 했지. 그리고 이러한 노력이 결실을 맺었네. 지난 이틀간 도둑 두 명의 행방이 묘연하다더군. 왓슨, 기억할지 모르겠네만 일요일 아침에 레스트레이드 경감에게서 핀칠리에서 만나자는 전보를 받은 뒤 여기서 전보 하나를 보냈었네. 우리가 출발하기 전 보낸 전보는 광물 전시회의 큐레이터이자 예전 고객의 남편인 앤서니 보어스 경 앞으로 되어 있었네. 값진 보석을 팔고 싶은데 어디에 내놓으면 좋을지 묻는 내용이었지. 보어스 경을 속인 이유는 경이 이번 사건에 연루되어 있는지 확신할 수 없었기 때문일세. 그 후 판매자가 아니라 구매자인 척해서 최근 훔친 보석을 처분하려는 도둑의 관심을 끌려 했네. 앤서니 보어스 경이 알려준 판매처에 전부 광고를 걸었고 이후 제임스 먼데이라는 사람이 긍정적인 반응을 보였네. 오늘 저녁 7시에 만나자고 하더군. 마지막에 보낸 메시지는 그렉슨 경감님이 받으신 겁니다."

홈스가 이어서 말했다.

"바로 오늘 저녁 6시에 이곳에 오셔서 이런 대화를 나누고 슬슬 사건을 마무리 짓기 위해서였죠."

홈스가 말하던 중 갑자기 초인종이 울렸다. 홈스는 벽난로 위 장식장에 있는 시계를 힐끗 쳐다봤다. 시간은 오후 6시 30분이었다.

"기다리던 사람이 일찍 왔군. 아마 허를 찌르려는 심산이겠지. 그렉슨 경감님, 수갑을 준비해주시겠습니까? 왓슨, 우리 방문객이 도망치지 못하게 문 옆을 지키고 있어 주게."

홈스는 아래층으로 내려가 문을 열었다. 몇 분 후 허드슨 부인이 청소한 지 얼마 안 된 바닥을 긁는 소리가 들리고, 홈스가 방문객에게 장화를 벗으라고 부탁했다. 방문객은 젊은 남성으로, 잠시 홈스와 입씨름을 했지만 결국 마지못해 장화를 한 손에 들고 위층으로 올라왔다. 대체 왜 그랬는지 모르겠지만 꽤 이상해 보였다. 홈스는 남성을 서재로 안내했다. 그렉슨 경감과 나는 그자가 올라오길 초조하게 기다리고 있었다.

남성은 상황을 단박에 알아차렸으나 도망치기엔 늦은 시점이었다. 내가 문을 막자 그렉슨 경감이 바로 그를 덮쳤다. 남성은 저항하다가 장화를 손에서 놓쳤다. 홈스는 떨어진 장화를 집어 들어 옆에 놓더니 그렉슨 경감과 나를 도와 남성을 제압했다. 세 사람이 힘을 합쳐 겨우 그자를 묶어둘 수 있었다. 상황은 순식간에 종료되었다. 수갑을 찬 남성은 나와 그렉슨 경감 사이에 앉은 채 화가 난 눈으로 우리 셋을 번갈아 노려봤다.

"어째서 날 덮친 거요? 난 그저 장신구를 팔러 온 거요. 그게 범죄는 아니잖소."

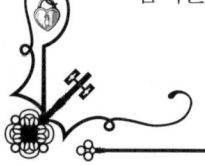

홈스가 이 정체불명의 먼데이 씨를 의심하는 이유는 무엇일까?

남자가 소리치자 홈스가 여유로운 표정을 지으며 말했다.

"맞는 말이오, 먼데이 씨. 그게 진짜 이름일지는 모르겠소만. 하지만 당신이 팔려는 물건은 당신 물건이 아니잖소."

홈스는 먼데이 눈앞에 장화를 흔들어 보이더니 점잖게 말했다.

"솔직히 대답하는 게 좋을 거요, 먼데이 씨. 아니, 진짜 이름인 머튼 씨라고 불러야 하나?"

남성은 어깨를 떨구더니 조용히 물었다.

"어떻게 알았소?"

홈스가 부츠 한 짝을 뒤집자 부츠 바닥에서 유리 조각들이 떨어져 벽난로 불빛에 반짝였다.

"당신이 집안으로 들어올 때 부츠가 바닥을 긁는 소리가 났소. 그때 확신이 섰소. 내 집안으로 걸어들어온 이가 다름 아닌 마일즈 머튼 씨라고 말이오. 저번 주 토요일 머튼 씨가 런던 자연사 박물관에서 경비를 섰을 때 도난 미수 사건이 발생했고 당시 박물관의 깨진 유리창 아래 바닥에 똑같이 긁힌 자국이 남아있었지. 머튼 씨가 박물관 절도 사건의 공범임은 분명하오. 게다가 절도 미수 사건으로 보이게 꾸미기까지 했잖소. 내 이름은 셜록 홈스고 이 사람들은 내 동료인 존 왓슨 박사와 스코틀랜드 야드 소속 그렉슨 경감이오. 머튼 씨, 솔직하게 다 털어놓은 것이 최선일 듯싶소만."

"저도 다 알지는 못합니다. 믿어주세요."

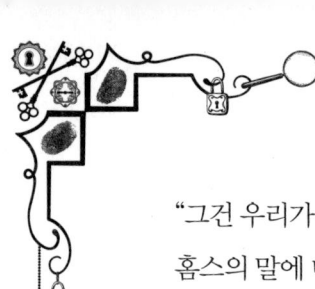

"그건 우리가 판단하겠소."

홈스의 말에 머튼은 한숨을 쉬었다.

"몇 주 전 근무시간이 거의 끝날 무렵 찰리, 그러니까 라이트 씨가 달콤한 제안을 받았다고 털어놓더군요. 박물관에 있는 보석을 진짜처럼 보이는 모조품과 바꿔치기하면 1만 파운드 주겠다는 제안을 받았대요. 우리 둘이 같은 시간대에 근무하니까 제 도움이 필요하다고 하더군요. 찰리 또한 자기 공범을 완전히 신뢰하진 않은 듯했고 공범에 대해서는 하나도 알려주지 않았어요. 어쩌면 자기도 그 이상 알지 못하기 때문일지도 모르겠습니다. 찰리는 정말 착하고 믿을만한 친구라 제 몫으로 10퍼센트를 떼어 달라고 했습니다."

"박물관에서 물건을 바꿔치기하려 했지만 방해를 받은 게로군."

홈스가 추궁하자 머튼이 순순히 실토했다.

"찰리의 공범은 우리를 믿지 않았어요. 그래서 작전을 결행하는 날 박물관에 같이 있겠다고 고집을 부리더군요. 그래서 하는 수 없이 박물관을 폐관하기 직전 순찰 경로 근처 구석에 찰리의 공범을 숨겨줬습니다. 그자가 가짜 보석을 가져와서 찰리에게 넘겨주는 동안 제가 망을 봤어요. 찰리가 보석 전시함의 자물쇠를 따고 보석을 바꿔치기하고 있는데 복도 저 멀리서 다른 경비원이 순찰하는 소리가 들렸어요. 그 소리에 찰리의 공범이 깜짝 놀라 구석으로 숨어버렸고요. 박물관 건물 안팎으로 경비를 돌고 있으니 그자가 빠져나가려면 소동을 피워야 했어요. 찰리가 소리치자 찰리의 공범이 다른 경비가 오나 복도 쪽을 쳐다봤어요. 찰리는

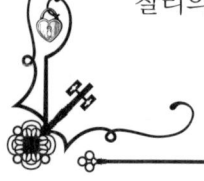

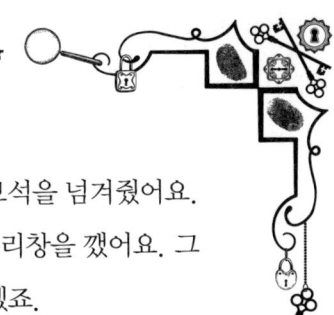

공범이 이쪽을 보지 않던 찰나에 몰래 제게 보석을 넘겨줬어요. 그리고 전시함을 닫더니 가장 가까이 있던 유리창을 깼어요. 그 근처에 숨어 있던 공범은 아마 꽤 곤혹스러웠겠죠.

보석을 장화에 숨기고 돌아서 보니 그자가 불쌍한 찰리의 머리 뒤쪽을 가격해 쓰러뜨리고는 쓰러진 찰리의 몸을 뒤졌어요. 아마 보석을 빼앗으려고 그랬겠죠. 다른 경비원들은 이쪽으로 달려오던 중이었어요. 그래서 제가 다시 소리치자 그자는 깨진 유리창을 넘어 그대로 도망갔어요. 그자가 어느 쪽으로 도망갔는지 보려고 창문 밖으로 내다봤는데 아마 그때 유리 조각을 밟았나 봅니다.

그 후 정신을 잃은 찰리에게 뛰어갔습니다. 하지만 곧 다른 경비들이 도우러 와서 뒤로 물러섰어요. 그 후 경비들 모두 도난당한 물건이 없나 확인하기 시작했습니다. 다른 사람들이 건물과 주변을 수색하는 동안 저는 깨진 유리 조각들을 치웠습니다. 경찰이 제게 사건에 대해 질문했을 때는 복도에 숨어 있던 사람을 봤고 그자가 찰리를 공격해서 소리를 질렀다고 말했고요."

머튼의 진술을 듣던 그렉슨 경감이 물었다.

"그자의 인상착의는 어땠소?"

"땅딸막하고 토실토실한 자였습니다. 목소리는 피리 소리 같았고요. 얼굴 전체를 수염으로 가리다시피 했었습니다."

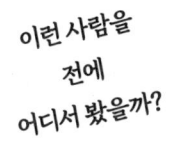

"그 수염은 가짜인 듯하군. 일요일 아침 이곳을 나설 때부터 그자가 우리를 미행하며 보석을 찾으려 했소. 그자는 잘 몰랐겠지만 우린 박물관 도난 사건 대신 다른

사건을 수사하는 중이었지. 계속하시오."

홈스가 종용하자 머튼이 말했다.

"그 이상 할 말이 없습니다. 찰리가 의식을 잃고 쓰러져 병원에 실려 가더니 죽어버리는 바람에 그자한테 연락할 방법이 전무합니다. 그자가 내 친구한테 한 짓을 생각하면 연락하고 싶지도 않지만요."

머튼의 말을 들은 홈스가 추리를 시작했다.

"보석을 훔치지 못했으니 수염을 기른 정체불명의 남자는 보석을 가져오라 시킨 고용주에게 연락했을 거요. 화를 면하려고 당신이 보석을 훔쳐 갔다고 했겠지. 이제 당신도 보석을 처리하려 하고 있고. 사건 현장에서 유일하게 신원이 밝혀진 사람은 당신과 찰리 라이트 씨, 단 두 명뿐이오. 그러니 도난 사건을 꾸민 자가 보석을 찾기 위해 세상 끝까지 당신을 쫓아가리란 사실을 머튼 씨도 잘 알고 있을 거요. 보석의 주인도 마찬가지일 테고."

"홈스 씨는 이 세상 사람이 아닌 듯하군요! 어떻게 제 생각을 속속들이 아십니까?"

머튼이 오늘 저녁 처음으로 놀란 표정을 지으며 홈스에게 물었다.

"찰리가 죽은 후 한숨도 못 잤습니다. 최대한 빨리 보석을 처분하고 이 나라를 뜰 생각이었어요. 찰리의 공범도 제가 이번 일에 연루되었다는 사실을 알겠지만 제가 보석을 가지고 있는 줄은 모를 겁니다. 그나마도 곧 알아차리겠지만요."

"수염을 기른 남자는 도망쳤거나 죽었을 거요. 아니면 곧 그렇게 되던가. 내 장담하오. 그자는 아주 강력하고 영향력 있는 사람

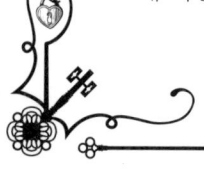

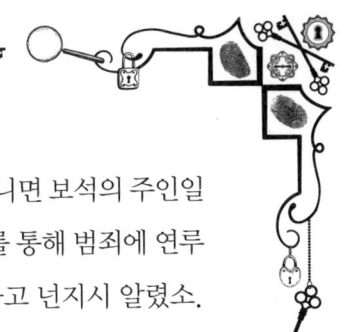

의 심기를 거슬렀거든. 그자의 고용주거나 아니면 보석의 주인일지도 모르지. 둘 중 누가 됐든 간에 신문기사를 통해 범죄에 연루됐던 당신 친구 라이트 씨가 사실은 독살됐다고 넌지시 알렸소. 당신도 똑똑한 사람이니 친구가 사고로 죽지는 않았다는 사실을 알 거요."

홈스의 말을 들은 머튼이 말했다.

"그 친구 상태가 갑자기 위독해져서 의심은 하고 있었습니다. 일요일 아침에 그 친구 부인을 찾아갔더니 찰리의 외투에서 나왔다면서 휘갈겨 그려진 지도를 제게 줬어요. 지도에는 박물관 안에 무언가를 숨긴 곳이 표시되어 있었는데 가서 확인해보니 화분 바닥에서 1만 파운드가 나왔지요."

머튼은 회한에 젖은 얼굴로 말했다.

"이런 일에 손을 대다니 제가 어리석었습니다."

"하지만 병원을 방문하지 않은 일은 현명한 처사였소."

내가 위로하듯 말했다.

"거짓말하지 마시오, 머튼 씨. 당신의 일거수일투족은 철저하게 계산된 행동이었소. 당신이 아직 살아 있는 유일한 이유도 잘 알 거요. 아무도 당신이 보석을 가지고 있는 줄 모르니까. 유일하게 의심받는 사람은 그 정체불명의 공범이었고 당신 또한 누군가 자신을 감시하고 있다는 사실을 알고 있었소. 지금까지 어떻게 보석이 없는 척할 수 있었소?"

홈스가 단호하게 추궁하자 머튼이 말했다.

"동네 목욕탕에 수영을 하러 갔습니다. 탈의실에 들어가자마자 깨진 타일 뒤에 보석을 숨겨두고 사물함에 제 물건들은 넣어뒀

습니다. 수영을 하고 와보니 누군가 제 사물함을 열고 전부 뒤졌더군요. 마침 그때 탈의실에 아무도 없어서 바로 보석을 꺼내서 이곳으로 왔습니다. 추적자들이 속아 넘어갔으니 아마 다른 곳에서 보석을 찾겠지요. 그렇다고 집에 돌아가진 않을 겁니다. 찰리가 숨겨둔 돈을 찾아 영국을 떠날 생각입니다."

"당신은 분명 현명한 사람이오. 하지만 보석의 값어치가 얼마인지 궁금했을 텐데. 그래야 그자들이 어디까지 당신을 쫓아올지 알 수 있을 테니까. 박물관에서 정보를 얻었소?"

머튼은 고개를 끄덕였다. 머튼은 고개를 기울이더니 자기 주머니 쪽으로 고갯짓을 했다. 옆에 있던 내가 주머니를 뒤져보니 작은 편지봉투가 나와서 홈스에게 편지봉투를 건네주었다. 홈스는 봉투를 열고 내용물을 살펴보더니 작게 중얼거렸다.

"확실히 이 정도 금액이라면 사람을, 그것도 여러 명을 죽이고도 남겠군."

홈스는 머튼을 쳐다보며 말했다.

"이 다이아몬드의 값어치는 거의 8만 파운드나 되네!"

홈스가 머튼의 왼쪽 장화를 뒤집자 커다란 다이아몬드가 홈스의 손 위로 굴러떨어졌다. 홈스는 놀란 그렉슨 경감에게 보석을 던져주고 머튼 앞에 장화를 내려놓았다.

"슬슬 당신을 놓아줄 때가 됐소, 머튼 씨. 런던으로 돌아오지만 않는다면 살 수 있을 거요. 본인이 생각하는 만큼은 안전할 거요. 이제 끊임없이 등 뒤를 걱정해야 할 테니 당신이 저지른 실수의 대가로는 차고 넘치지. 그렉슨 경감님이 보석을 원래 자리로 돌려놓을 거요. 약간 거들먹거리긴 하겠지만, 처음부터 도난당한 적이

없는 듯 보이면 사건이 일어나지 않은 것이니, 보석 주인이나 진짜 도둑, 혹은 경찰 당국도 더 이상 당신을 추적하지 않을 거요."

우리는 머튼을 풀어줬다. 머튼은 장화를 다시 신고 문으로 향했다. 그리고 방을 나가기 직전 홈스 쪽을 돌아보더니 말했다.

"친절을 베풀어주셔서 감사합니다, 홈스 씨. 가기 전에 한 가지 말씀드릴 게 있습니다. 전에 발견한 사실인데, 가짜 보석은 'M'이라는 글자가 적힌 상자 안에 있었어요."

그 순간 홈스와 나는 깜짝 놀라 서로를 쳐다봤다.

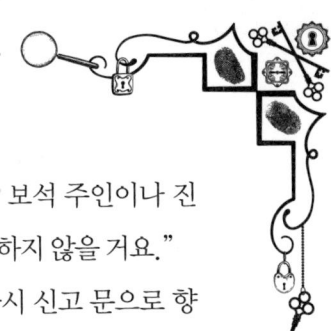

"'M'이었던 게 확실하오? 상자에 다른 무늬는 없었소? 상자는 지금 어디 있소?"

빨리 떠나고 싶어 조급해진 머튼이 다급하게 말했다.

"수염을 기른 자가 가져간 게 확실합니다, 홈스 씨. 전 그자의 심기를 거스르고 싶지 않아요."

홈스가 아쉬워하며 말했다.

"유감이구려. 상자를 보면 'M'에 대해 더 많은 사실을 알아낼 수 있었을 텐데."

머튼은 홈스의 말에 대답도 하지 않은 채 도망치듯 서재를 빠져나갔고 곧 아래층으로 내려가는 소리가 들렸다. 얼마 지나지 않아 그렉슨 경감도 문을 나섰다.

"생각해보게. 정체불명의 'M'이 이번 사건은 물론 얼마 전 사망한 해리 멀린스와도 연관이 있네. 멀린스가 죽은 이유는 빚을 갚는 대신 'M'을 위해 뭔가 해야 하기 때문이었을까?"

내 물음에 홈스가 대답했다.

"그건 영원히 알 수 없을 걸세, 왓슨. 죽은 자는 말이 없는 법이고 'M'은 자기 공범을 살려두지 않는 듯하니까. 머튼이 지금까지 'M'의 눈을 피해 얘기를 들려준 것만으로도 다행일세. 하지만 어쩌면 언젠가 다시 'M'을 만나게 될지도 모르겠네."

나는 수첩에 'M'을 적고 동그라미를 친 뒤 그 옆에 커다란 물음표를 적었다. 이런 범죄들을 조용히 저지른 'M'의 영향력과 권력이 어느 정도일지 상상만 해도 소름이 끼쳤다. 하지만 곧 홈스가 나를 부르는 통에 깊고 암울한 사색에서 현실로 돌아올 수 있었다.

"이제 좀 더 밝은 생각을 해보세, 왓슨. 스트라디바리우스 바이올린을 내게 건네준다면 내가 가장 좋아하는 작곡가 중 한 명이 쓴 가사가 없는 곡을 켜주겠네."

내가 바이올린을 넘겨주자 홈스는 바이올린 곡을 켜기 시작했다. 해가 기울며 방바닥에 긴 그림자를 드리웠고 일렁이는 벽난로 불빛이 가구에 반사되었다. 홈스는 음악에 심취했고 알 수 없는 바이올린 곡이 서재에 울려 퍼졌다. 나는 의자에 몸을 푹 묻은 채 눈을 감고 멘델스존의 가사 없는 곡, 〈무언가 無言哥〉를 듣고 있었다. 길고 길었던 며칠간의 여정이 끝났으니 이제 곧 이번 모험에 대해서도 쓰기 시작할 것이다.

하지만 그전에 제목을 《네 개의 서명》이라 지은 소설을 마무리 지어야 하고, 최근에 겪은 유령 사냥개와 얽힌 수수께끼를 담아낸 소설의 제목도 생각해봐야 한다. 할 일이 정말 많기도 하다!

이제 251쪽으로 가세요.

에필로그

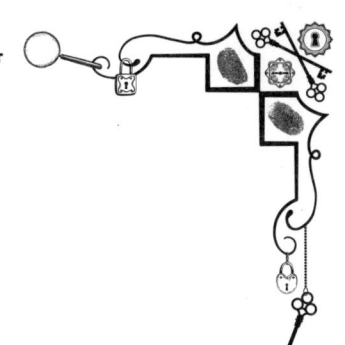

이상하리만치 서늘한 여름이 끝나가던 노네스Nones, 나는 베이커가 221B 번지의 식탁에 앉아 허드슨 부인이 차려준 맛있는 잉글리시 브랙퍼스트와 따뜻한 커피를 즐기고 있었다. 기분이 무척 좋았기에 입맛도 제법 돌았다. 새로 출간한 《네 개의 서명》이 지난 몇 달간 대중의 인기를 한몸에 받았고, 마지막 연재분이 이번 주말에 나올 예정이었다.

출판사에서는 벌써 다음 시리즈에 대해 묻더니 초현실적인 소재를 다룬 다음 소설이 최고의 흥행을 구가하리라 장담했다. 하지만 먼저 규모가 작았던 사건들을 다루고 난 뒤 다음 소설에 제대로 집중하려 한다. 제목은 《바스커빌가의 개》라고 지었다. 홈스는 여전히 우리의 모험을 담은 소설에 무관심해 보였지만, 그래도 덕분에 유명해져서 원하는 사건만 골라 맡게 되었다는 사실을 부정하지는 못했다.

홈스는 아침 일찍부터 일어나 아침 식사를 마치고 그가 가장 좋아하는 안락의자에 앉아 아침 신문을 읽고 있었다.

바스커빌 가문 사건에 대한 소설의 대략적인 윤곽을 고민하고 있던 차에 돌연 봄에 있었던 브레이스웰 가문 사건과 런던 자연사박물관 도난 사건이 떠올랐다. 제목은 《핀칠리의 검은 마부》로 지을까 한다. 브레이스웰 경과 아이들은 잘 지낸다는 소식을 들었

지만, 가정교사 포먼 양과 얼떨결에 도둑이 된 머튼은 이 세상에서 사라진 듯했다. 두 사람은 이제 내 사건 수첩 속에서만 존재하고 있었다. 두 사람이 잘 지내길 바란다.

 누군가 가볍게 내 어깨를 흔들어대는 통에 상념에서 벗어났다. 위를 올려다보니 허드슨 부인이 서재 쪽을 가리키고 있었다. 내 쪽에서는 의자에 앉아 있는 홈스 옆 모습만 보였다. 홈스는 한 손에는 파이프 담배를, 다른 손에는 신문 끝자락을 잡고 있었다. 영문을 알지 못한 나는 허드슨 부인을 바라봤다. 허드슨 부인은 자기 입술에 손가락을 얹더니 더 가까이 가보라고 손짓했다.

 나는 서재가 더 잘 보이도록 식탁을 따라 옆으로 이동했다. 놀랍게도 홈스의 무릎에 올려진 아침 신문 위에 내가 처음으로 연재했던 소설인 《주홍색 연구》가 놓여있었다. 더더욱 놀라운 것은 홈스가 사냥 모자를 쓰고 있었다는 사실이다. 내 시선을 느꼈는지 홈스가 읊조리듯 말했다.

 "약속은 약속이지 않나, 왓슨."

 존 왓슨 박사

부록 1: 구직 신청서

개인 정보 및 숙련 분야
이름: 아멜리아 호프 포먼
직업소개소 최초 예약일: 1890년 4월 30일
직업소개소 최종 예약일: 1890년 5월 14일
생년월일: 1870년 12월 13일
거주지: 런던 패링던 카우크로스가(街) 456번지
외모: 키가 큼, 갈색 머리, 갈색 눈
가족: 모 – 윌헬미아 포먼, 패링던 거주
　　　부 – (양부) / 앨버트 포먼 – (사망)
현재/이전 고용주: 글로브 마을의 올리버 와일더 가문
　　　　　　　　아이 6명 (나이 14세, 12세, 9세, 7세, 6세, 4세)
현재 고용주의 추천서: 있음
현재 봉급: 연봉 24파운드
교육 상태: 확인함
종교: 영국 성공회
숙련 분야:　읽기 – 뛰어남
　　　　　쓰기 – 뛰어남
　　　　　산수 – 뛰어남
　　　　　시 – 능숙함
　　　　　역사 – 초보
　　　　　지구본 읽기 – 능숙함
　　　　　미술 – 뛰어남
　　　　　사교춤 – 초보
　　　　　몸가짐/교양 – 능숙함
언어:　　　프랑스어 – 능숙함
　　　　　에스파냐어 – 대화 가능
애완동물과의 관계: 친하지만 우려됨
놀이 및 퍼즐: 가능
해외 파견: 가능

부록 2:
당시 사용하던 화폐 단위

1기니 = 21실링

1파운드 = 20실링

1크라운 = 5실링

1하프 크라운 = 2실링 6펜스

1실링 = 12펜스

식스펜스 = 6펜스

스리펜스 = 3펜스

투펜스 = 2펜스

페니 (※페니의 복수형은 펜스)

하프펜스 = 반 페니

파팅 = 1/4페니

부록 3: 체스 세트

킹 1개　　퀸 1개　　비숍 2개　　나이트 2개　　룩 2개　　폰 8개

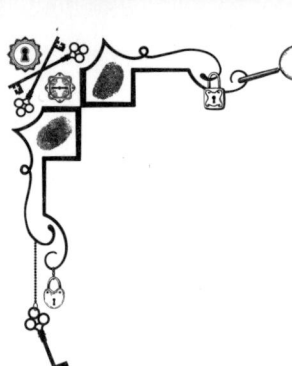

부록 4: 별자리

1881년 12월 12일

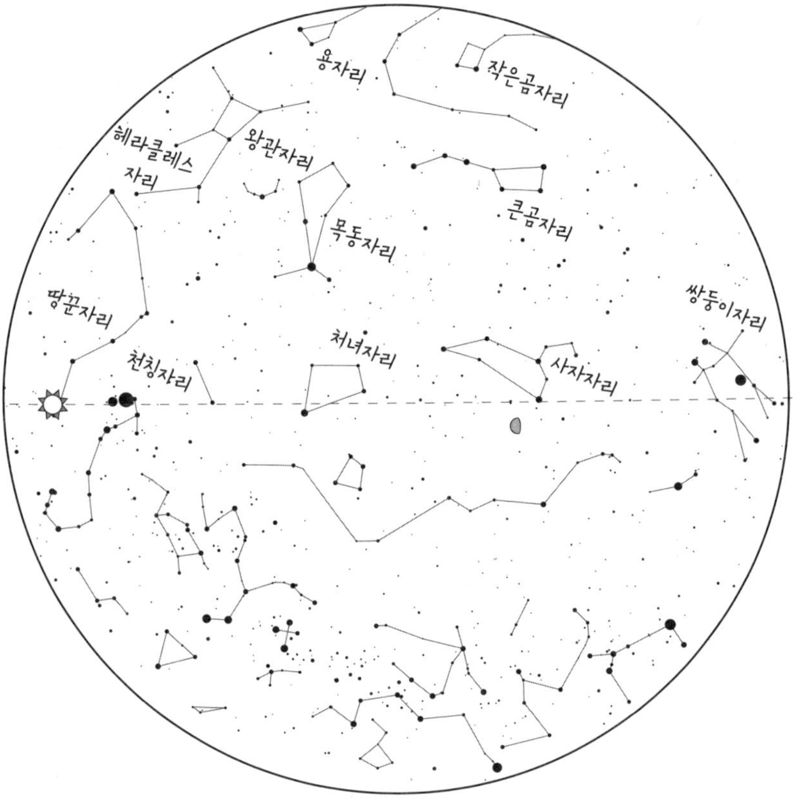

힌트

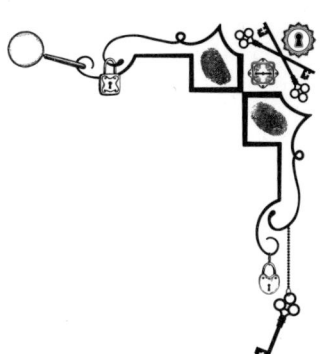

7쪽: 이야기 속 연도는?
힌트 1: '제퍼슨 호프 사건'에 대한 정보가 연도를 아는 데 도움이 될까?
힌트 2: '제퍼슨 호프'는 이야기 속에서 이제 막 출간한 《주홍색 연구》에서 나온다.

11쪽: 왓슨은 알아차리지 못하지만 홈스가 의심하는 바는 무엇일까?
힌트 1: 왓슨의 서술에서 무엇이 보이는가? 혹은 무엇이 보이지 않는가?
힌트 2: 도난당한 물건이 없다는 이전의 힌트가 시사하는 바는 무엇일까?

13쪽: 홈스와 왓슨이 레스트레이드를 만나는 장소는 어디일까?
'멈춤' 다음에 오는 문장들의 첫 자모를 살펴보자.

15쪽: 수수께끼의 답은 무엇일까?
힌트 1: 시간이 지날수록 줄어드는 건 무엇일까?
힌트 2: 어떤 물건의 '생명'이 광명을 가져다주고 천천히 어둠 속으로 사라질까?

17쪽: 두 사람은 어떤 방식으로 여행을 했을까?
힌트 1: 전보를 다시 확인하자.
힌트 2: 전보에 있는 오타는 특정 교통수단을 가리키고 있다. (특정 '줄')

19쪽: 웨스트우드 저택 정문으로 가려면 어떤 길로 가야 할까?
115쪽에 있는 왓슨의 지도를 보고 가장 짧은 경로를 찾아보자.

21쪽: 저택에 도착했을 때부터 홈스가 이상하다고 느낀 점은 무엇일까?

힌트 1: 브레이스웰 가문이 여행에서 수집해온 물건들을 다시 살펴보자.

힌트 2: 다른 물건과 어울리지 않는 물건은 무엇일까?

27쪽: 책장에 숨겨진 메시지는 무엇일까?

힌트 1: 각 책의 첫 글자를 살펴보자.

힌트 2: 어째서 책 한 권은 거꾸로 뒤집혀 있을까?

31쪽: 어떤 물건이 이상하다고 하는 걸까?

힌트 1: 빗속에서 시신을 발견했다는 점을 생각해보자.

힌트 2: 비에 노출되면 망가지는 물건이 무엇일까?

32쪽: M의 메시지는 어떤 내용일까?

아래 표를 이용해 암호를 해독해보자.

36쪽: 홈스와 왓슨은 어떻게 기차 칸을 빠져나왔을까?

문을 열만한 물건이 삽화에 숨어 있는지 찾아보자.

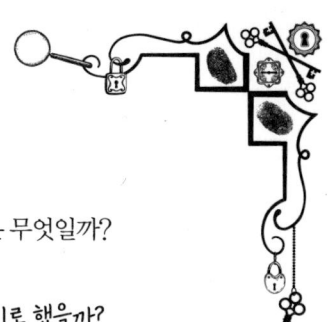

38쪽: 홈스는 어떤 의심을 하고 있을까?
홈스와 왓슨이 기차에서 내리기 전에 여러 번 본 것은 무엇일까?

38쪽: 두 사람은 마을 어디에서 레스트레이드 경감과 만나기로 했을까?
힌트 1: 전보를 다시 참조해 보자. 누가 왕관을 쓸까? 왕관은 어디에 쓸까?
힌트 2: 술을 마시러 가는 곳은 어디일까?

43쪽: 홈스는 어떻게 잠긴 방에서 탈출했을까?
힌트 1: 이 수수께끼를 풀기 위해서는 제인 에어 책이 필요하다. 책이 없다면 인터넷에서 구텐베르크 프로젝트에 있는 제인 에어를 참조해 보자.
힌트 2: '장'은 책의 '장'을 의미한다.
힌트 3: 장문문단 = 책의 장, 문단, 문장, 단어. 단어를 찾아 메시지를 찾아내 보자.

46쪽: 홈스가 낸 수수께끼의 답은 무엇일까?
힌트 1: 실제로 90분이 흘렀을 때 이 시계는 60분이 지난다.
힌트 2: 12시 정오를 기준으로 두 시계의 시간을 써 내려가 보자. 두 시계의 시각이 다시 일치하는 때는 언제일까?

50쪽: 어떻게 하면 시계를 고칠 수 있을까?
힌트 1: 위아래에 있는 여분의 톱니바퀴들에서 어떤 점이 눈에 띌까?
힌트 2: 톱니바퀴에 파인 홈을 자세히 보자. 서로 겹칠 수 있는 톱니바퀴가 있을까?
힌트 3: 서로 맞물리는 톱니바퀴는 한 쌍뿐이다.

53쪽: 255쪽에 있는 체스판을 사용해 이야기에 맞춰 체스판에 말을 배치해보자.

'벽'은 룩을 의미한다. '고해성사'는 비숍을 의미한다.

54쪽: 가정용 액체 중 세제와 섞으면 안 되는 액체는 무엇일까?
청소용 세제를 만들 때 식초와 섞지 말아야 하는 것은 무엇일까?

56쪽: 부주방장이 얼굴을 붉히고 식당을 나간 이유 두 가지는 무엇일까?
힌트 1: 부주방장은 무엇 때문에 놀림당했을까?
힌트 2: 부주방장이 멀린스에게 차려준 아침 식사가 어떠했기에 그럴까?

59쪽: 사건 현장에서 홈스는 발견했지만 왓슨은 그러지 못한 사실이 무엇일까?
힌트 1: 115쪽에 있는 사건 현장 삽화를 보자.
힌트 2: 물웅덩이들을 더 자세히 보자.

59쪽: 마차에 난 긁힌 자국을 보고 홈스는 어떤 추리를 했을까?
손에 끼는 어떤 물건이 넓고 뭉툭한 자국을 낼 수 있을까?

62쪽: 홈스는 이 지역의 어떤 점을 신경 쓰는 걸까?
몇 년 후 누가 이 건물에서 일하게 될까?

66쪽: 홈스는 어떻게 상자를 열었을까?
힌트 1: 심장에 화살을 쏘는 유명한 인물은 누가 있을까?
힌트 2: '사랑하는 님에게'라는 말을 이 집안 어디에서 또 봤을까? 프시케의 애인은 누구일까?

70쪽: 이 방의 어떤 점이 이상할까?
힌트 1: 삽화를 살펴보자. 페인트가 마른 후 건드린 자국이 없는 창문과 이중 잠금장치가 달린 문이 있다. 그렇다면 이 방을 드나들 수 있는 출입구는 어디 있을까?

힌트 2: 책장 옆의 벽을 자세히 살펴보자.

72쪽: 포먼 양은 어떻게 방에서 탈출했을까?
포먼 양이 방을 탈출할 방법은 두 가지이다.

74쪽: 켐프 부인이 어떤 거짓말을 하고 있고 홈스는 어떻게 알아차렸을까?
힌트 1: 켐프 부인의 집에 있는 물건 하나는 짝이 있는 물건이다. 어떤 물건일까?
힌트 2: 그 물건의 짝이 되는 물건은 누가 갖고 있을까?

76쪽: 텃밭에서 보이는 켐프 부인과 조지 헤윗의 연결점은 무엇일까?
켐프 부인의 밭의 구조에서 어떤 무늬가 보일까?

77쪽: 홈스는 이 정체불명의 쪽지에 대해 무엇을 알아냈을까?
힌트 1: 왼쪽에서 오른쪽으로 읽을 수 없는 쪽지이다.
힌트 2: 이를 읽으려면 무엇을 사용해야 할까?

79쪽: 두 사람은 마을 어디에서 레스트레이드 경감과 만나기로 했을까?
힌트 1: 전보를 다시 참조해 보자. 누가 왕관을 쓸까? 왕관은 어디에 쓸까?
힌트 2: 술을 마시러 가는 곳은 어디일까?

80쪽: 홈스는 어째서 마차를 멈췄을까?
지도에서 두 사람의 출발점과 목적지, 그리고 현재 위치를 확인해보자.

82쪽: 진술서의 날짜는 어떻게 될까?
힌트 1: 홈스와 왓슨이 사건을 맡게 된 날짜는 어떻게 될까? 바로 그 전날에 아이들이 납치되고 멀린스의 시신이 발견되었다.
힌트 2: 두 사람은 웨스트우드 저택에서 일요일 저녁을 보낸 뒤 다음 날

아침 식사를 하고 클레멘스 부인과 대화를 나눴다.
힌트 3: 그 외의 모든 일은 진술서의 날짜와 같은 날에 일어났다.

85쪽: 아멜리아는 어떻게 경찰한테 사건에 대한 정보를 캐냈을까?
경찰에게 자신이 누구라고 말하면 정보를 얻기 유리할까?

88쪽: 세탁부 아주머니는 왜 말을 멈췄을까?
힌트 1: 이때 아멜리아는 어떤 옷을 입고 있었을까?
힌트 2: 아멜리아가 얇은 목소리로 비명을 질렀다면 어떤 사실이 들통날까?

89쪽: 아멜리아는 무엇을 의심하고 있을까?
힌트 1: 세탁부 아주머니가 알려준 헤윗과 브레이스웰 가문의 관계는 무엇일까?
힌트 2: 헤윗에게 멀린스를 해칠 동기가 있을까?

90쪽: 포먼 양은 아이들이 어디 있다고 생각할까?
집 안으로 들어갔을 때 아멜리아의 눈에 띈 물건은 무엇일까?

92쪽: 쪽지에는 뭐라고 쓰여 있을까?
쪽지 내용을 종이에 옮겨적고 네모 모양으로 오린 후 순서대로 맞춰서 내용을 확인해보자.

96쪽: 이 둘은 어떤 술을 주문해야 할까?
힌트 1: 이 재료들은 무엇일까?
힌트 2: 봄 색깔이 나는 요정과 관련된 술은 무엇일까?

99쪽: 당시 가정교사의 평균 연봉은 얼마였을까?
힌트 1: 여기서 말하는 여왕은 빅토리아 여왕이다.

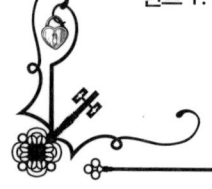

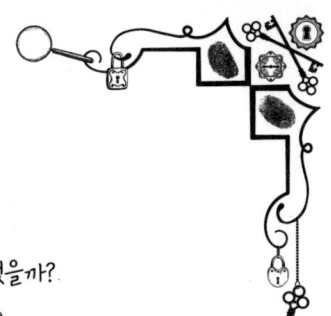

힌트 2: 뒤마의 소설은 《삼총사》를 말한다.

100쪽: 홈스는 어째서 그렉슨 경감의 메시지를 받을 수 없었을까?
지금 위치에서 베이커가까지의 거리는 어떻게 될까?

106쪽: 홈스는 어떻게 비밀번호를 추리해냈을까?
힌트 1: 번호의 순서는 앞에 전부 나와 있으니 찾아보자.
힌트 2: 스토퍼 씨의 나이와 초여름에 일하기 시작했다. 그리고 비밀번호를 매년 바꾼다.

111쪽: 홈스가 어째서 크롬웰 씨는 금고를 열지 못한다고 했을까?
크롬웰 씨가 책을 들고 있기 힘들어한다는 점을 주목해보자. 홈스조차 금고 손잡이를 돌리기 힘들어했다.

119쪽: 스토퍼 씨가 도난 사건을 꾸민 동기는 무엇일까?
스토퍼 씨는 홈스와 왓슨에게 뭐라고 불평했었나?

117쪽: 레스트레이드 경감은 아멜리아의 일기장을 어디서 발견했을까?
화살촉같이 생긴 것을 어디서 또 봤을까?

117쪽: 레스트레이드 경감은 얼마나 오랫동안 이 사건을 언론에 공개하지 않았을까?
신문기사와 아멜리아의 마지막 일기를 다시 한번 살펴보자. 사건은 언제 일어났을까? 현재는 하루의 어느 시점인가?

120쪽: 브레이스웰 부인이 죽었을 때 아이들은 몇 살이었을까?
힌트 1: 127~133쪽에서 아멜리아가 아이들의 나이를 언급했다.
힌트 2: 브레이스웰 부인은 5년 전에 사망했다.

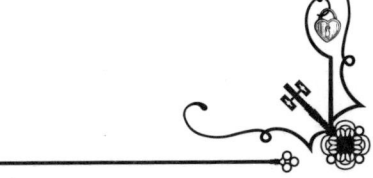

121쪽: 브레이스웰 가문의 가훈은 무엇일까?
고향으로 돌아와 다시 공동체를 재건한 무역상 가문과 가장 잘 어울리는 가훈은 무엇일까?

124쪽: 홈스는 어떻게 문을 열었을까?
힌트 1: 96~97쪽을 참조해 보자. 삽화와 일치하는 것이 보이는가?
힌트 2: '3/4이 차 있고' 달빛의 색과 같은 무언가를 찾아보자.

126쪽: 홈스는 왜 이렇게 일기장을 면밀히 조사했고, 또 무엇을 발견했을까?
힌트 1: '힘차고 깔끔한' 필치에서 무엇을 추리할 수 있을까?
힌트 2: 홈스는 어떤 냄새를 맡았을까?

128쪽: 일기장 주인과 스토퍼 씨의 대화는 어떠한 내용일까?
정답: "애들을 가르칠 자격이 충분하다고 생각하세요?"
"예, 그럼요. 프랑스어도 잘한답니다. 마지막으로 일했던 가정집에서 여름을 파리에서 보냈거든요. 그래서 저도 자주 파리로 따라갔어요. 파리에 있을 때도 아이들을 매일 가르쳤답니다. 제 부친도 프랑스인이세요."

128쪽: 일기장 주인의 연봉은 얼마일까?
힌트 1: 각 달의 영어 명칭 철자 수를 세어보고 달 수와 철자 수가 일치하는 달을 찾아보자.
힌트 2: 헨리라는 이름을 가진 영국의 왕은 몇 명일까? 제빵사가 쓰는 한 다스 baker's dozen 는 몇 개일까?

130쪽: 일기장 주인은 어디에 소중한 일기장을 숨겨뒀을까? 그 이유는 무엇일까?
《보물섬》에서 보통 위치를 표시하려면 어떤 표식을 남길까?

133쪽: 암호의 내용은 무엇일까?
힌트 1: 쌍자음과 복합모음을 고려한 한글 자모순에 따라 글자들을 앞뒤로 움직이면 어떤 메시지가 나올까?
힌트 2: 각 글자를 한글 자모순에서 네 번째 앞에 있는 자모로 바꿔보자.

137쪽: 해리 멀린스의 부모가 사는 집의 주소는 어떻게 될까?
주사위 두 개를 그림과 같이 나열해보자. 그리고 화살표를 따라 본인 쪽으로 돌려보자. 윗면에 있는 주사위 눈은 몇 개일까?

142쪽: 홈스는 조슈아의 이야기에서 어떤 점이 이상하다고 생각할까?
크림 전쟁은 언제 일어났을까?

144쪽: 이 문양의 내용은 무슨 뜻일까?
힌트 1: 각 문양 가운데 거울을 놓으면 어떻게 될까?
힌트 2: 이와 같은 내용을 어디서 봤을까?

147쪽: 멀린스는 남미로 갈 돈이 어디서 났을까?
멀린스를 도와줄만한 부유한 사람이 누가 있을까?

149쪽: 탁자에 긁힌 자국에는 어떠한 패턴이 있을까?
그림을 눈높이와 수평으로 두고 책을 천천히 양쪽으로 기울여보자.

149쪽: 멀린스의 자식이라 주장하는 사람의 정체는 무엇일까?
가족사진과 전에 봤던 다른 사진을 비교해보자.

154쪽: 어떤 별자리가 빠져있을까? 어째서 브레이스웰 가문은 이 별자리만 빼고 그렸을까?
브레이스웰 가문이 별자리를 중요하게 생각하는 이유는 무엇일까?

169쪽: 지도와 종이의 내용을 보고 아이들이 무슨 말을 하려 했는지 찾아보세요.
힌트 1: 168쪽에 있는 《보물섬》 지도를 사용해 아이들의 이야기를 따라가 보자. 무엇이 보이는가?
힌트 2: 여행의 경로를 지도에 그려보면 단어 하나가 나온다.

174쪽: 홈스는 어째서 전에 만난 사람이 진짜 브레이스웰 경이 아니라고 의심할까? 22쪽에 있는 브레이스웰 경의 초상화와 41쪽에 있는 브레이스웰 경의 편지를 보고 무엇을 추리할 수 있을까?

174쪽: 홈스가 왓슨과 레스트레이드 경감에게 낸 문제들의 답은 무엇일까? 브레이스웰 경은 최근에 누구를 잃었을까?

178쪽: 홈스가 이번 사건에 연루되었다고 의심하는 사람은 누구일까?
힌트 1: 시기적절하게 적재적소에 있던 사람은 누구였을까?
힌트 2: 보이는 게 다가 아니다. 범인이라고 생각하지 않을 사람은 누구일까?

182쪽: 홈스는 가짜 브레이스웰 당주가 서류철을 어떻게 했으리라 의심하고 있을까? 일행이 서재에 들어갔을 때 무엇이 '활활 타고' 있었을까?

183쪽: 왓슨이 종잇조각에서 알아본 글자는 무엇일까? 왓슨은 어떤 점을 눈치채고 스토퍼 씨의 금고에서 나온 서류라 생각했을까?

184쪽: 홈스는 어떻게 지구본이 열릴 줄 알고 있었을까? 여는 방법은 어떻게 알았을까?
힌트 1: 지구본 가운데를 빙 두르고 있는 것이 무엇일까?
힌트 2: 브레이스웰 경이 자란 곳은 어디일까?

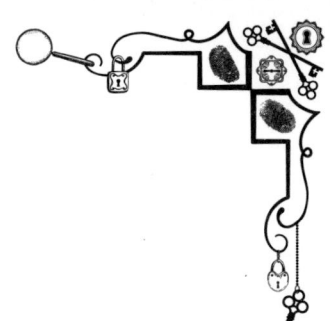

188쪽: 진술서의 날짜는 어떻게 될까?
힌트 1: 마차 사건이 일어난 날짜는 어떻게 될까?
힌트 2: 며칠 전에 일어난 사건일까?

190쪽: 시가의 브랜드는 무엇일까?
힌트 1: 전에 시가를 언급한 적은 언제였을까?
힌트 2: 29쪽과 60쪽에서 시가 꽁초에 대해 알 수 있다.

191쪽: 헤윗은 어디서 약물을 구했을까?
힌트 1: 약초를 어디서 구할 수 있었을까?
힌트 2: 이야기에 나오는 사람 중 커다란 텃밭이 있는 사람은 누굴까?

194쪽: 헤윗은 누구의 도움을 받으려는 걸까?
힌트 1: 저택 안에 일하는 사람 중 헤윗이 아는 사람은 누구일까?
힌트 2: 웨스트우드 저택의 사용인은 헤윗과 어떤 연관이 있을까? 헤윗의 집안은 여러 세대에 걸쳐 웨스트우드 저택에서 일했다.

195쪽: 두 사람은 사건 현장을 어떻게 꾸몄을까?
힌트 1: 115쪽에 있는 사건 현장 삽화를 다시 확인해보자.
힌트 2: 무거운 시신을 마부석에 옮길 때 도움이 될만한 물건이 뭐가 있을까?

197쪽: 괘종시계 뒤의 문을 열려면 어떤 순서로 시계를 움직여야 할까?
힌트 1: 동요는 시계와 어떻게 연관되어 있으며 어떤 순서로 시계를 움직여야 할까?
힌트 2: 동요에서 검은 새 몇 마리가 파이에 들어갈까?
힌트 3: 한 시간 후는 몇 시가 될까?

201쪽: 에드워드 브레이스웰 경이 편지에 숨겨놓은 메시지는 무엇일까?
각 줄 첫 글자의 첫 자모를 조합해 읽어보자.

207쪽: 위긴스가 갖게 될 돈은 얼마일까?

힌트 1: 1파운드는 몇 실링일까? 254쪽을 참조해 보자.
힌트 2: 위긴스가 받은 돈은 21실링이다. (1파운드+1실링) 신문사 12개 =12실링.
힌트 3: 첫 1실링은 전보를 가져다준 위긴스의 몫이다. 1파운드(20실링)는 신문에 광고를 실으라고 특공대에게 준 돈이다.

211쪽: 홈스는 왜 경비원이 살해당했다고 의심할까?

힌트 1: 왓슨이 언급한 점은 무엇일까?
힌트 2: 획이 추가된 글자를 조합하면 무슨 단어가 나올까?

213쪽: 진술서의 날짜는 어떻게 될까?

힌트 1: 마차 사건이 일어난 날짜는 어떻게 될까?
힌트 2: 며칠 전에 일어난 사건일까?

214쪽: 이와 비슷한 물건을 전에 어디서 들어봤을까?

멀린스의 시신에서 발견한 물건 중 이와 관련 있는 물건은 무엇일까?

221쪽: 아이들은 어디 있을까?

힌트 1: 저택 부지에서 아이들이 숨기 좋은 곳이 어디일까? 아이들의 조부가 어린 시절 자주 놀던 곳은 어디일까?
힌트 2: 《보물섬》에 있는 지도를 보면 어디인지 알 수 있을까?

222쪽: 홈스는 아이들에게 식량이 충분하다는 사실을 어떻게 알았을까?

전에 홈스는 무언가를 발견하고 아이들이 '납치'된 후 집 안에 들어왔다

고 생각한다. 홈스가 발견한 것은 무엇일까?

223쪽: 아이들이 숨어 있는 동굴은 어디 있을까?
힌트 1: 22쪽으로 돌아가 초상화에 대한 묘사를 다시 살펴보자. 역대 브레이스웰 경 초상화들이 걸려 있는 방식에 일정한 패턴이 있을까?
힌트 2: 초상화가 걸려 있는 방식을 지도의 좌표와 연관 지어 보자. 어떤 순서로 적용해야 할까?
힌트 3: 이 위치를 어디에 적용할 수 있을까? 저택 부지 지도의 어디에서 시작하는 게 자연스러울까?

227쪽: 왜 잭과 킹은 0에서 9까지의 숫자로 치환할 수 없을까?
에이스가 낮은 수일 경우 잭과 킹은 숫자 몇에 해당할까? 에이스가 높은 수일 경우는?

227쪽: 궤짝 자물쇠의 비밀번호는 무엇일까?
힌트 1: 그림 가장자리의 작은 무늬를 이용해 각 무늬에 있는 꼭짓점이나 둥근 면의 숫자를 확인하자. 예를 들어 다이아몬드 6 옆에 있는 작은 클럽 무늬 3개는 둥근 면 3개를 뜻한다.
힌트 2: 각 판에는 점이 그려져 있다. 이는 낮은 패에서 높은 패로 카드를 정렬하라는 뜻이다.
힌트 3: 각 무늬의 꼭짓점과 둥근 면을 이용해 비밀번호를 맞춰보자.

230쪽: 현 브레이스웰 경의 나이는 어떻게 될까?
브레이스웰 경과 가족들의 배경을 전부 생각해보자.

237쪽: 베이커가 221B 번지의 문을 열 수 있는 열쇠는 어느 것일까?
힌트 1: 그렉슨 경감이 이 집 문 앞에 도착하려면 어떤 정보가 필요할까?
힌트 2: 주소가 어떤 도움이 될까?

힌트 3: 주소에 있는 번호들을 전부 더해 열쇠 모양을 알아내자.

238쪽: 홈스는 라이트 씨가 부상당했다는 텔레그레프지 기사 내용에서 무엇을 추리했을까?

힌트 1: 라이트 씨는 어느 방향에서 공격당했을까?

힌트 2: 유리창이 깨지면 분명 소리가 났을 것이다. 그때 공격한 사람이 라이트 씨에게 몰래 다가갈 수 있었을까?

240쪽: 두 경비원은 가짜 보석을 어디서 구했을까?

경비원 두 사람이서만 저지를 수 있는 범죄였을까?

243쪽: 홈스가 이 정체불명의 먼데이 씨를 의심하는 이유는 무엇일까?

힌트 1: 홈스는 왜 먼데이 씨에게 신발을 벗으라고 했을까?

힌트 2: 이러한 요구가 사건 현장과 어떤 연관이 있을까?

245쪽: 이런 사람을 전에 어디서 봤을까?

홈스와 왓슨은 어딘가에 갇히기 전에 창문 너머로 누군가의 얼굴을 봤었다. 언제였을까?

249쪽: 전에 어디서 'M'을 보았을까?

빚쟁이들이 찾아와 멀린스 부부에게 뭐라고 말했을까?

251쪽: 오늘의 날짜는 어떻게 될까?

힌트 1: 9월의 노네스Nones는 며칠일까?

힌트 2: 왓슨이 사색하는 내용에 어떤 단서가 있을까?

저자에 대하여

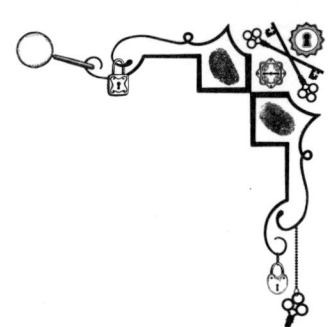

마이크 칼리언과 제이슨 에딩어는 더 이스케이프 룸 가이즈를 운영하고 있다. 이들은 미국에서 방탈출 게임 리뷰 블로그와 기술자문 서비스를 운영한다. 두 사람은 방탈출 게임에 도전하며 즐거움을 느끼고, 방탈출 게임 리뷰를 하는 동시에 다른 이들이 즐길 수 있도록 방탈출 퍼즐을 제작한다.

홈페이지: www.theescaperoomguys.com

이 책의 줄거리를 쓴 톰 우는 캐나다의 달하우지 대학에서 19세기 영국 문학을 가르치는 교수이자 유니버시티 칼리지 런던의 명예 연구원이다. 《인기 영화 및 티비 쇼 저널》 Journal of Popular Film & Television 논문집의 〈셜록 홈즈를 상상하다〉 Imagining Sherlock Holmes 호號를 편집하였다. 저자는 아서 코난 도일 경과 동시대 작가에 대해 활발한 저술 활동을 했으며, 대표작으로 《기싱, 셰익스피어, 글쓰기의 삶》 Gissing, Shakespeare, and the Life of Writing, 에든버러 대학 출판부과 《조지 기싱》 George Gissing, 리버풀 대학 출판부이 있다.

삽화 출처

- 제임스 뉴먼 그레이, 유한 회사 애드보컷 아트(James Newman Gray Advocate Art Ltd): 37, 70, 118, 198
- 마르틴 부타만테, 유한 회사 애드보컷 아트(Martin Bustamante Advocate Art Ltd): 20, 49, 115, 140, 253
- 니아 윌리엄스(Nia Williams): 124, 137, 157, 226, 236
- 셔터스톡(Shutterstock): 7, 8, 13, 28, 32, 52, 65, 124, 127, 137, 144, 152, 157, 166, 200, 211, 226, 236, 253, 254, 255.
- 시드니 패짓, 빅토리안 웹 아카이브 제공(Sidney Paget, courtesy of the Victorian Web archive): 6, 10, 25, 220

판칠리의 검은 마부

초판 1쇄 인쇄일 I 2022년 03월 20일   초판 1쇄 발행일 I 2022년 03월 25일

지은이 I 마이크 칼리언, 제이슨 에딩어, 톰 우
옮긴이 I 김완교
펴낸이 I 강창용
책임편집 I 신선숙, 강동균
디자인 I 김동광
책임영업 I 최대현

펴낸곳 I 느낌이있는책
출판등록 I 1998년 5월 16일 제10-1588
주 소 I 경기도 고양시 일산동구 중앙로 1233(현대타운빌) 302호
전 화 I (代)031-932-7474
팩 스 I 031-932-5962
이메일 I feelbooks@naver.com

ISBN 979-11-6195-170-6 (03840)

* 잘못된 책은 구입처에서 교환해드립니다. 책값은 뒤표지에 있습니다.